Adrian Plass

Mr. Harpers Traum vom Leben

Roman

Aus dem Englischen
von Christian Rendel

Brendow
Buch · Kunst · Verlag

Die Deutsche Bibliothek - CIP-Einheitsaufnahme

Plass, Adrian:
Mr. Harpers Traum vom Leben : Roman / Adrian Plass.
[Aus dem Engl. von Christian Rendel]. - Moers : Brendow, 1997
(Edition C : C ; 489)
ISBN 3-87067-678-7
NE: Edition C / C

ISBN 3-87067-678-7
Edition C, C 489

Originaltitel: „Broken windows, broken lives“

Einbandgestaltung: Kortüm + Georg, Agentur für Kommunikation, Münster (Westf.)
Titelillustration: Thomas Georg
Printed in Germany

Erstes Kapitel

„Ich heiße Dennis. Ich bin ein milieugestörter Junge."

Die Stimme klang dünn und ängstlich. Bis ich mich umgedreht hatte, war der Sprecher schon wieder verschwunden, vermutlich hinter der majestätischen Kiefer wenige Meter von der Tür mit der Aufschrift „Besucher", vor der ich stand und versuchte, den nötigen Mut zum Klingeln zusammenzuraffen. Seit ich den langen Marsch über die hübsche, von Bäumen gesäumte Zufahrt zu den Schulgebäuden angetreten hatte, war mir aufgefallen, daß eine kleine, unbeholfene Gestalt mir von Baum zu Baum folgte und mich beschattete, während ich mich langsam dem gefürchteten Vorstellungsgespräch entgegenschleppte. Und nun hatte sie zu mir gesprochen. Es war ein Junge. Er hieß Dennis. Und er war milieugestört. Vermutlich, überlegte ich, war Dennis eines der Kinder, um die ich mich kümmern würde, falls meine Bewerbung um den Posten des Hausvaters erfolgreich war. Ich war ein wenig überrascht. Eigentlich sollten die Kinder doch gar nicht wissen, daß sie milieugestört waren, oder?

Da Dennis nun einmal zu mir gesprochen hatte, entschied ich, daß ich auch zu ihm sprechen sollte. Schließlich war es durchaus möglich, daß mein hoffentlich zukünftiger Arbeitgeber diese Begegnung von irgendeinem Fenster in der Nähe aus mit großem Interesse verfolgte. Es war meine allererste Begegnung mit einem „gestörten" Kind. Ich bemühte mich um einen warmherzigen Therapeutentonfall, als ich mich an die Kiefer wandte.

„Äh ... Dennis, wenn du herkommst, können wir uns ein bißchen unterhalten. Nur wenn du willst, natürlich."

Eine Weile lang passierte gar nichts. Die Frühlingssonne glitzerte in der klaren Luft. Irgendwo im Schulgebäude klingelte ein Telefon. Mit einem bißchen Glück mußte mein zukünftiger Arbeitgeber nun sein Fenster verlassen, um den Anruf entgegenzunehmen. Ich wollte gerade wieder etwas sagen, als Dennis wie ein neugieriges Eichhörnchen seinen Kopf hinter dem Baum hervorstreckte, ihn jedoch so-

gleich wieder zurückzog, offenbar überwältigt vom Gedanken an die furchtbaren Gefahren, denen er sich durch diese tollkühne Tat womöglich aussetzte. Ich räusperte mich.

„Äh ... wohnst du hier, Dennis, oder ... äh ...?"

Offensichtlich angezogen von meiner konversatorischen Brillanz, kam Dennis wachsam hinter dem dicken Baumstamm zum Vorschein und stellte sich mit dem Rücken gegen den Baum auf, die Augen weit aufgerissen in einer eigentümlichen Mischung aus Panik und wehmütigem Sehnen. Mit einem leisen Schrecken fiel mir ein, daß ich diesen Gesichtsausdruck schon einmal gesehen hatte – in den Augen eines Irischen Setters, der von einem Freund von mir vor einem Mann gerettet worden war, der seinen edlen Vierbeiner während seines ersten Lebensjahres völlig grundlos mit brutaler Gewalt behandelt hatte. Dieser Hund hatte dieselbe kauernde Furcht in den Augen gehabt, die mit derselben sehnsuchtsvollen Verheißung stritt: „Gib mir nur einen winzig kleinen Grund, und du sollst sehen, wie ich mit dem Schwanz wedeln und mich freuen kann."

Aber das hier war ein Junge, kein Hund. Wie konnte Dennis in diesen Zustand geraten sein? Mir schauderte ein wenig.

„Nett, dich kennenzulernen, Dennis. Mein Name ..."

Das Scheppern einer fernen Handglocke unterbrach meinen neuerlichen konversatorischen Schachzug. Dennis wurde sofort durch diesen neuen, dringenden Anlaß zur Panik abgelenkt. Er zitterte vor Spannung.

„Die Schule!" quietschte er atemlos. „Ich muß in die Schule!"

Zu meiner Überraschung drehte er sich um und schlang seine Arme um den Baumstamm, so weit es nur ging, und preßte eine Seite seines Gesichts gegen die rauhe Rinde, wie um sich voll Herzlichkeit von einem engen Freund zu verabschieden. Fasziniert sah ich zu, wie er dem Baum einen letzten, kameradschaftlichen Klaps gab und dann kehrtmachte, um auf ein Ziegelsteingebäude jenseits des Parkplatzes zuzurennen. Der Weg dauerte erheblich länger, als nötig gewesen wäre, was auf die Tatsache zurückzuführen war, daß seine Gliedmaßen weitgehend unabhängig voneinander zu operieren schienen. Daraus ergab sich eine reichlich seltsame Art der Fortbewegung. Zum Beispiel schleuderte sich vielleicht ein Arm nach

rechts und zerrte den ganzen Rest von ihm wild in diese Richtung, doch unmittelbar darauf machte das gegenüberliegende Bein einen entschlossenen, heftigen Satz nach links, ohne jeden Bezug zur Bewegung des restlichen Körpers, so daß der Gesamteindruck entstand, als ob da ein paar Arme und Beine versuchten, von ihrem Körper zu entkommen. Irgendwo im Zentrum dieser fieberhaften Aktivität bewegte sich der essentielle Dennis in einer Durchschnittsrichtung, die nicht unbedingt etwas mit einer geraden Linie zu tun hatte. Bei diesem seltsamen Anblick fiel mir die bemerkenswerte Ähnlichkeit zwischen Dennis mit seiner dürren Gestalt, seinen großen Ohren und seiner nervösen Art und einer meiner Lieblingsfiguren der Literatur auf, A. A. Milnes „Ferkel" aus „Pu der Bär". Mir kam der Gedanke, daß es viele „Heffalumps" im Leben des kleinen Dennis geben mußte. Ich fragte mich, wie alt er wohl sein mochte. Vielleicht acht?

Inzwischen war Dennis an einem kurzen Treppenaufgang angelangt, der zu einem großen, offenen Durchgang am Ende des Blocks führte, in dem ich die Klassenräume vermutete. Auf der untersten Stufe blieb er stehen, wobei nacheinander all seine Gliedmaßen zum Stillstand kamen, und blickte zurück in meine Richtung. Er bildete mit der Hand einen Trichter um seinen Mund und rief etwas mit hoher, aufgeregter Stimme. Es klang wie: „Wir haben heute schamloses Handeln in der Schule!" – aber ganz sicher war ich mir nicht.

Schamloses Handeln? Es konnte doch wohl keine Schule geben, in der schamloses Handeln auf dem Lehrplan stand, und was Dennis betraf, so konnte ich mir bei ihm nicht vorstellen, daß er sich jemals schamlos benahm. Eigenartig. Sehr eigenartig!

Der Gedanke, mit Kindern zu arbeiten, war etwas völlig Neues für mich. Mein ganzes Leben lang hatte ich Schauspieler werden wollen, Filmschauspieler, um genau zu sein. Mein Traum vom großen Leinwandruhm war sehr hartnäckig. Er überlebte eine ziemlich chaotische Schullaufbahn und führte mich schließlich tatsächlich zu einem Platz in einer Klasse an einer Schauspielschule. Hier wurden meine Phantasien von der Realität dieses, wie ich bald entdeckte, sehr harten und anstrengenden Berufes niedergetrampelt, und ich war ge-

zwungen, neu über meine Zukunft nachzudenken. Ich verließ die Schauspielschule nach der Hälfte der Ausbildung, voller Scham und Enttäuschung über mein Scheitern, ohne jedoch meine Fassade cooler, gelassener Distanziertheit fallenzulassen. Die meisten Erwachsenen schienen darauf hereinzufallen. Wer nicht darauf hereinfiel, dem ging ich sorgfältig aus dem Weg.

Aber was sollte ich nun machen? Welchen Beruf auch immer ich mir aussuchte, er mußte zumindest noch ein schwaches Echo der Bedeutsamkeit und des Glanzes enthalten, in denen ich in meinen Bühnenträumen geschwelgt hatte. Wo sollte ein Einundzwanzigjähriger mit geringen Qualifikationen, äußerst angeschlagenem Selbstbewußtsein und kaum vorhandener Selbstdisziplin eine solche Tätigkeit finden? Es zeigt das ganze Ausmaß meiner Naivität, daß ich, als mich ein Freund auf jene Anzeige auf der letzten Seite einer Zeitschrift für Sozialarbeiter aufmerksam machte, die einer begeisterten, aber nicht unbedingt erfahrenen Person den Posten eines Hausvaters in einem Internat für milieugestörte Jungen anbot, zu dem Schluß kam, ich hätte gefunden, wonach ich gesucht hatte. Außer, daß ich selbst ein etwas merkwürdiger Junge gewesen war, wußte ich nicht das Geringste über Jungen; und auch der Begriff „milieugestört“ sagte mir zunächst nichts außer einer vagen Vorstellung von irgendeiner Art körperlicher Ungeschicklichkeit oder Auffälligkeit. Nach der einen oder anderen Erkundigung fand ich heraus, daß damit nicht etwa körperlich behinderte Kinder gemeint waren, sondern solche, die aus irgendeinem Grund nicht mit dem normalen Leben in Schule und Familie fertig wurden, obwohl alle, die ich fragte, einschließlich der Experten, unfähig zu sein schienen, mir eine präzise Definition zu geben. Die meisten dieser Kinder, sagte man mir, kamen aus zerbrochenen Familien oder schwierigen Familiensituationen verschiedener Art. Internatsschulen wie Stapley Manor sollten die fachkundige Fürsorge und Erziehung bieten, die solchen Unglücklichen so etwas wie Hoffnung für die Zukunft geben konnte.

Mit diesen äußerst elementaren Informationen gewappnet, setzte ich mich eines Abends in die Ecke meiner Stammkneipe, des „King's Head“, breitete die Anzeige vor mir auf der Holzplatte des kleinen Tisches mit gußeisernem Fuß aus, und faßte den Entschluß,

die Kneipe erst wieder zu verlassen, nachdem ich mich definitiv entschieden hatte, mich um den Job zu bewerben. Ich hätte mit meiner Freundin Annie über die Sache reden können, aber ich wußte, daß sie viel zu reif und vernünftig an die Sache herangehen würde. Ich wollte mir eine Entscheidung herbeiträumen, bevor ich ihr erzählte, was ich vorhatte.

Ich war sonst eigentlich kein starker Trinker, aber an diesem Abend schien ich in einem Meer aus Bier zu schwimmen, während ich in Gedanken in immer sentimentaler werdenden Bildern von wunderbaren, aber tragisch benachteiligten Kindern schwelgte, die in filmgerechten Großaufnahmen vor Dankbarkeit weinten, als sie begriffen, daß ich, eine Mischung aus Danny Kaye und Dr. Barnardo, in der Lage war, ihnen all die Liebe und Unterstützung zu bieten, die ihnen in der Vergangenheit vorenthalten geblieben war. Gegen Ende meines vierten Halben trieb mir diese bewegende Vorstellung die Tränen in die Augen.

Ich verspürte ein brennendes Verlangen, meiner Begeisterung über die institutionelle Rattenfänger-Rolle, die mich in meinem wunderbaren neuen Job erwartete, Ausdruck zu verleihen. Belanglosigkeiten wie der Umstand, daß ich Bewerbung und Vorstellungsgespräch noch vor mir hatte, waren vergessen. Diese Kinder brauchten mich. Sie würden mich bekommen! Ich stand auf und wankte unsicher zur Theke, wo die herzerweichend attraktive, rothaarige Wirtin Kate mich charmant wie immer anlächelte, während ich mit übertriebener Vorsicht mein Glas auf die schimmernde Fläche des Tresens stellte. Ich tat einen tiefen, ernsten Atemzug und fixierte sie mit meinem Blick.

„Kate“, sagte ich in shakespeareschem Tonfall.

„Ja, mein Lieber“, sagte Kate, legte ihre Ellbogen auf die Theke und stützte das Kinn auf die Hände. Sie hatte eine wunderbare Gabe, einen anzusehen, als wäre man weit und breit die wichtigste Person in ihrem Leben.

„Kate!“ wiederholte ich mit vor Rührung fast erstickter Stimme.

Kate verstrahlte ihr ganzes Mitgefühl. „*Ja*, mein Lieber.“

„Es is’ nich’ fair, Kate. Es is’ einfach nich’ fair!“

„Nein, mein Lieber“, sagte Kate. „Du hast recht. Es ist *nicht* fair.“

„Ich meine ... die hatten doch nie eine – du weißt schon, hab' ich recht?"

„Hatten sie *nie*", stimmte Kate zu, „nie!"

„Also isses doch so, Kate. Es is' doch so, daß irgend jemand – irgend jemand, stimmt's?"

„Irgend jemand, mein Lieber, ja."

„Irgend jemand muß ihnen helfen!" Ich breitete voller Dramatik meine Arme aus, wobei ich versehentlich an mein Glas stieß und es quer über die polierte Oberfläche des Tresens schlittern ließ. Kate fing es mit geübter Hand auf und kehrte, ohne auch nur mit der Wimper zu zucken, zu ihrer zuhörenden Haltung zurück.

„Jemand *muß* ihnen helfen, mein Lieber. Du hast absolut recht." Ihre blauen Augen glänzten vor Mitgefühl.

„Also", sagte ich und trat von einem Bein aufs andere, als etwas in meinem Magen unangenehm rumpelte, „der Punkt ist, Kate – soll ich ... oder soll ich nicht?"

„Was meinst *du* denn, mein Lieber?" Es gibt Leute, die studieren jahrelang, um zu lernen, was Kate offenbar schon immer wußte.

Ich richtete mich kerzengerade auf und ließ mir, leicht schwankend, die Frage durch den Kopf gehen. Wieder sah ich vor meinem geistigen Auge die rührende Szene, in der mich sklavisch ergebene Kinder mit ihrem Dank überschütteten, die großen braunen Augen voller Tränen über ihr neu gefundenes Glück. Ich ließ meine Faust mit einem dumpfen Schlag neben meinem Glas niedersausen.

„Ich mache es! Das ist es! Ich habe mich entschieden! Ich mache es!"

„Du wirst es tun, mein Lieber", erwiderte Kate mit einem warmen, ermutigenden Lächeln.

Ich nickte langsam, ein undeutliches, befriedigtes Feixen auf dem Gesicht, und trat den Weg zum Ausgang an. Als ich stehen blieb, um die Stellenanzeige vom Tisch zu nehmen, verlor ich beinahe das Gleichgewicht. An der Tür sah ich mich noch einmal um. Kate winkte mir zu und strahlte mich noch einmal aufmunternd an. Einen Moment lang überkam mich ein zuckersüßes Gefühl der Dankbarkeit.

„Kate", rief ich ihr zu, während ich die Tür öffnete.

„Ja, mein Lieber.“

„Kate, ich wollte nur noch mal danke sagen für – für dein Verständnis. Danke!“

„Nicht der Rede wert, mein Lieber“, sagte Kate, während ich durch die Tür ging und sie leise hinter mir schloß.

Am Morgen war der größte Teil der überschwenglichen Gefühle vom Vorabend den ungewohnten Symptomen eines leichten Katers gewichen, aber meine Entscheidung blieb bestehen. Immerhin, was der Job auch sonst noch mit sich bringen mochte, sehr schwierig konnte er wohl nicht sein. Alles, was dafür nötig war, war die Bereitschaft, Kindern, die es bitter nötig hatten, Freundlichkeit und Anteilnahme zu erweisen. Was konnte leichter sein als das? Ich setzte mich an den kleinen Fenstertisch in meinem möblierten Zimmer, hoch oben mit Blick auf die Dachziegel, und setzte sorgsam ein Bewerbungsschreiben auf, in dem ich den Eindruck zu erwecken versuchte, mein Ausscheiden aus der Schauspielschule sei das Ergebnis einer moralischen Umkehr vom selbstsüchtigen Ehrgeiz zu einem tiefen Bewußtsein für die Bedürfnisse anderer gewesen. Ich werde jetzt noch rot, wenn ich an diesen Brief denke. Aber er schien zu wirken.

Wenige Tage später bekam ich einen Brief von „A. E. Rowley, Schulleiter“, in dem ich für vierzehn Tage später zu einem Vorstellungsgespräch eingeladen wurde. Ich war begeistert. Zu jener Zeit hatte jeder noch so kleine Erfolg die Wirkung, die Batterien meines Selbstwertgefühls neu aufzuladen. Ich eilte hinüber zu Annies Wohnung und brachte ihr die gute Neuigkeit, in der Hoffnung, sie würde, nachdem ich das Diskussionsstadium mit ihr umgangen hatte, einfach „Na prima“ sagen und es dabei belassen. Sie freute sich, aber ich spürte eine gewisse Reserviertheit in ihrer Begeisterung. Ich hörte mich selbst dummes Zeug reden.

„Es ist gar nicht so weit, Annie. Du kannst am Wochenende mit dem Bus hinkommen und die Kinder kennenlernen, und ich komme dich an meinen freien Tagen besuchen.“ Als Nachsatz fügte ich hinzu: „Das heißt, falls ich den Job kriege!“ Ich schmunzelte, als ob die Vorstellung, ich könnte den Job nicht kriegen, nur ein kleiner Scherz wäre.

Annie stellte einen Becher Kaffee vor mir ab, hockte sich dann mir gegenüber hin und strich sich mit einer Hand die langen, honigfarbenen Haare glatt. „Das ist es nicht."

Annie hatte bisweilen eine beunruhigende Fähigkeit, mich zu durchschauen, obwohl sie mir normalerweise die eine oder andere harmlose Illusion über mich selber ließ. Ich war nicht scharf darauf, etwas von ihr zu hören, das mir die Freude über meine glänzende neue Laufbahn verderben würde.

„Was ist es dann?"

„Es ist nur ... ach, gar nichts! Es ist albern von mir. Tut mir leid. Ich hätte nichts sagen sollen."

Ich knirschte mit den Zähnen. Sie tat es wieder. Anzufangen, etwas zu sagen, das ich nicht hören wollte, und sich dann zu unterbrechen und sich zu entschuldigen, bevor sie es überhaupt gesagt hatte! Ich verlagerte mein Gewicht auf die Vorderkante des Sessels und sog geräuschvoll Luft durch die Nase ein.

„Annie! Würdest du mir bitte einfach sagen, was du gerade gedacht hast. Ich will es wissen."

Annie nippte an ihrem Kaffee und musterte zweifelnd mein Gesicht.

„Bist du sicher? Wirst du auch nicht wütend?"

Meine Antwort klang wie die von jemandem, der schon seit Stunden erfolglos versucht, einem Schwachsinnigen etwas begreiflich zu machen. „Annie, wenn du etwas Hilfreiches zu sagen hast, dann will ich es natürlich hören." Mein unbeschwertes Lachen mißlang etwas und klang eher wie ein manisches Kichern. „Warum in aller Welt sollte ich wütend werden?"

Wir wußten beide, daß Annie es am Ende sagen würde, und wir wußten beide, daß ich wütend werden würde. Der vorausgehende Dialog war eine gut einstudierte Routine. Ich lehnte mich auf meinem Sessel zurück, steckte mir eine Zigarette an und tat mein Bestes, um gelassen und objektiv auszusehen.

„Los. Sag einfach, was du denkst, und dann reden wir darüber, und ... na ja, wir reden eben darüber."

Annie beschloß, ihr Leben zu riskieren. „Ich frage mich einfach nur, ob du ... na ja, ob du innerlich zäh genug für so einen Job bist."

So, wie sie in mein Gesicht blickte, müssen wohl auch die Bewohner von Pompeji zu den ersten drohenden Rauchwolken aus dem Krater ihres Vulkans hinaufgestarrt haben.

Ich verengte meine Augen zu Schlitzen, blies einen langen, dünnen Rauchstrahl aus und sprach mit kaum verhüllter Empörung. „Ja, ja! Weiter. Ich verstehe nicht, warum du aufgehört hast. Ich habe nichts gesagt, oder?"

Annie sprach tapfer weiter. „Ich meine, du kannst nicht einmal Kritik sonderlich gut vertragen, stimmt's?" Sie wandte mir ihr Gesicht voll zu und zuckte schon im voraus zusammen.

Einen Augenblick lang war ich sprachlos und schüttelte langsam meinen Kopf hin und her, den Mund vor ungläubigem Erstaunen weit aufgerissen.

„Annie, wie kannst du so etwas sagen? Ehrlich – du sagst mir, du hättest etwas Nützliches zu sagen, und natürlich bin ich nur zu gern bereit, es mir anzuhören, und dann ... dann redest du solchen Unsinn! Tut mir leid, aber manchmal verstehe ich dich einfach nicht! Willst du denn nicht, daß ich Erfolg habe?"

Annie blickte zu Boden und verbarg ihr Gesicht in einem Zelt aus Haaren. Als sie dann wieder sprach, merkte ich, daß sie den Tränen nahe war.

„Ich habe nie gesagt, daß es nützlich ist, nur ..."

„Ich meine, wenn du damit sagen willst, daß ich mit destruktiver Kritik nichts anfangen kann, dann stimme ich dir zu. Aber du weißt so gut wie ich, daß ich zuhöre, wenn jemand etwas Konstruktives zu sagen hat, und wahrscheinlich auch danach handele. Manchmal glaube ich, du verstehst mich überhaupt nicht!"

Das abgeschmackte alte „Ich-weiß-konstruktive-Kritik-zu-schätzen"-Argument hatte mir jahrelang gute Dienste geleistet. In Wirklichkeit haßte ich jede Kritik, ob sie nun konstruktiv war oder nicht. Annie hatte völlig recht. Das war es ja, was mich so wütend machte; außerdem wußte ich selbst jetzt noch nicht so recht, worauf sie eigentlich hinauswollte.

Plötzlich war ich von jener kalten Verzweiflung erfüllt, die mich stets durchflutete, wenn jemand oder etwas eine Schwäche oder einen unangenehmen Zug an mir zum Vorschein brachte. Freilich war

dies genauso wenig wie irgendeine andere Gefühlsregung dazu angetan, mich für lange zum Schweigen zu bringen.

„Nicht schon wieder!“ stöhnte ich müde. „Jetzt wirst du gleich weinen, und ich werde mich schuldig fühlen, und du wirst sagen, es sei alles deine Schuld gewesen, und das wird mich noch wütender machen, weil ich weiß, daß es in Wirklichkeit meine Schuld ist; dann wirst du wieder weinen, und ich werde mich wieder schuldig fühlen, und dann wirst du wieder die Geduld verlieren, und ich werde zwei Stunden lang schmollen!“

Es gab Momente, in denen ich Annie so sehr liebte, daß es mich selbst überraschte, wie unverfälscht ich auf sie reagierte. Am Ende meiner trübsinnigen Liste von Voraussagen setzte sie sich auf ihre Fersen zurück, strich sich die Haare aus dem Gesicht und brach, nach einem kurzen Versuch, ernst zu bleiben, in Kichern aus.

„Also, nachdem wir jetzt all diese schrecklichen Dinge getan haben, laß uns einen trinken gehen, was meinst du?“

Fort war die kalte Verzweiflung, aber ich brauchte immer noch ihren Segen. Als wir den kahlen Flur am Fuß der Treppe erreichten, blieb ich stehen, legte ihr meine Hände auf die Schultern und sprach mit seltener Demut.

„Annie, meinst du, ich werde einigermaßen klarkommen in diesem Job?“

Sie spürte, daß es eine ehrliche Frage war, und sah mich sehr direkt aus ihren großen, grauen Augen an, bevor sie mir leise, aber bestimmt antwortete: „Ich glaube, du könntest sogar sehr gut darin werden, aber manche dieser Kinder werden nicht sehr viel jünger sein als du, und sie werden sich nicht gerade Mühe geben, dir zu helfen, dich gut zu fühlen, wenn du das Gefühl hast zu scheitern. Das ist eigentlich alles, was ich da oben gemeint habe. Im übrigen“, fuhr sie fort, während sie mich mit fester Hand in Richtung Ausgang lenkte, „bin ich ja auch noch da, so daß wir immer über – na ja, über alles reden können, nicht wahr? Das heißt, wenn du willst.“

Während wir den Platz überquerten und auf das kleine Häuflein Zecher zugingen, die vor der Kneipe die schwache Aprilsonne genossen, hatte ich nicht den geringsten Zweifel bezüglich der Antwort auf diese Frage. Es würde Streit und Konflikte geben, ich würde

mich kindisch benehmen, aber ja, ich würde mit ihr darüber reden wollen.

Der Tag meines Vorstellungsgesprächs begann mit einem herrlichen Frühlingsmorgen voll Frische und zarter Wärme. Als mein Bus – einer der älteren Vertreter der Southdown-Flotte – die Grafschaftsgrenze nach Sussex hinter sich hatte, war ich bereits in einer Stimmung milder Zufriedenheit. Die Welt war voller neuer Dinge in einer neuen Jahreszeit. Es schien ein gutes Omen zu sein. Vielleicht war auch meine Zeit gekommen.

Doch die Wirklichkeit holte mich ein, als ich tatsächlich in Stapley ankam. Während der Bus durch die schmale High Street davonrumpelte und ich in meinem einzigen Anzug an der Bushaltestelle vor *Tingleys Lebensmittel* stand, packte mich die Panik vor der formellen Begegnung, die in ungefähr einer Stunde stattfinden sollte. Bis jetzt hatte die ganze Sache nur in meinem Kopf und auf einem kleinen Stück Papier existiert. Doch als ich nun inmitten der äußerst sauberen alten Häuschen von Stapley stand, auf drei Seiten eingerahmt vom gewaltigen, sinnlichen Wogen der South Downs, wünschte ich mir, wieder dort zu sein, wo ich mich auskannte, umgeben von Leuten, die mir vertraut waren, Leuten wie Annie. Ich mußte ein wenig schlucken, als ich an Annie dachte. Falls ich diesen Job bekam, würde ich vermutlich hier in Stapley wohnen müssen. Wie oft würde ich sie sehen können? Wie sicher konnte ich sein, daß sie, wenn ich erst einmal hier außer Sicht war, nicht jemanden finden würde, der weniger Bemutterung und behutsame Diplomatie brauchte als ich, jemanden, der sie nicht mit seinem kindischen Benehmen zum Weinen bringen und anschreien würde, wenn sie vernünftig mit ihm zu reden versuchte. Eine Welle betäubender Unsicherheit brach über mich herein, als ich an diesem gräßlichen Frühlingsmorgen in diesem gräßlichen kleinen Dorf stand und an den gräßlichen Job dachte, zu dem ich vermutlich sowieso nicht fähig sein würde. Warum sollte ich mich darum scheren, was aus Kindern wurde, deren Verhalten „gestört" war, was immer das bedeutete? Vermutlich war es größtenteils sowieso ihre eigene Schuld. Schauen Sie mich an. Meine Eltern haben sich auch getrennt, als ich noch klein war, und

die Sache war sehr schmerzlich und schwierig für mich gewesen. Und trotzdem war ich in Ordnung, oder etwa nicht?

Ich schlurfte trübsinnig die malerische Hauptstraße entlang und registrierte undeutlich eine kleine Kunstgalerie, das obligatorische, verstaubte Antiquariat, ein paar verstreute kleine Cafés, eine oder zwei Kneipen, all die Dinge, die man als Besucher von einem durchschnittlichen, unverdorbenen englischen Dorf erwartet. Normalerweise hätte ich es genossen, es in jenem gemütlichen Schlendergang zu erkunden, den man sich für Orte wie Töpfereien reserviert. Heute jedoch übten lediglich die Kneipen eine gewisse Anziehungskraft auf mich aus, und an zweien von ihnen war ich bereits vorbei. Ich spielte mit dem Gedanken, zu dem Vorstellungsgespräch einfach nicht zu erscheinen. In weniger als einer Stunde fuhr ein Bus zurück nach Tunbridge Wells. Ich konnte einfach einsteigen, und damit war die Sache ausgestanden. Ich stellte mir vor, wie ich mich später mit Annie treffen würde, wenn sie mit ihrer Arbeit im Krankenhaus fertig war. Sie würde fröhlich und aufgeregt sein und jedes Detail hören wollen.

„Wie ist es gelaufen, David? Wie war's? Erzähl mir, was sie gesagt haben!“

Als ich versuchte, mir ihr Gesicht auszumalen, wenn ich ihr dann sagen würde, daß ich gar nicht zu dem Termin gegangen sei, ging vor meinem geistigen Auge der Rolladen herunter. Sie würde stinksauer sein – giftig. Ich kannte Annie. Mich zu unterstützen war eine Sache, doch mich damit durchkommen zu lassen, so schwach zu sein, eine ganz andere. Ich beschloß, in die nächste Kneipe einzukehren, an der ich vorbeikommen würde, und meine endgültige Entscheidung bei einem großen Glas Lager zu treffen. In der Ferne sah ich schon etwas, das aussah wie ein Kneipenschild, das einladend über dem Bürgersteig hing. Doch mein beschwingter Schritt erlahmte schon nach ein paar Metern wieder, als ich ein viel kleineres Schild aus Holz erreichte, das in eine schmale Gasse zwischen zwei reetgedeckten Häuschen wies. Die Aufschrift lautete schlicht „ZUR KIRCHE“.

Die ganze Sache mit „Gott“ war wieder einmal einer der mit Schuldgefühlen belasteten Bereiche, die ständig mehr oder weniger

gesittet vor dem Eingang zu meiner Aufmerksamkeit Schlange standen. Vier Jahre zuvor war ich an der St. Bartholomew's Church in Tunbridge Wells konfirmiert worden, und hinterher war ich eine kurze Weile lang, von fieberhaftem evangelistischem Eifer beseelt, durch die Gegend gerast und hatte gehofft, daß mein hoher Energieaufwand sich in einem entsprechenden Erstarken meiner Tugenden niederschlagen würde. Als ich merkte, daß das nicht so automatisch funktionierte, brach ich zu einem moralischen Häuflein Elend zusammen, völlig erschöpft, und seither hatte ich meine anfängliche Begeisterung nie wieder zurückgewonnen. Freilich war Gott für mich immer noch auf irgendeine undefinierbare Weise jemand, der Ansprüche an mich hatte. Doch ich hatte es auf die lange Bank geschoben, diese Gefühle in meinem Innern zu sortieren, hauptsächlich wohl deswegen, weil ich so sauer auf ihn war, weil er nicht mit meinen persönlichen Plänen für mein geistliches Wachstum kooperiert hatte.

„Und überhaupt", hatte ich mich eines Tages bei ihm beklagt, „existierst du ja nicht einmal."

St. Peter's, die Pfarrkirche von Stapley, erwies sich als ein kleines, aber hübsches Bauwerk mit niedrigem, dickem Turm. Sie stand am anderen Ende einer schön angelegten Grünfläche hinter den Geschäften und Häusern der High Street. Noch weiter dahinter schlängelte sich ein Fluß zwischen üppig mit Gras bewachsenen Böschungen träge durch das Tal. Ein Fußweg führte an der Seite der Kirche entlang zum Flußufer hinab über eine hölzerne Fußgängerbrücke, um dann verlockend in einem kleinen Wäldchen am Fuß der Hügel zu verschwinden. Einen Augenblick lang stand ich am Rand der Grünfläche, gegen meinen Willen erobert von der schieren Friedlichkeit des Anblicks, und wünschte, ich könnte wie ein kleiner Junge losrennen, den Pfad hinab und über die Brücke, um mich irgendwo unter den Bäumen zu verstecken. Nie hatte ich mich weniger erwachsen gefühlt.

Als ich die Klinke betätigte, stellte ich zu meiner Überraschung fest, daß die Kirchentür nicht verschlossen war. Das war nicht oft so. Ich zog die massive Eichentür auf, trat ein und stand einen Augenblick lang wie gebannt vor dem Anblick, der sich mir eröffnete.

Die Kirche war voller Osterglocken. Auf jedem Sims und in jeder Ecke bliesen die gelben Trompeten eine Fanfare der Farbe. Die Wirkung all dieses natürlichen Neons vor dem verwitterten Grau der Steinmauern war mehr als schön. Sie war überwältigend. Mosaikfenster gab es in diesem schlichten kleinen Bauwerk nicht, nur eine Reihe hoher, schmaler, leicht getönter Fenster. Durch eines davon ergoß sich das Sonnenlicht großzügig über die dunklen, viktorianischen Kirchenbänke, verwandelte den Staub auf den alten, abgegriffenen Holzflächen in winzige, glitzernde Punkte und fügte den Bächen und Seen aus gelben Blüten einen Schimmer puren Goldes hinzu.

Mir war, als hätte mir jemand einen Hinterhalt gelegt.

„Warst du das?"

Meine ganz unwillkürliche und ziemlich laute Frage an Gott war mir furchtbar peinlich. Ich drehte mich rasch um, da ich befürchtete, jemand könnte gerade hereinkommen und gehört haben, wie dieser Verrückte mit sich selbst redete, aber es war niemand da. Langsam ging ich durch den Mittelgang und kniete mich auf das lange Lederkissen vor dem Kommunionsgeländer. Während ich das schlichte silberne Kreuz betrachtete, das hinten über dem Altar hing, sagte mir ein Teil meines Verstandes, ich solle aufhören, so ein Theater um mich selbst zu machen, und endlich losgehen. Ein anderer Teil hatte noch eine Frage an Gott.

„Soll ich wirklich zu diesem Vorstellungsgespräch gehen?"

Keine Stimmen aus dem Himmel. Keine Schrift an der Wand. Doch als ich aufstand und mich umdrehte, waren da die Osterglokken, das Sonnenlicht, die alten Mauern, die alle auf ihre Weise von Erneuerung und Wachstum zu sprechen schienen. Es lag ein „Ja" in der Luft.

Als ich die Kirche verließ und über die Grünfläche zurück zur High Street schlenderte, warf ich einen Blick auf meine Uhr. Es war immer noch reichlich Zeit, zu der Schule zu kommen, falls die Wegbeschreibung, die ich erhalten hatte, richtig war. Immer geradeaus, bis die Häuser aufhörten und die Straße eine Biegung nach rechts machte, und dann in einen kleinen Abzweig nach links, der sich „Backbreak Hill" nannte. Es war nicht schwer zu erkennen, wie dieser Hügel zu seinem Namen gekommen war. Eine Viertelmeile oder

mehr ging es mühselig bergauf zwischen Weiden mit grasendem Vieh hindurch, bis der Weg für etwa hundert Meter wieder eben wurde, bevor er sich um den Fuß eines seltsam gleichmäßig geformten, kegelförmigen Hügels schlang. Ein wenig abseits vom Weg konnte ich schon eine kleine Ansammlung von Gebäuden sehen, die wohl Stapley Manor sein mußten. Ich schwitzte ohnehin schon von dem steilen Aufstieg, den ich gerade hinter mir hatte. Jetzt, als ich die Einfahrt erreichte und die Worte *Stapley Manor* auf einem großen Hinweisschild neben dem Tor erblickte, fing ich vor Spannung aufs neue zu schwitzen an.

Meine kleine Begegnung mit Dennis war im Grunde eher beruhigend für mich. Erst, als ich ihn durch die Tür des Schulgebäudes verschwinden sah, nachdem er mir seine rätselhafte Botschaft zugerufen hatte, wurde mir klar, wie sehr ich mich davor gefürchtet hatte, mich mit großen, aggressiven Kindern auseinandersetzen zu müssen, die sich nicht im geringsten für meine Probleme mit der Selbstbeherrschung interessieren würden. Annie hatte ganz recht gehabt. Nun, vielleicht waren sie ja alle so wie Dennis. Wenn es so war, dann mußte ich mir eigentlich keine großen Sorgen machen, oder?

Ich drehte mich um, holte tief Luft und drückte auf den Klingelknopf neben dem *Besucher*-Schild.

Zweites Kapitel

„Mr. Harper, was würden Sie tun, wenn Sie in einen Raum kämen, in dem gerade zwei Jungen in eine brutale Schlägerei verwickelt sind, während alle anderen im Kreis stehen und sie anfeuern?"

„Ah!" sagte ich bedeutungsvoll, als hätte ich begierig auf just so eine Frage gewartet. „Nun, lassen Sie mich sehen ..."

„Würden Sie sofort dazwischengehen?"

Etwas in der Stimme der birnenförmigen kleinen Hausverwalterin warnte mich, daß ich, soweit es sie anging, schlecht beraten wäre, falls ich mich dafür entschied, sofort dazwischenzugehen.

„Nun, nein ... nicht sofort, aber ..."

„Sie meinen, Sie würden abwarten, bis die sich gegenseitig umgebracht haben, ja?" Der stellvertretende Schulleiter, Mr. Ashton, ein grauköpfiger Mann, der sehr praktisch zu denken schien, lehnte sich auf seinem Stuhl zurück und sah mich an, als wäre ich ein verstopfter Abfluß. Irgend etwas verriet mir, daß dies bei weitem nicht das erste Mal war, daß die Hausverwalterin und der Stellvertreter über dieses Thema die Klingen kreuzten. Bei wem von beiden sollte ich mich einschmeicheln? Oder sollte ich den beeindruckend unabhängigen Denker markieren?

„Nein, natürlich würde ich nicht zulassen, daß die beiden sich umbringen", kicherte ich höflich als Antwort auf den bewußt absurden Einwurf. „Nein, was ich tun würde, ist folgendes ..."

„Würde es nicht zu einem großen Teil davon abhängen, wer die Beteiligten sind und was für sie als Individuen das Beste wäre?" Die Hausverwalterin nickte aufmunternd und rutschte beinahe von ihrer Stuhlkante in ihrem ernstlichen Wunsch, mich zu ihrer Denkweise zu bekehren. Es war ein Strohhalm. Ich griff danach.

„Nun, natürlich", sagte ich, „ja, natürlich würde es davon abhängen."

Ein Schnauben vom anderen Ende des Tisches trieb mich dazu, hastig eine Einschränkung nachzuschieben.

„Aber nachdem ich das getan habe, würde ich ohne jede Frage, äh ..."

„Ihre Köpfe zusammenschlagen?"

„Äh ... ja – nein ... vielleicht."

Ich spürte, wie mir kleine Schweißtropfen auf die Stirn traten. Wenn sich diese beiden Experten nicht einig waren, woher in aller Welt sollte ich dann die Antwort wissen? Mit einiger Erleichterung bemerkte ich, daß das in der Mitte sitzende und bedeutendste Mitglied des Auswahlgremiums, A. E. Rowley, sich vorbeugte, um das Wort zu ergreifen. Ich hoffte, er würde das Thema wechseln.

„Spekulieren wir über eine alternative Krise", sagte der Schulleiter gewichtig. Er erhob sich halb von seinem Stuhl und nahm eine dramatische Pose ein. „Da ist ein Junge. Es ist ein großer, aggressiver Junge. In einer Hand hält er einen Gegenstand umklammert. Als er auf Sie zukommt, wird deutlich, daß er seine Handlungen nicht mehr unter Kontrolle hat. Er erklärt lautstark seine Absicht, Sie mit dem rostigen Rasiermesser, mit dem er nun wild durch die Luft säbelt, zu kastrieren. Sie sind unbewaffnet. Was", fragte A. E. Rowley, „würden Sie tun?"

Ich wußte, daß ich bleich geworden war. Kamen solche Dinge in Schulen wie dieser vor? Dennis würde doch niemals ... Der Direktor stand immer noch in dramatischer Pose und wartete auf meine Antwort. Ich seufzte innerlich. Job hin oder her, ich konnte nicht anders als ehrlich zugeben, wie ich auf das grauenhafte Szenario reagieren würde, das gerade geschildert worden war. Die Hausverwalterin würde ja vielleicht ihre Psychologie gegen diesen hypothetischen Amokläufer anwenden, und der Stellvertreter würde vielleicht heroisch mit ihm ringen, aber ich wußte genau, was ich tun würde, und es hatte keinen Sinn, etwas anderes vorzuspiegeln.

„Ich würde wegrennen, so schnell ich kann."

Ein schiefes Grinsen erleuchtete Mr. Rowleys Gesicht, als er sich wieder auf seinen Stuhl sinken ließ.

„Ich auch", sagte er. „Ich wollte nur Ihre Zurechnungsfähigkeit testen. Keine Sorge – Sie haben bestanden."

Meine drei Befrager vergaßen für den Augenblick ihre Differenzen und brachen in schallendes Gelächter aus, und ich fragte mich

wieder einmal, was für eine seltsame kleine Welt ich betreten hatte, seit ich vor zweieinhalb Stunden die Türklingel betätigt hatte.

Die Tür war von einer gepflegt gekleideten Dame mittleren Alters mit freundlichen Augen geöffnet worden, die sich als Mrs. Philips vorstellte. Sie war die Sekretärin der Schule.

„Sie müssen Mr. Harper sein", sagte sie und lächelte mich herzlich an, als sie meine Nervosität spürte. „Wie schön, daß Sie uns gefunden haben. Wir sind hier ein bißchen abgelegen, nicht wahr, aber es ist ein herrliches Fleckchen. Darf ich Ihnen einen Kaffee anbieten? Mr. Rowley hat einen der Jungen beauftragt, Ihnen eine Führung zu geben, bevor es weitergeht. Bis dahin sind noch etwa fünf Minuten Zeit."

Ich nahm das Angebot einer Tasse Kaffee dankbar an und folgte Mrs. Philips in ein kleines Wartezimmer, in dem bereits ein anderer Mann saß, der einen ebenso ordentlichen Anzug trug wie ich, aber nicht schwitzte und entsetzlich zuversichtlich dreinblickte.

„Mr. Harper – Mr. Glander. Sie werden heute nachmittag gegeneinander antreten."

Glander zwinkerte mir lässig zu und hob zum flüchtigen Gruß seine Hand ungefähr drei Zoll von seiner Sessellehne hoch. Während die Sekretärin verschwand, vermutlich, um meinen Kaffee zu holen, musterte ich meinen Rivalen. Er war älter als ich und körperlich sehr viel kräftiger. Ich war groß und dünn. Er war eher von unterdurchschnittlicher Größe, aber mit Muskeln bepackt. Die Augen unter seinem kurzgeschorenen Haaransatz blickten mit träger Arroganz. Er konnte die Wahrheit so zurechtstutzen, wie immer er es wollte. Er war die Sorte Mann, der gegenüber ich mir immer schwächlich und hilflos vorkam. Als Mrs. Philips mit meinem Kaffee wieder auftauchte, fragte ich mich, was sie wohl von ihm hielt. Sie lächelte ihn auf genau die gleiche Weise an wie mich. Warum? Ich sehnte mich plötzlich danach, bei Annie zu sein und sie sagen zu hören, daß sie nichts auf stiernackige maskuline Typen gab, denen niemand etwas anhaben konnte ...

„Kann ich noch etwas für Sie tun, meine Herren?"

Ich verspürte großen Drang, auf die Toilette zu gehen, aber ich fürchtete, meine Bitte würde in meinem gegenwärtigen Zustand ver-

minderten Selbstwertgefühls mit einer leisen, hohen Fistelstimme herauskommen und somit Glanders Meinung von mir als dämlicher Trottel, den man vergessen konnte, bestätigen.

Das Kind in mir hätte am liebsten nach der Hand dieser netten, freundlichen Dame gegriffen und wäre neben ihr her zur Toilette gelaufen. Statt dessen schüttelte ich mit aller Gleichgültigkeit, die ich aufbieten konnte, den Kopf und rührte langsam in meinem Kaffee, in der Hoffnung, Glander würde nicht bemerken, daß meine Hand leicht zitterte. Als Mrs. Philips hinausging und die Tür hinter sich schloß, nahm ich im Fieber der Verwirrung den Kaffeelöffel aus der Tasse und ließ ihn elegant in die Brusttasche meines Jacketts gleiten. Ich holte ihn beinahe sofort wieder heraus und blickte mit glühenden Wangen auf, um zu sehen, ob Glander es bemerkt hatte. Natürlich hatte er.

„Wo waren Sie vorher?" Er sprach mit starkem Midlands-Akzent. Der leise spöttische Unterton in seiner Stimme ging mir sofort auf die Nerven.

„Vorher? Entschuldigen Sie, ich verstehe nicht, was Sie meinen."

„Bis jetzt", sagte Glander. „In was für Einrichtungen haben Sie bisher gearbeitet – mit Kindern, meine ich."

„Ach, jetzt verstehe ich ... ja. Eigentlich habe ich noch nicht sehr viel mit Kindern gearbeitet. Eigentlich sogar überhaupt nicht. Nicht eigentlich ... überhaupt. Nicht eigentlich mit ihnen als solches gearbeitet, im engeren Sinne."

Mein erbärmlicher Versuch, umfangreiche Erfahrungen in ehrenamtlicher Arbeit mit Kindern durchblicken zu lassen, wurde vom Tisch gefegt.

„Sie haben keine Chance, mein Freund. Ich habe seit zehn Jahren mit Kindern zu tun. Ich habe ganz allein mit fünfzig von diesen kleinen Bengeln gleichzeitig gearbeitet. Sie wüßten gar nicht, wie Sie das anfangen sollten, ist es nicht so?"

Mir kam der Gedanke, ihn zu fragen, warum er sich mit zehnjähriger Erfahrung um einen Job bewarb, der, wie selbst ich wußte, an der untersten Stufe der Karriereleiter angesiedelt war, aber ich brachte nicht den Mut auf. Er hatte völlig recht. Ich hätte wirklich keine Ahnung, wie ich das anfangen sollte. Ich hatte keine Chance.

Je schneller diese Farce vorüber war, dachte ich trübsinnig, desto besser.

„Zum Beispiel ..."

Offenbar angeregt durch den Gedanken an seine eigene Fachkundigkeit und Erfahrung, drehte sich Glander auf seinem Sessel zu mir um, stützte die Ellbogen auf die Knie und beugte sich vor, um mir mit dem Zeigefinger vor dem Gesicht herumzuwedeln.

„Wissen Sie, wie man so einem Bengel richtig weh tun kann, ohne auch nur die geringste Spur auf seiner Haut zu hinterlassen?"

Glanders Hosen lagen grauenhaft eng um die Schenkel.

„Nein", sagte ich leise. „Ich will es auch nicht wissen ..."

„Also", sagte Glander, als ob ich ihn begierig gedrängt hätte, die Information preiszugeben, „Sie müssen ihn richtig hart mit dem Saum eines nassen Handtuchs schlagen – aber es muß unbedingt naß sein. Wenn es trocken ist, sieht man's. Das machen die meisten Leute falsch. Es muß naß sein."

Die weitere Unterweisung in der Kunst der unblutigen Brutalität wurde mir durch das Eintreten von Mrs. Philips erspart, begleitet von einem Jungen, der auf den ersten Blick wie eine jüngere Version von Glander aussah, nur daß er ein Büschel flammend roter Haare auf dem Kopf hatte.

„Also, Mr. Glander", verkündete die Sekretärin gut gelaunt, „wenn Sie bitte mit Colin gehen wollen; er wird Ihnen eine erstklassige Führung über das ganze Gelände geben und Sie in etwa einer halben Stunde wieder hierherbringen." Dann wandte sie sich freundlich an den Jungen, der ungefähr fünfzehn oder sechzehn sein mußte.

„Und du wirst Mr. Glander all seine Fragen beantworten, nicht wahr, Colin, mein Lieber?"

Der Junge starrte Glander giftig an und grunzte etwas, das wie „den Teufel werd' ich" klang, aber ich war mir nicht sicher. Glander erhob sich von seinem Sessel, zog sich unnötigerweise die Hosen hoch und folgte seinem jungen Führer durch die Tür. Er ging mit jenem typischen säbelbeinigen Stolziergang, der für Leute seines Schlages obligatorisch zu sein scheint.

„Es dauert nicht mehr lange, Mr. Harper", lächelte Mrs. Philips mich an. „Sie sind auch gleich dran."

Nachdem ich wieder mir selbst überlassen war, merkte ich, als ich meinen Kaffee austrank, daß mein Herz wild trommelte. Die Unvertrautheit meiner Umgebung, Glanders groteskes Selbstvertrauen und die ziemlich ominöse Ausstrahlung des rothaarigen Jungen – all das zusammen erweckte in mir ein tiefes Unbehagen darüber, was der Tag mir wohl noch alles an Erfahrungen bringen würde. Ich würde den Job sowieso nicht kriegen, warum also dann hierbleiben und mir Ärger auf den Hals laden? Wenn ich mich jetzt einfach leise aus dem Staub machte ...

„Tut mir leid, daß Sie warten mußten, Mr. Harper. Sind Sie soweit? Hier ist Ihr bereitwilliger Lotse."

Mrs. Philips trat zur Seite, um den Blick auf meinen jungen Führer für die nächste halbe Stunde freizugeben. Ich hatte ein wenig gehofft, es würde Dennis sein. Doch er war es nicht. Es war ein Junge, der älter war und viel normaler aussah als Dennis. Er hatte ein sympathisches, etwas trauriges Gesicht, mit großen, dunkel glänzenden Augen, aus denen Empfindsamkeit und Intelligenz sprachen.

„Das ist unser Tom", sagte die Sekretärin liebevoll. „Du wirst dich um Mr. Harper kümmern, nicht wahr, Tom?"

„Ja, Mrs. Philips", sagte Tom liebenswürdig. „Ich werde mein Bestes tun." Seine Höflichkeit war auffallend.

Sekunden später standen wir draußen neben Dennis' Kiefer am Ende der Zufahrt. Tom, der mir nicht im geringsten milieugestört zu sein schien, fragte mich höflich, was ich gerne zuerst sehen wollte. Das war leicht.

„Ich glaube, Tom", erwiderte ich gepreßt, „daß ich als allererstes gerne die Toiletten sehen würde."

Im weiteren Verlauf meiner Tour durch das Schulgelände gab mir mein Begleiter immer mehr Rätsel auf. Er hatte eine etwas begräbnishafte Art an sich, aber er wirkte so ausgeglichen und freundlich, daß es schwer war, zu glauben, daß irgend etwas an ihm nicht normal sein könnte. Als erstes zeigte er mir die kleinen individuellen Gärtchen, von denen die meisten, wie ich erfuhr, von Jungen angelegt worden waren, die darauf hofften, eine Fachschulprüfung in Landwirtschaft abzulegen.

„Hast du auch einen Garten, Tom?" fragte ich.

„Nein", sagte Tom und schüttelte ernsthaft den Kopf. „Das ist nicht mein Ding."

Als wir weiter zur gegenüberliegenden Ecke des Geländes gingen, sah ich die großen, geräumigen Käfige, in denen einige der Kinder Meerschweinchen und Kaninchen hielten. Von dort gingen wir durch einen schmalen Pfad zwischen hohen Hecken weiter zum Fußballplatz, der direkt am Fuß des kegelförmigen Hügels lag, der über Stapley Manor aufragte.

„Das da nennen wir den Gipfel", sagte Tom und deutete über die Rasenfläche hinweg. „Viele Leute gehen dort hinauf und spielen und so. Ein Junge namens Dennis steigt immer hinauf, nur um sich wieder herunterrollen zu lassen."

Ich beschattete meine Augen und spähte den Hang hinauf.

„Das ist aber ein langer Weg, um herunterzurollen", sagte ich. „Wird ihm davon nicht schlecht?"

„Jedesmal", sagte Tom bekümmert, „sehr schlecht."

Ich hatte bereits herausgefunden, daß Tom keines der kleinen Tiere gehörte und daß er nichts für Fußball übrig hatte. Ob wohl die Spiele auf dem Gipfel mehr nach seinem Geschmack waren? Ich fragte ihn.

„Spiele auf dem Gipfel", sagte Tom ernst, „sind nicht mein Ding. Aber", fügte er mit einem merkwürdigen Unterton hinzu, „ich war auch schon dort oben."

Wir wandten uns wieder den Gebäuden zu, und Tom wies mich gewissenhaft auf die Gartenhütte, den Lagerschuppen, das Haus des Schulleiters, das Schulgebäude und den Tennisplatz vor dem Gebäude hin, von dem aus man das Dorf Stapley sehen konnte, das malerisch im Tal unter uns nistete. Ich betrachtete den unebenen Rasencourt und sah meinen Führer fragend an. Er schüttelte traurig den Kopf. Ich nickte verständnisvoll.

„Nicht dein Ding, was, Tom? Macht nichts. Können wir uns den Bereich ansehen, wo ihr wohnt?"

Er ging mir voraus eine Treppenflucht mit flachen, gemauerten Stufen empor und dann durch eine reich verzierte Glasdoppeltür in einen großen Raum mit Parkettfußboden, in dem sich ein Billardtisch, eine Dartscheibe, eine äußerst altmodische Musiktruhe und

eine Sammlung von Brettspielen auf einem mit grünem Flanell überzogenen Tisch befanden.

„Das Spielzimmer", sagte Tom.

„Ah", erwiderte ich, „demnach ist das der Raum, in dem ... äh ..."

„Gespielt wird", ergänzte Tom hilfsbereit. „Viele Jungs spielen hier abends und an den Wochenenden."

„Aber nicht du?"

Er schüttelte nur den Kopf. Vielleicht fingen wir an, uns wirklich zu verstehen, dachte ich.

Wie Tom mir weiter erklärte, gab es zwei Wohneinheiten oder „Häuser". Das eine, das ursprüngliche Stapley Manor, wurde einfach das „Alte Haus" genannt, das andere, ein moderner Ziegelbau, der am Ende angebaut worden war, hieß das „Neue Haus". Jedes Haus enthielt einen Speisesaal, ein Spielzimmer, ein Fernsehzimmer und Schlafzimmer verschiedener Größe und konnte fünfzehn Jungen aufnehmen. Tom wohnte im Neuen Haus, obwohl ihm das Alte Haus viel lieber gewesen wäre, wie er sagte, und da er nie fernsah und sich nicht besonders fürs Essen interessierte, gab es drinnen nicht allzuviel zu tun.

„Aber schlafen tust du doch, Tom, oder?" fragte ich scherzhaft.

„Ja, das tue ich", sagte er ohne auch nur den Anflug eines Lächelns. Er sah mich einen Moment lang an. „Möchten Sie gerne mein Bett sehen?"

Ich folgte der schlanken, leicht gebeugten Gestalt in die verhältnismäßig uninteressante Umgebung des Neuen Hauses, eine Treppe hinauf in einen langen Gang, von dem zu beiden Seiten die Schlafzimmer abzweigten. Tom blieb vor der dritten Tür rechts stehen und deutete auf eines der vier Betten, zu denen jeweils ein Kleiderschrank und ein Nachttischchen gehörten und die fast den gesamten Platz im Zimmer einnahmen. Toms Schlafstatt war verblüffend ordentlich. Kleine persönliche Habseligkeiten waren mit unendlicher Sorgfalt auf dem Nachttischchen angeordnet, und die Kleider lagen säuberlich zusammengefaltet in den Schrankschubladen, die er aufzog, um sie mir mit stillem Stolz zu zeigen. Zögernd deutete er auf ein Foto, das an der dem Bett zugewandten Seite des Nachttischchens befestigt war. Es zeigte einen Mann und eine Frau mit zwei

kleinen Kindern. Eines davon konnte Tom gewesen sein. Ich blickte auf.

„Wie lange bist du schon hier, Tom?"

„Etwas über vier Jahre", sagte Tom. „Gehen wir lieber."

Wir stiegen eine andere Treppe hinab, gingen durch einen anderen Korridor und gelangten schließlich durch eine Art Windfang hinaus auf den sonnigen Hof, der die Unterkünfte vom Schulgebäude trennte. Ich sah auf meine Uhr.

„Noch fünf Minuten, Tom. Gibt es noch etwas, wovon du meinst, daß ich es sehen sollte?"

Tom setzte zu seinem gewohnten trübsinnigen Kopfschütteln an, hielt jedoch plötzlich inne, als ihm ein Gedanke kam. Ein neues Licht glomm in seinen Augen auf. Konnte es möglich sein, daß ich doch noch entdecken sollte, was Toms „Ding" war?

„Möchten Sie meinen Lieblingsplatz sehen?" fragte er schüchtern. „Den Platz, wo ich mich am meisten zu Hause fühle?"

Ich fühlte mich sehr geschmeichelt. Kaum zu glauben, daß dieser Junge mich schon nach so kurzer Bekanntschaft in sein Vertrauen zog. Vielleicht schlummerte in mir eine ungeahnte Fähigkeit zum Aufbau von Beziehungen, die sich bisher nie hatte zeigen können.

„Natürlich, Tom", sagte ich. „Geh voraus."

Er setzte sich mit verblüffender Geschwindigkeit in Bewegung und steuerte auf eine Reihe Pappeln zu, die die kultivierte Fläche am Ende des Alten Hauses begrenzte. Jenseits der Windscheide fiel das Gelände jäh zu einer kleinen, eingezäunten Fläche hin ab, die größtenteils von zwei flachen, runden Konstruktionen mit langen Metallstangen, die von der Mitte zum Rand führten, eingenommen war.

Tom stand auf einer niedrigen Ziegelmauer und blickte auf diese Vorrichtungen hinab. Als ich auf seinem schmalen Aussichtsplatz zu ihm trat, sog er die Luft durch die Nase ein wie jemand, der eine Kur an der See macht, und warf seine Arme weit auseinander.

„Das ist es!" rief er mit einem Ausbruch von Gefühlen, den ich ihm gar nicht zugetraut hätte. „Hier gehöre ich wirklich hin!"

Völlig verwirrt nahm ich selbst eine Nase voll und spürte, wie sich mein Gesicht vor Ekel verzerrte. Der Geruch war fürchterlich und

schien direkt unter meinen Füßen her zu kommen. Als ich hinabblickte, sah ich den Grund. Am Fuß der Mauer, zwei oder drei Fuß unterhalb der Geländehöhe, waren zwei offene Kanalisationsrohre für das Auge sichtbar und für die Nase mehr als wahrnehmbar, denn sie transportierten sämtliche Ausscheidungen der Schule von Stapley Manor zu dem Entsorgungssystem, das vor uns lag.

„Hier fühlst du dich wirklich zu Hause?"

„Oh ja", schwärmte Tom. „Das bin ich! Hier passe ich hin!"

Als wir wenige Minuten später zurück zum Schulbüro eilten, verspürte ich eine seltsame Mischung aus Verwirrung und Stolz. Verwirrung, weil ich mir beim besten Willen nicht vorstellen konnte, warum jemand ausgerechnet in der Nähe einer Kläranlage Glück und Geborgenheit finden sollte, und Stolz, weil mir schien, daß ich trotz meiner Unerfahrenheit und Naivität die Verteidigungslinien dieses seltsamen Jungen durchbrochen und ein Geheimnis entdeckt hatte, von dem mit an Sicherheit grenzender Wahrscheinlichkeit niemand anderes etwas ahnte.

Ich konnte es gar nicht erwarten, Annie davon zu erzählen. Sie würde sehr beeindruckt sein, selbst wenn ich den Job am Ende nicht bekommen sollte. Als Tom mich vor Mrs. Philips' Büro absetzte und einen höflichen Abschiedsgruß murmelte, hatte ich plötzlich das Gefühl, daß ich diesen Job wirklich haben wollte. Aber welche Hoffnung hatte ich schon gegen jemanden wie Glander?

Mrs. Philips schien sich richtig zu freuen, mich wiederzusehen.

„Wie sind Sie mit Tom zurechtgekommen?" fragte sie.

„Oh, ganz ausgezeichnet", sagte ich. „Da war sogar etwas, das ..."

„Das ist wunderbar!" sagte sie mit einem Blick auf ihre Uhr. „Nun, der Herr Direktor hat mich gebeten, Sie hinüber zu den Klassenräumen zu bringen, damit Sie und Mr. Glander mit ihm einen kleinen Rundgang machen können, bevor die eigentlichen Vorstellungsgespräche beginnen. Okay?"

Ich nickte wie ein Kaninchen angesichts ihrer flotten, lächelnden Effizienz.

Mr. Rowley und Glander erwarteten uns auf den Stufen des Schulgebäudes, als wir vom Büro aus hinübergingen. Glander lachte über irgend etwas, den Kopf zurückgeworfen, die Hände in den Hosenta-

schen. Wahrscheinlich lachte er über mich, dachte ich. Vermutlich erzählte er dem Direktor, für was einen unnützen Idioten er mich hielt. Vermutlich ...

„Mr. Rowley, das ist Mr. Harper. Er hat gerade von Tom eine Führung bekommen. Ich überlasse ihn jetzt Ihnen, ja?"

Mrs. Philips wandte sich zum Gehen, blieb dann stehen, drehte sich noch einmal um und fixierte den Schulleiter mit strengem Blick.

„Die Vorstellungsgespräche beginnen pünktlich um drei Uhr, Herr Direktor. Sie werden doch da sein, nicht wahr?"

A. E. Rowley, ein hochgewachsener, sehr eindrucksvoller Mann in den Fünfzigern mit einem kleinen Büschel „Verrückter-Professor"-Haaren an jeder Seite seines Kopfes, starrte die Sekretärin über den Rand seiner Brille hinweg beleidigt an, offenbar tief verletzt über die Andeutung, es bestünde auch nur die geringste Gefahr, daß er nicht pünktlich wäre.

„Natürlich, Doreen! Selbstverständlich! Natürlich!"

Während Mrs. Philips sich wieder zum Gehen wandte, legte sich Mr. Rowley die flache Hand auf die Stirn und machte einen Schritt hinter ihr her, als ob ihm gerade ein Gedanke gekommen sei, der ihn in leichte Panik versetzte.

„Ach, Doreen ...!"

Die Sekretärin drehte sich abermals um.

„Ja, Herr Direktor?"

„Wann, sagten Sie, sollen die Vorstellungsgespräche beginnen? War es vier Uhr oder ...?"

Mrs. Philips seufzte. „Drei Uhr, Herr Direktor. Sie beginnen um *drei* Uhr."

Mr. Rowley nickte weise. „Ach ja, natürlich, ja, vielen Dank. Drei Uhr, natürlich."

Während Mrs. Philips davoneilte, wandte sich der Direktor mit einem Ausdruck echten Interesses im Gesicht zu mir.

„So, Tom hat Sie also herumgeführt, Mr. Harper. Ich wäre sehr interessiert, zu hören, was für einen Eindruck Sie von dem Jungen haben, äußerst interessiert."

Stolz stieg in mir auf. Das war mein Augenblick! Während wir

uns anschickten, das Schulgebäude langsam zur Rückseite zu umrunden, suchte ich nach passenden Worten, um meinen Durchbruch bei diesem Jungen zu schildern, der mir seine Geheimnisse anvertraut hatte.

„Nun, wissen Sie, Mr. Rowley, es war ein außergewöhnliches ..."

„An meinem kleinen Arschloch war nichts Interessantes!"

Glanders Stimme knüppelte meine Rede nieder.

„Verzeihen Sie, Mr. Glander", sagte Mr. Rowley und wandte seine Aufmerksamkeit dem anderen Mann zu. „Sagten Sie, es sei nichts Interessantes an Ihrem kleinen Arschloch gewesen?"

„Dieser Colin! Hat auf dem ganzen Rundgang kaum etwas gesagt, und wenn, dann hat er größtenteils nur undeutlich herumgeflucht. Bengel wie der ändern sich nie. Der landet im Knast, bevor er achtzehn ist. Da wette ich mit Ihnen fünfzig zu eins. Habe ich alles schon erlebt. Ich habe schon mit tausend Colins gearbeitet."

„Und sind bei ihnen allen gescheitert? Das muß aber sehr entmutigend für Sie sein, Mr. Glander."

War der milde Tonfall des Direktors vorgetäuscht? Glander fehlten für einen Augenblick die Worte.

„Natürlich haben wir nur einen Colin hier", fuhr Mr. Rowley fort, „und ich muß sagen, daß wir ihn eigentlich recht gern haben. Aber", räumte er ein, „manchmal ist er schon ziemlich unausstehlich – andererseits bin ich das auch, also ..."

„Ist Rauchen hier erlaubt, Mr. Rowley?"

Ein kleines Grüppchen Jungen, die vermutlich gerade in ihre Nachmittagspause entlassen worden waren, hatte uns überholt, als wir langsam auf die Gärten zu schlenderten. Im Vorbeigehen deuteten sie flüsternd und lachend auf uns. Mir war aufgefallen, daß einer von ihnen ein Päckchen Zigaretten und eine Streichholzschachtel in der Hand hatte.

„Rauchen?" erwiderte Mr. Rowley mit zutiefst schockiertem Tonfall. „Rauchen ist den Jungen durch die grafschaftlichen Vorschriften ausdrücklich verboten und folglich auch an dieser Schule nicht erlaubt. Absolut nicht!"

„Aber einer von diesen Jungen, die gerade vorbeigegangen sind, hatte Zigaretten in der Hand. Ich habe es genau gesehen!"

Der Direktor spähte geistesabwesend in die Ferne. „Ich habe keine Zigaretten gesehen“, sagte er und verlor offenbar schon das Interesse an dem Thema.

Die fraglichen Jungen waren alle hinter einem großen Gebüsch etwa zwanzig Meter vor der Holzwerkstatt verschwunden, die in einem Anbau am hinteren Ende des Schulgebäudes untergebracht war. Es war unmöglich, die Tatsache zu übersehen, daß hinter dem Gebüsch Rauch in kleinen Wölkchen aufstieg. Entweder brannte das Gebüsch oder diese Jungen rauchten.

„Die kleinen Arschlöcher rauchen hinter dem Gebüsch da!“ sagte Glander, dessen Lebensgeister beim Anblick eines bestrafungswürdigen Vergehens zurückkehrten.

Mr. Rowley kratzte sich seine kahle Stelle auf dem Kopf und blickte sich verwirrt um.

„Gebüsch?“ fragte er. „Was für ein Gebüsch?“

„Na, das verdammte Gebüsch da!“ platzte Glander heraus und deutete auf das große, unübersehbare Strauchwerk, hinter dem, wenige Meter von uns entfernt, immer noch der Qualm aufstieg.

„Das muß unser Lagerfeuer sein, was Sie da sehen ...“

Kaum hatte ich die Worte des Direktors vernommen, da setzte sich seine hochgewachsene Gestalt in Richtung Kläranlage in Trab. Statt jedoch weiter auf die Pappeln zuzulaufen, machte er einen abrupten Schwenk nach rechts und verschwand in einem schmalen Durchgang zwischen zwei großen, rußgeschwärzten Baracken. Ich konnte Glander hinter mir schnaufen und fluchen hören, während ich durch den schmalen Gang hastete und schließlich auf eine kleine, mit Gestrüpp bewachsene Fläche gelangte, die von zwei Seiten von einer dichten Buchenhecke eingeschlossen und durch die beiden großen Nebengebäude, zwischen denen ich gerade hindurchgerannt war, vor dem Hauptgebäude verborgen war. Inmitten dieser Fläche standen zwei Metallöfen neben einer ständigen Feuerstelle, auf der zur Zeit jedoch nur eine niedrige Pyramide aus grauer Asche lag, aus deren Mitte sich der Rauch träge emporkräuselte. Neben der Feuerstelle kniete ein Junge auf dem Boden und machte sich mit einer Schere an einem großen Karton zu schaffen. A. E. Rowley stand mit verschränkte Armen neben ihm und sah zu.

„Ich war mir ziemlich sicher, daß wir den kleinen Robert hier antreffen würden", sagte er heiter. „Er baut sich ein Haus aus einem Karton, nicht wahr, Robert?"

Der Junge blickte auf und nickte. Zwei Dinge fielen mir auf. Sein schwarzes, dickes Brillengestell schaffte es nur mit Mühe und Not, seine Identität zu bewahren. Es wurde von einer erstaunlichen Ansammlung von Heftpflastern, Schnüren, Bindedraht und Klebeband zusammengehalten. Hinter den starken Gläsern blickten zwei schlaue, furchtsame und aufgeregte Augen hervor. Das andere war die ungewöhnlich starke Färbung seiner Wangen. Auf jedem seiner Wangenknochen brannte ein leuchtend roter Fleck, der sich kräftig von der kalten Blaßheit seiner übrigen Haut abhob. Er war unbeschreiblich schmutzig und unordentlich.

„Sag hallo zu diesen beiden Herren, Robert", sagte Mr. Rowley, „und erzähl ihnen, was du gerade machst."

„Lo!" grunzte Robert unfreundlich.

Er hob seinen Karton auf und setzte ihn mit dem offenen Ende nach unten auf den Abfall in einem der Öfen. Ich betrachtete den Karton. Robert hatte Löcher als Fenster und eine Tür in die Seiten geschnitten. Mit vor Erregung glänzenden Augen nahm er ein Heftchen Streichhölzer und entzündete das Papier im Ofen unter dem Karton. Als das Papier Feuer fing und Flammen in den Karton hinaufzulodern und durch die Fenster zu flackern begannen, erklärte Robert mit tiefer Zufriedenheit:

„Das is'n Haus, wissense, und ich hab's angezündet. Und da drinnen sitzen 'ne Menge Leute fest, und alle verbrennen jetzt!"

Er hockte sich hin, starrte in die Flammen und versank in seinen aufregenden Tagtraum, während der Widerschein des Feuers in den Gläsern seiner unsäglichen Brille tanzte und loderte.

Der Direktor blickte auf seine Uhr und sah mich dann flehend an.

„Mr. Harper", sagte er, „ob Sie wohl noch wissen, ob Mrs. Philips drei oder vier Uhr als Zeit für den Beginn der Vorstellungsgespräche genannt hat? Ich fürchte ..."

„Drei Uhr", schaltete sich Glander gleichgültig ein, „und jetzt ist es schon fünf nach."

Als wir rasch zurück in Richtung Büro gingen, fiel mir Tom wieder ein.

„Ich wollte noch sagen, Mr. Rowley, wegen Tom, daß da etwas wirklich sehr ..."

„Ah, da sind Sie ja endlich, Herr Direktor. Es ist schon fast zehn nach drei ..."

Mrs. Philips war uns entgegengekommen.

In gewissem Sinn freute ich mich regelrecht auf das Vorstellungsgespräch. Nicht, daß ich auch nur einen Moment lang daran glaubte, daß man mir den Job anbieten würde. Meine kurzen Begegnungen mit nur einem oder zwei Jungen hatten gezeigt, daß ich völlig überfordert sein würde, wenn es darum ging, ihnen tatsächlich bei ihren Problemen zu helfen. Aber A. E. Rowley hatte etwas an sich, das mir sehr sympathisch war, und ich hoffte, daß einige der Rätsel, auf die ich im Lauf des Nachmittags gestoßen war, sich während der nächsten zwei Stunden aufklären würden.

Glander wurde als erster ins Büro des Direktors gerufen, so daß ich zurückblieb, um nervös durch eine uralte Frauenzeitschrift zu blättern, die auf dem Kaffeetisch im Wartezimmer lag. Die nächsten fünfundvierzig Minuten kamen mir wie Stunden vor. Meine Gliedmaßen begannen zu jucken und sich unkontrolliert zu bewegen, und ich spürte, wie das Haar an meinen Schläfen vom Schweiß feucht und unordentlich wurde, während ich in Gedanken immer wieder meine Antworten auf die peinlichen Fragen probte, die während meines Vorstellungsgesprächs unweigerlich gestellt werden würden.

Endlich tauchte Glander wieder auf. Er sah nicht mehr ganz so selbstsicher aus, dafür aber um so aggressiver. Gereizt durch die Zähne pfeifend sammelte er seine Habseligkeiten vom Sessel gegenüber ein. Ich spürte, daß er schnell weg wollte, ohne noch mit mir reden zu müssen.

„Wie war's?" fragte ich unschuldig.

Er blieb auf dem Weg zur Tür stehen und zuckte mit gespielter Gleichgültigkeit die Achseln.

„Wenn die jemanden haben wollen, der diese Bengel in Schach halten kann, dann werden sie mir den Job anbieten. Wenn nicht, sind sie selbst dran schuld."

Er schüttelte verächtlich den Kopf.

„Ich sage Ihnen was. Wenn dieser Rowley es nicht einmal sieht, wenn die Bengel direkt vor seiner Nase gegen die Vorschriften verstoßen, weiß ich sowieso nicht, ob ich für ihn arbeiten will. Es gibt jede Menge andere Jobs."

Er sprach eigentlich nicht zu mir. Er sprach zu der schwächlichen, puddingartigen Welt, die ich repräsentierte. Während er, im Gehen die Hosen hochziehend, meinen Blicken entschwand, wurde mir instinktiv klar, daß es, so gering auch meine Chance, den Job zu bekommen, sein mochte, äußerst unwahrscheinlich war, daß ein Mann wie Mr. Rowley einen Mann wie Mr. Glander einstellen würde. Zum ersten Mal setzte sich ein winziger Same der Hoffnung in mir fest.

Freilich kam mir die erste Hälfte meines Vorstellungsgesprächs wie eine Katastrophe vor. Mrs. Crompton, die Hausverwalterin, konfrontierte mich mit einer Reihe von hypothetischen Situationen, von denen keine auch nur das geringste mit irgendeinem meiner bisherigen Erlebnisse zu tun zu haben schien. Zugegeben, sie lieferte mir auch sehr starke Hinweise auf die subtilen, psychologischen Antworten, die sie von mir zu hören hoffte, doch ich wurde durch die ständigen Einwürfe und Kommentare des stellvertretenden Direktors George Ashton daran gehindert, sie ihr zu liefern, denn er favorisierte offensichtlich das pragmatische, zupackende Herangehen an Probleme.

Während ich mit meinen Antworten zwischen diesen beiden zu jonglieren versuchte, wurde mir nach und nach immer deutlicher, daß Mr. Rowley nicht das geringste Interesse an dem ganzen Vorgang zu haben schien. Soweit ich sehen konnte, richtete sich seine gesamte Aufmerksamkeit auf eines dieser kleinen, quadratischen Plastikpuzzles, bei denen man alle Buchstaben in alphabetische Reihenfolge bringen muß.

Abgesehen von der kurzen Vorstellung, als ich hereinkam, hatte der Direktor sich zum ersten Mal in die Verhandlungen eingeschaltet, als er mich auf meine Zurechnungsfähigkeit testete. Durch ein Wunder schien ich das wenigstens richtig gemacht zu haben, und nachdem wir ein paar Augenblicke lang laut gelacht hatten, legte er

sein Puzzle zur Seite, fixierte mich über den Brillenrand hinweg und schenkte mir wieder jenes schiefe Lächeln.

„Mr. Harper", sagte er freundlich, „es scheint mir ganz offensichtlich zu sein, daß Sie keine Ahnung von der Arbeit mit milieugestörten Kindern haben – keinen blassen Dunst."

Mir sank das Herz.

„Das ist natürlich", fuhr er fort, „ein deutlicher Vorzug für die Stellung, für die Sie sich bewerben. Wir werden Ihnen beibringen können, die Fehler auf unsere Art zu machen."

Ich fing an zu kichern, verstummte aber abrupt, als ich begriff, daß er keinen Witz gemacht hatte.

„Es könnte jedoch sein", fuhr Mr. Rowley fort, „daß Sie ein wenig ... äh ... im unklaren sind bezüglich der Arbeit, die wir hier tun. Wenn Sie also irgendwelche Fragen haben, werde ich – das heißt, werden wir – sie Ihnen gerne beantworten."

Endlich! Jetzt war ich an der Reihe, Fragen zu stellen.

„Ja", sagte ich, „es gibt da ein oder zwei Dinge ..."

Drittes Kapitel

„*Schamloses Handeln*, Mr. Harper?"

Die edle Stirn des Direktors verzog sich zu einem Muster aus Falten, als er versuchte, sich einen Reim auf das zu machen, was ich gerade gesagt hatte.

„Sie sagen, der kleine Dennis habe die Erwartung geäußert, Unterricht in schamlosem Handeln zu erhalten? Das ist aber sehr seltsam."

„Nun, ich glaube, das war es, was er gesagt hat, aber ich könnte mich auch verhört haben. Ich bin nicht ganz sicher ..."

George Ashton sah aus, als würde er mir am liebsten einen Elektroschock verpassen. Die Hausverwalterin saß kerzengerade auf ihrem Stuhl, einen Ausdruck strenger Mißbilligung auf ihrem Gesicht. Ich rechnete halb damit, daß sie mir das Lineal über die Hand ziehen würde, weil ich Unsinn erzählt hatte. Dann sprach sie.

„Wir richten hier großes Augenmerk auf die geistige, körperliche und moralische Gesundheit, Mr. Harper. Ein Unterricht in Dingen, die den Kindern zum Schaden gereichen könnten, käme überhaupt nicht in Frage."

„Es liegt mir völlig fern ..."

„... anzudeuten, daß wir den guten Dennis in den Leistungskurs Ladendiebstahl gesteckt haben könnten, was, Mr. Harper?" unterbrach mich der stellvertretende Direktor trocken.

Ich rutschte unbehaglich auf meinem Stuhl hin und her. Das war ja entsetzlich! Warum hatte ich meinen Mund nicht halten können?

„Es tut mir leid – ich wollte keineswegs ..."

„Oh!" Die kleine Hausverwalterin schlug die Hände vors Gesicht, als ihr im Moment der Erkenntnis ein Aufschrei entfuhr. „Oh, Mr. Harper! Schamloses Handeln! Du meine Güte! Oh ..."

Sie sackte hilflos kichernd zusammen.

„Meine liebe Mrs. Crompton", beschwor sie Mr. Rowley. „Bitte

werfen Sie Licht auf dieses kleine Mysterium. Wir tappen vollkommen im dunkeln."

Die Hausverwalterin brachte sich schließlich wieder unter Kontrolle und betupfte ihre Augen mit einem blaßrosa Taschentuch, während sie die Sache erklärte.

„Es tut mir leid, Mr. Harper. Mir ist jetzt völlig klar, wie es zu diesem Mißverständnis kommen konnte. Wissen Sie, wir haben heute morgen festgestellt, daß wir unter den älteren Jungen ein kleines Problem haben – ein Hygieneproblem. Offenbar hat der kleine Dennis mich falsch verstanden, als ich heute morgen bei der Morgenbesprechung bekannt gab, daß es heute nach dem Mittagessen eine besondere Inspektion geben würde. Offensichtlich meinte er, ich hätte gesagt, wir würden heute ein ‚schamloses Handeln' durchführen, während ..."

Ihre nächsten Worte gingen in einem kichernden Erstickungsanfall unter.

„Während ...?" Ein halbes Lächeln lag wie eingefroren auf Mr. Rowleys Gesicht, während er auf die Offenbarung wartete.

Mrs. Cromptons Taschentuch war inzwischen nur noch ein durchnäßter rosa Fetzen. Nachdem sie sich geräuspert und ein- oder zweimal den Kopf geschüttelt hatte, fuhr sie fort.

„Während es in Wirklichkeit um eine *Schamlausbehandlung* ging!"

Alle drei Mitglieder des Auswahlgremiums brachen in tosendes Gelächter aus. Der Direktor nahm sein kleines Plastikpuzzle, warf es in die Luft und schlug es mit der flachen Hand quer durch den Raum. Zwischen seinen lauten Lachsalven wiederholte er immer wieder mit immenser Befriedigung die Worte „Schamloses Handeln – Schamlausbehandlung!" George Ashton, das Gesicht zu einer Grimasse gespielter Fassungslosigkeit verzerrt, schüttelte schnell den Kopf hin und her und trommelte mit der Faust auf den Tisch, während sein rauhes Gelächter sich disharmonisch mit Mr. Rowleys volltönendem Gewieher mischte. Die Hausverwalterin verließ mit tränenüberströmten Wangen den Raum, um ein paar Sekunden später mit einem langen Streifen rosa Toilettenpapier wieder aufzutauchen, mit dem sie sich mehrmals lautstark die Nase putzte.

Ich lachte nicht. Ich hätte beim besten Willen nicht lachen kön-

nen. Ich war vollkommen entsetzt! SCHAMLÄUSE? Was für ein Horror! Und warum konnten diese drei Leute so unbeschwert darüber lachen? Ich, der ich mich gerne als freien Geist sah, ungehemmt von kleinlicher Prüderie, hatte noch nie in meinem Leben über irgend etwas Schambehaftetes geredet, geschweige denn über Schamläuse! Ich wußte, daß mir das Blut in die Wangen gestiegen war. Ich war puterrot vor Verlegenheit und Besorgnis. Wenn man mir diesen Job anbot, würde ich dann auch inspizieren müssen, ob ... auf keinen Fall! Ein groteskes Bild formte sich in meiner Vorstellung, während ich darauf wartete, daß das Auswahlgremium seine Fassung zurückgewann. Es war ein Junge. Eine Art Mischung aus Mr. Rowleys hypothetischem Gewalttäter und all den anderen Kindern, die ich kennengelernt oder von denen ich gehört hatte, seit ich durch die Pforte von Stapley Manor getreten war. Ich sah ihn deutlich vor mir, einen rothaarigen, mordlustigen, von Läusen befallenen Pyromanen, der sein Leben damit verbrachte, Bäume zu umarmen und voller Ekstase die Ausdünstungen einer Kläranlage zu inhalieren. Wieviel bezahlten die einem für diesen Job?

„Bitte entschuldigen Sie uns, Mr. Harper. Die verbalen Ungenauigkeiten des kleinen Dennis sind uns immer wieder eine große Erheiterung."

Der Direktor hatte sich wieder in der Gewalt. Er sortierte wenig überzeugend die vor ihm liegenden Papiere, unterdrückte ein letztes Lachen und sah mich mit verwirrtem Gesichtsausdruck an, als hätte er Mühe, sich zu erinnern, wer ich war und was ich hier wollte. Von seinen Kollegen zu beiden Seiten waren immer noch vereinzelte Heiterkeitsbezeugungen zu hören.

„Nun, Mr. Harper, wo waren wir ...? Ach ja, natürlich. Fragen! Bitte fahren Sie fort mit Ihren Fragen."

Mrs. Crompton und der Stellvertreter beugten sich erwartungsvoll vor, vermutlich in der Hoffnung, ich würde noch so eine zum Brüllen komische Anfrage auf Lager haben. Vielleicht würden sie mich, wenn alles andere scheiterte, als eine Art Komiker vom Dienst engagieren, dachte ich. Ich holte tief Luft und stürzte mich auf den einzigen Bereich, der mir eine Möglichkeit bot, die drei Leute, die mir gegenübersaßen, zu beeindrucken.

„Es geht um Tom ... den Jungen, der mich herumgeführt hat. Da war etwas – oder besser, er hat etwas gesagt, das meiner Meinung nach, nun ... wichtig war.“

Es war nicht zu übersehen, daß ich jetzt ihre Aufmerksamkeit hatte. Die Hausverwalterin hatte die Schamläuse vergessen und saß ganz vorn auf der äußersten Stuhlkante, die freundlichen blauen Augen voller Interesse weit aufgerissen, die Hände gesittet auf die Knie gelegt.

George Ashton sah aus, als hätte er gerade etwas ziemlich Interessantes gefunden, das den Abfluß verstopfte, und das Beunruhigendste war, daß Mr. Rowley sich erhoben hatte, die Hände über dem Kopf verschränkt hielt und mich unverwandt ansah.

„Tom ist unser ältester Schützling, Mr. Harper. Wir sind alle sehr ... sehr besorgt um ihn. Ich würde es als einen persönlichen Gefallen betrachten, wenn Sie so freundlich wären, uns Ihre Begegnung mit ihm und natürlich Ihren Eindruck von dem Jungen in allen Einzelheiten zu schildern. Manchmal können Außenstehende ... nun, bitte berichten Sie uns.“

Zum ersten Mal seit dem Beginn des Vorstellungsgesprächs entspannte ich mich ein wenig. Sie schienen wirklich wissen zu wollen, was ich von Tom hielt. Also beschrieb ich mit peinlicher Genauigkeit meinen kürzlichen Rundgang durch die Schule, insgeheim voller Vorfreude auf den Höhepunkt meiner Geschichte und die „Oohs“ und „Aahs“, die er meinem Publikum vielleicht entlocken würde. Sie hörten zu, ohne mich zu unterbrechen, und lauschten mit schmeichelhafter Aufmerksamkeit jedem meiner Worte. Als ich mit trockenem Mund, aber innerlich bebend vor Erregung zum Ende kam, bemerkte ich überrascht, daß Mrs. Crompton sich eine Träne aus dem Auge wischte. Diesmal war es keine Lachträne, aber ich konnte mir nicht vorstellen, was die Ursache war – doch wohl kaum etwas von dem, was ich berichtet hatte?

„Bemerkenswert, Mr. Harper – äußerst bemerkenswert!“

Der Direktor ließ sich langsam wieder auf seinen Stuhl sinken, und jenes seltsam strahlende Lächeln verwandelte wieder sein Gesicht.

„Sie sind der Erste, Mr. Harper, der Allererste!“

Das war eine befriedigende Reaktion, aber warum war die Hausverwalterin so tief bewegt?

„Sie meinen, der – erste, der von der Kläranlage weiß, und ... all das?"

„Lieber Himmel, nein!"

Mr. Rowley reckte seinen Kopf unter den immer noch erhobenen Händen vor wie eine aufgeschreckte Schildkröte.

„Nein, Mr. Harper. Tom hat Psychiater, Psychologen, Sozialarbeiter und alle möglichen Besucher mit solchen Ausflügen unterhalten, seit er zu uns kam. Einmal hat er den Vorsitzenden des Kuratoriums, einen recht rundlichen Mann, dazu überredet, ihn eine äußerst altersschwache Leiter hinauf auf das Flachdach des Schulgebäudes zu begleiten. Nur dort, behauptete Tom, fühle er sich wahrhaft geborgen."

Er lächelte angesichts der Verwirrung, die mir offenbar anzusehen war.

„Tom ist ein sehr aufgeweckter Junge, Mr. Harper, sehr aufgeweckt. Aber er hat festgestellt, daß es nötig, ja lebenswichtig für ihn ist, das Anstreben dessen, was man traditionell als Erfolg ansieht, zu verschieben, bis er gewisse anderweitige Probleme – gelöst hat. Die Manipulation Erwachsener ist eines der Dinge, mit denen er sich bis dahin, sagen wir, die Zeit vertreibt."

George Ashton kratzte sich an der Nase.

„Es ist sein Hobby", knurrte er. „Seine Lieblingsbeschäftigung."

Das war also Toms „Ding". Darauf wäre ich in einer Million Jahren nicht gekommen! Aber was hatte Mr. Rowley dann gemeint, als er sagte, ich sei der Erste? Etwas, das zu meinen Gunsten sprach? Bitte, Gott, laß es etwas sein, das wenigstens ein kleines bißchen zu meinen Gunsten spricht.

„Als Mr. Rowley sagte, Sie seien der Allererste, Mr. Harper, meinte er, glaube ich, etwas anderes, das Sie gesagt haben."

Mrs. Crompton hatte aufgehört zu weinen, aber ihre Stimme war weich und ernst, als sie mit ihrer Erklärung fortfuhr.

„Sie sagten, Tom habe Sie mit hinauf in sein Zimmer genommen und Ihnen ein Foto gezeigt. Wissen Sie noch, wer auf dem Bild zu sehen war?"

Ich dachte einen Moment lang nach.

„Soweit ich mich erinnere, waren es ein Mann, eine Frau und zwei kleine Kinder. Ich bin davon ausgegangen, daß eines davon Tom sein müsse. Das war freilich nur eine Vermutung ..."

„Sie hatten völlig recht, Mr. Harper. Eines der Kinder war Tom, das andere Toms kleiner Bruder Justin – oder JD, wie sie ihn nannten, als Abkürzung für Justin David. Das Bild ist vor ungefähr zehn Jahren entstanden, als Tom fünf und Justin vier war. Es ist das einzige noch existierende Foto, auf dem sowohl Tom als auch seine Mutter zu sehen sind."

Ich hatte das Gefühl, daß irgendeine Tragödie im Spiel war.

„Aber warum gibt es nur ein einziges ...?"

„Alle anderen hat Toms Mutter zerrissen. Dieses eine blieb irgendwie verschont. Wissen Sie, als JD geboren wurde, entwickelte Mrs. Verne plötzlich eine völlig irrationale Abneigung gegen den kleinen Tom. Sie haßte sich selbst dafür – sie ist eigentlich eine sehr nette Dame – aber nichts schien gegen ihre Gefühle zu helfen."

Ich schluckte hart. Wenn ich in diesem Augenblick ohne Aufhebens hätte verschwinden können, hätte ich es getan. Ich hatte das Gefühl, daß Toms Geschichte sich in geheime, empfindliche Orte in meinem Innern hineingraben würde. Die Hausverwalterin beobachtete meine Augen, während sie fortfuhr.

„Sie schaffte es eine ganze Weile lang, es zu verbergen – sie machte es sehr gut, wirklich – aber ... nun, Kinder spüren solche Dinge nun einmal. Als Tom älter wurde, spürte er, daß JD etwas von seiner Mutter bekam, das ihm vorenthalten blieb. Nicht Spielzeug oder Essen oder dergleichen. Mrs. Verne achtete genau auf Gerechtigkeit in den materiellen Dingen – das war der leichtere Teil. Was Tom abging, war die echte, ehrliche Zuneigung seiner Mutter. Wir wissen nicht ganz genau, was dann passierte, aber wie es scheint, verbrachte Tom den größten Teil seiner Zeit damit, zu versuchen, sich die Zuneigung seiner Mutter zu verdienen – zurückzukaufen. Und je mehr er sich darum bemühte, desto zorniger und schuldbewußter wurde seine Mutter, bis ihre Gefühle gegenüber Tom an die Oberfläche drangen und sie anfing, ihn wirklich sehr schlecht zu behandeln."

„Sie meinen ..."

„Sie schlug ihn, sagte sarkastische Dinge zu ihm – solche Dinge. Und Tom ... nun, er verstand immer noch nicht, was eigentlich los war, und deshalb versuchte er um so verzweifelter, sie dazu zu bringen, ihn zu lieben.“ Mrs. Cromptons Augen wirkten unnatürlich hell.

„Es muß ... schrecklich gewesen sein. Jedenfalls, eines der Dinge, die sie tat, um ihm weh zu tun, war, daß sie alle Fotos zerriß, auf denen sie beide zu sehen waren. Das tat sie, kurz bevor er zu uns kam, als er etwa zehn war. Er mußte sowieso kommen, wissen Sie. Alles wurde davon in Mitleidenschaft gezogen – die Schule, seine Freundschaften, die anderen Familienmitglieder – alles. Er fährt in den Ferien nach Hause, aber immer nur für kurze Zeit, und sie hat ihn in der ganzen Zeit, seit er hier ist, nicht ein einziges Mal besucht. Nur sein Vater kommt hin und wieder. Ein netter Mann, aber schwach. Sie sehen also ... dieses Bild hat eine große Bedeutung für Tom ...“

„Und der Punkt ist“, unterbrach George Ashton, „daß wir ihn in der ganzen Zeit, seit er hier ist, noch nie dazu bringen konnten, über seine Mutter zu sprechen. Dieser ganze Bereich war ‚streng privat – Betreten verboten‘, Sie wissen schon. Ich habe es versucht – zweimal. Das eine Mal rannte er geradewegs von mir weg, die Einfahrt hinunter, zum Tor hinaus und hinauf auf den Gipfel, und wir sahen ihn erst nach drei Stunden wieder. Das andere Mal kniff er die Augen zu, legte die Hände über die Ohren und blieb den ganzen Vormittag so in der Stiefelkammer sitzen. Er weiß, daß wir wissen, daß er weiß und so weiter. Ich glaube, er hat uns sogar ganz gerne, aber ...“

Mr. Rowley beugte sich vor und sprach mich ganz direkt an:

„Daß Tom Sie freiwillig, wenn auch nur durch eine kleine Handbewegung, aufgefordert hat, dieses Foto an seinem Nachttischchen anzusehen, ist ein bedeutender Schritt nach vorn im Leben dieses jungen Mannes. Es geschehen keine Wunder in der Arbeit, die wir hier tun, Mr. Harper, aber hin und wieder gibt es Momente, bedeutsame und manchmal herzerwärmende Momente. Das hier war eben ein solcher Moment, und wir danken Ihnen dafür.“

Bald darauf war mein Vorstellungsgespräch zu Ende. Es gab viele Fragen, die ich noch nicht hatte stellen können, aber ich war wie benommen von dem ganzen Erlebnis und gab mich während der letz-

ten zehn Minuten gern damit zufrieden, nach Informationen über rein praktische Dinge zu fragen. Der Direktor bestätigte, daß ich, falls meine Bewerbung erfolgreich sein würde, in einer kleinen Einzimmerwohnung im Alten Haus wohnen mußte. Meine Pflichten, erklärte er, würden die alltägliche Leitung des Hauses und das allgemeine Wohlergehen der Jungen beinhalten. Ich würde sie morgens wecken, am Abend beaufsichtigen und zur Schlafenszeit ins Bett bringen. Ich nickte zuversichtlich dazu, obwohl ich nicht die geringste Vorstellung hatte, wie ich an diese Aufgaben herangehen sollte. George Ashton fügte hinzu, daß ich auch kleinere Reparaturen an Schranktüren, Tischen, Fenstern und allen anderen Gegenständen im Haus, die der Wartung bedurften, durchzuführen hätte. Das war ein wenig beunruhigend. Ich war noch nie jemandem begegnet, der über weniger handwerkliches Geschick verfügte als ich. Ich schien einen ganzen Arm voller Werkzeuge zu brauchen, nur um einen Stecker auszuwechseln. Ich sagte jedoch nichts von meiner Inkompetenz – schließlich konnte ich diese Dinge vielleicht nach und nach lernen.

Als ich wieder in dem kleinen Wartezimmer war und mich in einen Sessel fallen ließ, schloß ich erschöpft die Augen und fragte mich, was ich tun würde, falls Mr. Rowley mir den Job anbot, bevor ich an diesem Nachmittag wieder nach Hause fuhr. Konnte ich wirklich mit Jungen wie Dennis und Colin und Robert und Tom zurechtkommen? Armer alter Tom. Genau besehen, würde Tom ja gar nicht in meinem Haus wohnen. Er wohnte ja im Neuen Haus, aber das bedeutete nicht, daß ich ihn nicht sehen würde, denn ...

„Mr. Harper. Wachen Sie auf, Mr. Harper!"

Es war Mrs. Philips. Ich kam mit Mühe auf die Beine, mit trübem Blick und benommen vom ersten Anflug des Schlafes. Irgendwie schien mir, als könnte ich die eine Seite meines Körpers nicht auf eine Höhe mit der anderen bringen. Ich kam mir vor wie ein Wrack.

„Schon gut, Mrs. Philips. Ich habe nicht richtig geschlafen – nur ... etwas geruht."

„Natürlich, Mr. Harper. Sie haben auch eine Ruhepause verdient. Es war ein langer Nachmittag für Sie. Mr. Rowley läßt nur anfragen,

ob Sie vielleicht Lust hätten, ihm bei einer schönen Tasse Tee und einem Stückchen Kuchen oder einem Keks Gesellschaft zu leisten, bevor Sie gehen."

Sie lächelte mich vielsagend an.

„Ich glaube wirklich, daß Sie das tun sollten, Mr. Harper."

„Äh ... ja, ja natürlich, gerne, Mrs. Philips. Vielen Dank – allerdings, wäre es wohl möglich, daß ich vorher noch irgendwo ein Telefon benutzen könnte?"

Die Sekretärin floß geradezu über vor Verständnis und Warmherzigkeit.

„Warum kommen Sie nicht mit und benutzen einfach das Telefon in meinem Büro, Mr. Harper? Dort können Sie ganz ungestört sein."

Zwei Minuten später war ich allein in dem winzigen Büro. Die freundliche Form des Telefons befand sich vor mir auf dem Schreibtisch. Durch die Fenstergardinen konnte ich Dennis' Kiefer sehen (die eines der Dinge war, nach denen ich noch nicht gefragt hatte), und dahinter, ganz deutlich abgehoben vor der blauen Fläche des Himmels, die oberste Spitze des Hügels, den sie hier den Gipfel nannten, den Ort, an den sich Tom geflüchtet hatte, als jemand versuchte, seinen persönlichen Dämon aus dem Hintergrund seines Geistes nach vorn zu locken. Ich konnte mir ungefähr vorstellen, wie Tom sich an jenem Tag gefühlt haben mußte. Auch in meiner Vergangenheit gab es Dinge, an die ich mich selbst jetzt noch auf keinen Fall erinnern wollte. Bestand die Gefahr, diese Dinge aufzurühren, wenn ich mein ganzes Arbeitsleben mit diesen chaotischen, gestörten Kindern verbrachte? Wahrscheinlich. Fast sicher. Konnte ich das verkraften?

Ich wählte Annies Nummer.

„David?" hörte ich wenige Augenblicke später ihre Stimme.

„Wo bist du? Wie ist es gelaufen? Hast du die Stelle gekriegt? Was ist ...?"

Ich unterbrach sie.

„Annie, ich habe das Gefühl, daß Mr. Rowley mir den Job anbieten wird – in wenigen Minuten, meine ich. Aber ich weiß nicht recht, wie ..."

„Du weißt nicht recht? Was weißt du nicht recht? David, was weißt du nicht recht? Sag es mir, David!"

Ich spürte förmlich, wie sehr Annie sich danach sehnte, hier neben mir zu sein, mir Vernunft beizubringen, mich zu bestärken – all die Dinge zu tun, in denen sie so gut war.

„Annie, ich werde hier wohnen müssen. Ich werde dich kaum sehen können – wir werden uns kaum sehen können! Du wirst bald die Nase voll haben von ... von ..."

„Worum machst du dir Sorgen, David?"

Annies Stimme klang plötzlich ganz ruhig und ausgeglichen.

„Das habe ich dir doch gerade gesagt ..."

„Was ist es wirklich, David? Bitte sag es mir."

Ich hatte keine Zeit, Annie dafür zurechtzuweisen, daß sie eine Abkürzung durch ein weiteres unserer vertrauten Streitmuster nahm.

„Annie, die Kinder hier sind – manche von ihnen sind sehr – aufschließend."

„Aufschließend?"

Am anderen Ende der Leitung herrschte Schweigen, als sie über das Wort nachdachte, das mir ganz ungebeten von den Lippen gesprungen war.

„Du meinst, sie schließen dich auf?"

„Also – ja, gewissermaßen ..."

„David."

„Ja, Annie?"

„Du hast es nötig, aufgeschlossen zu werden. Die einzige Frage ist, ob dies der beste Weg ist, das zu tun. Es wäre nicht fair, die Kinder als eine Art Therapie zu benutzen. Das meine ich nicht. Auf der anderen Seite gibt es vielleicht Dinge, die du besser verstehen würdest als viele andere Leute."

Sie hielt inne.

„Liebling, ich glaube, es wird dir eine Zeitlang schwerfallen, aber ... nun ja, vielleicht bist du reif dafür, dich an etwas Schwerem zu versuchen. Aber letztendlich ist es deine Entscheidung, nur deine. Ich werde mich freuen, wie auch immer du dich entscheidest. Ach, und David ..."

„Ja?"

„Ich liebe dich."

„Ich liebe dich auch, Annie. Ich sollte jetzt lieber gehen – bis später. Im ‚King's Head'?"

„Oh ... ja, okay. Bis später, Liebling. Ich bin sicher, du wirst die richtige Entscheidung treffen. Mach's gut."

Mrs. Philips führte mich einen gepflasterten Gehweg entlang, der sich zwischen weit auseinanderstehenden silbernen Birken über eine ausgedehnte Rasenfläche voll weichen, grünen Grases zwischen dem Bürotrakt und der Straße dahinschlängelte. Das Haus des Direktors entpuppte sich als ein großes Ziegelsteingebäude mit einem seltsam unregelmäßig geformten Anbau an einer Seite. Die Sekretärin drückte die Haustür auf, ohne zu klopfen, und führte mich durch die Diele in ein gemütliches Wohnzimmer, wo Mr. Rowley und eine weitere Person an einem niedrigen Tisch saßen, der mit all den üblichen Zutaten der Teezeit beladen war.

Die andere Person war ein Junge. Er kam mir irgendwie bekannt vor, aber mir fiel im Augenblick nicht ein, wo ich ihn schon einmal gesehen hatte. Der Direktor blickte auf und sah mich über den Rand seiner Brille hinweg an.

„Mr. Harper! Wie schön, daß Sie kommen – Robert haben Sie ja schon kennengelernt, nicht wahr?"

Robert? Der Junge am Lagerfeuer? Konnte dieser frisch geschrubbte, ordentlich gekleidete Junge, dessen Brille in tadellosem Zustand war, derselbe verwahrloste Bengel sein, den ich zuvor dabei beobachtet hatte, wie er imaginäre Leute in einem Haus aus Karton zu Tode verbrennen ließ?

„Sag hallo zu Mr. Harper, Robert."

„Lo!" grunzte der Junge, den Mund voller Kuchen.

Es war Robert.

„Robert ist vorbeigekommen, um mich nach meiner Meinung zu fragen, ob er für einen elterlichen Besuch gerüstet sei", erklärte Mr. Rowley.

„Nee, bin ich nicht! Ich wollte nur sehen, ob ich schick genug für meinen Papa bin!"

Roberts Stimme klang schroff und unnachgiebig, aber noch während er den Direktor anbellte, war in seinen Augen etwas zu lesen, das kaum von Zuneigung zu unterscheiden war – oder vielleicht sogar Liebe.

Hinter mir meldete sich Mrs. Philips zu Wort.

„Als Sie Robert das letzte Mal sahen, sah er vermutlich ganz anders aus, Mr. Harper. Aber wenn sein Vater zu Besuch kommt, macht er sich immer gerne schick, nicht wahr, Robert?"

„Muß ich ja!" schnaubte Robert, „sonst haut er wieder ab!"

Er deutete respektlos mit dem Daumen auf Mr. Rowley.

„Der da sagt nix, wenn ich dreckig bin. Er meint, es wär' schon okay, wenn ich so bin, wie ich bin, sagt er. Keine Ahnung, warum", fügte er hinzu und verdarb damit die Wirkung.

Draußen in der Diele klingelte das Telefon. Mr. Rowley und Mrs. Philips entschuldigten sich und ließen mich mit Robert zurück, der sich die Lippen leckte und genußvoll den Rest des großen Schokoladenkuchens beäugte, der auf einem Glastischchen neben ihm stand. Ich geriet plötzlich in Panik. Wenn nun Robert versuchte, sich noch mehr von dem Kuchen zu nehmen? Sollte ich etwas sagen? Sollte ich ihn davon abhalten? War ich im Augenblick für ihn verantwortlich, oder ... gütiger Himmel! Er streckte seine Hand aus, um sich ein Stück zu nehmen ...

„Äh ... Robert, ich glaube, du solltest dir lieber nichts nehmen, bevor du Mr. Rowley gefragt hast, meinst du nicht?"

Robert zog seine Hand zurück und starrte mich kalt an.

„Was geht Sie das an? Der Scheißkuchen gehört ja nicht Ihnen!"

Mein Mund war trocken geworden. Ich wußte, daß meine Stimme leicht zitterte.

„Vielleicht werde ich bald hier arbeiten", sagte ich in der Hoffnung, Robert mit der Tatsache, daß ich möglicherweise bald offiziell Verantwortung für ihn tragen würde, beeindrucken zu können.

„Hoffentlich nicht!"

Ich konnte Mr. Rowleys Stimme deutlich in der Diele am Telefon hören. Warum kam er nicht zurück, um mich zu retten? Meine Würde war durch diesen ungehobelten, unhöflichen Jungen bedroht. Wenn er tatsächlich versuchte, sich noch mehr Kuchen zu nehmen,

sollte ich ihn körperlich daran hindern, sollte ich ihn ignorieren, oder sollte ich ihm den Kuchen wegnehmen? Ich wünschte mich eine Million Meilen weit fort. Wenn nun der Direktor wieder hereinkam und Robert und mich auf dem Fußboden miteinander ringend vorfand, während überall Kuchenkrümel durch die Gegend flogen? Was würde er von mir denken? Zu meiner unermeßlichen Erleichterung schien Robert den Gedanken an den Kuchen aufgegeben zu haben, aber jetzt führte er etwas anderes im Schilde. Er hob die Hand ans Gesicht und holte irgend etwas aus seinem Mund – etwas aus Metall. Es war ...

„Ich hab' noch Kuchen hier", sagte Robert und genoß mit boshafter Schadenfreude meinen Gesichtsausdruck, während er winzige Kuchenkrümel aus seiner Zahnspange pickte und sie sich in den Mund steckte.

Als ich angewidert die Augen schloß, hörte ich, wie es in der Diele „ping" machte und der Telefonhörer aufgelegt wurde. Dem Himmel sei Dank! Endlich nahte die Rettung! Ich öffnete die Augen, als der Direktor wieder ins Zimmer trat. Robert brachte hastig sein grausiges Gerät wieder dort an, wohin es gehörte, und setzte einen Gesichtsausdruck auf, den er vermutlich für arglose Unschuld hielt. Es ärgerte mich. Warum störte es ihn nicht, daß ich wußte, daß er nicht unschuldig war? Was war so besonders an Mr. Rowley?

„Dein Vater ist gekommen, Robert. Ich habe gerade mit ihm telefoniert. Er hat mich gefragt, ob du in letzter Zeit brav warst."

Robert wurde ganz bleich und still. Die hektischen Farbflecken brannten noch leuchtender auf seinen Wangen.

„Was hamse denn gesagt, Sir?"

„Ich habe deinen Vater informiert, daß an deinem Benehmen nichts auszusetzen war, aber ... ich habe auch noch etwas anderes gesagt."

„Was war'n das andere, Sir?"

Mr. Rowley nahm seine Brille ab und begann, sie mit einem weichen blauen Tuch, das er aus seiner Innentasche zog, zu putzen.

„Ich habe deinem Vater gesagt, Robert, daß der einzige Zeitraum, über den ich mir nicht sicher sein könne, die Zeit sei, die ich mit ihm am Telefon verbrachte. Ich sagte ihm, ich würde mich bei Mr.

Harper erkundigen, der im Begriff ist, ein neuer Mitarbeiter in Stapley Manor zu werden."

Er setzte seine Brille wieder auf und sah mich mit fragend gerunzelter Stirn an: „Also, Mr. Harper, wenn Sie so freundlich wären, mir einen kurzen Bericht über Roberts Betragen und Gebaren während der letzten fünf Minuten zu erstatten, könnte ich entscheiden, ob es nötig sein wird, noch einmal hinüber zum Bürotrakt zu gehen und mit Mr. Bencher zu sprechen, oder nicht."

Ich hatte mich innerlich noch nicht ganz von dem Schock erholt, den Mr. Rowleys beiläufige Erwähnung der Tatsache, daß meine Bewerbung erfolgreich war, bei mir auslöste. Ich sah ihn an, doch sein Gesichtsausdruck verriet nur höfliches Interesse. Ich sah Robert an. Sein Gesichtsausdruck verriet jede Menge. Panik, Furcht, verzweifelte Hoffnung und bleiche Verzweiflung. Ich räusperte mich.

„Er – er war sehr brav, Mr. Rowley. Höflich und, nun ja ... sehr brav."

„Ausgezeichnet!" strahlte der Direktor. „In diesem Fall, Robert, ab mit dir zu deinem Vater. Er erwartet dich am Haupteingang des Bürotraktes. Nur einen Moment noch ..."

Er wischte ein paar Kuchenkrümel von Roberts Pullover auf den Teppich.

„So! Jetzt bist du fertig. Auf geht's!"

An der Tür blieb Robert stehen und grinste mich an. Seine Zähne standen kreuz und quer in alle Richtungen.

„Kommen Sie wirklich hierher?"

Ich sah Mr. Rowley an. Er sah mich an.

„Nun, Mr. Harper? Werden Sie, äh ... hierherkommen?"

„Ja", erwiderte ich fest. „Ja, ich glaube, das werde ich wohl."

„Vielleicht sindse ja ganich so übel", meinte Robert. Dann war er weg.

Beim Tee offerierte mir Mr. Rowley den Posten des Hausvaters im Alten Haus auf formellere Weise. Mir war fast schwindelig, als ich akzeptierte. Hinterher ging er mit mir die lange Auffahrt hinab zur Straße und erörterte Einzelheiten über meinen Umzug in die Wohnung und das Datum, an dem ich meine Arbeit antreten sollte. Am Ende der Auffahrt blieb er stehen und reichte mir seine Hand.

„Dann sehen wir Sie also in etwa zwei Wochen, Mr. Harper. Mrs. Philips wird Ihnen die Einzelheiten noch einmal schriftlich bestätigen. Ich freue mich schon auf Ihre Tätigkeit hier. Und jetzt fahren Sie nach Hause und bereiten Sie sich auf eine stimulierende Zeit vor."

Während ich dem Direktor die Hand schüttelte, durchfuhr mich ein plötzliches Schuldgefühl wegen Robert.

„Mr. Rowley, da ist nur eine Sache – ich habe Ihnen gesagt, Robert, hätte sich in diesen fünf Minuten gut benommen. Also ... das stimmt eigentlich nicht. Er hat sich scheußlich benommen ..."

Wieder dieses Lächeln.

„Natürlich, Mr. Harper. Natürlich hat er sich scheußlich benommen. Er hat Sie auf die Probe gestellt. Er wird niemals vergessen, wie Sie für ihn gelogen haben. Das war ja meine Absicht, als ich Sie bat, über sein Verhalten zu berichten, während ich außerhalb des Zimmers war. Ich hoffte, daß Sie nicht die Wahrheit sagen würden, und Sie haben mich nicht enttäuscht."

Ich war verwirrt.

„Aber, ist denn Lügen ..."

„Mr. Harper, Roberts Vater ist ein Mann, der vor etwa einem Jahr plötzlich zu einer Menge Geld gekommen ist. Er hat es geschafft, seine Manieren und sein Verhalten einigermaßen an die Gepflogenheiten und Erwartungen seiner neuen Nachbarn und Bekannten, wie er sie sich vorstellt, anzupassen, aber dem kleinen Robert ist das ganz und gar nicht gelungen. Er kann einfach nicht der kultivierte Mittelklasse-Junge sein, nach dem sein Vater jetzt verlangt."

Mr. Rowleys Augenbrauen hoben sich. Er biß sich auf die Lippe wie ein schuldbewußtes Kind.

„Sehen Sie, Mr. Harper, Sie mögen die Wahrheit ein wenig verbogen haben bezüglich der fünf Minuten, die Sie mit Robert verbrachten, aber ich habe eben diese Zeitspanne am Telefon mit Roberts Vater, Mr. Bencher, verbracht, und bezüglich des Benehmens des Jungen während der letzten vier Wochen gelogen, daß sich die Balken bogen!"

Der Abend nach meinem Vorstellungsgespräch war ein einziges war-

mes Bad der Zufriedenheit und Freude. Annie war da und jede Menge Bier und mein bester Freund Steve und Kate, die hinreißende Wirtin, und das beste war das stets gegenwärtige, köstliche Wissen, daß mir etwas gelungen war. Jemand hatte mir einen Job angeboten, weil ich Qualitäten hatte, für die diese Leute offenbar Bedarf hatten. Immer wieder aufs neue streichelte ich mein Selbstwertgefühl mit diesem Gedanken, und zum ersten Mal seit etlichen Monaten schnurrte es wie eine Katze. Ich verschob jeden Gedanken an die Sorgen und Befürchtungen, die zweifellos im Lauf der nächsten vierzehn Tage meine Gefühle der Freude aushöhlen würden. Warum sollte ich mir nicht wenigstens einen Abend gönnen, an dem ich mir um nichts Sorgen zu machen brauchte und niemand mir Ärger machen konnte? Annie verstand mich und war von dem Augenblick an, als ich das „King's Head" betrat, bis zu dem Moment, wo wir zur Polizeistunde gemeinsam aufbrachen, albern kicherten und Kate, die uns von der Theke aus nachsichtig anlächelte, extravagant zuwinkten, wunderbar unvernünftig.

Als wir durch die Parkanlage hinauf zu Annies Wohnung auf dem Mount Ephraim kletterten, drehte ich mich um und blickte zurück auf die dunkle Masse von Tunbridge Wells, die selbst als nächtliche Silhouette irgendwie malerisch aussah. In zwei Wochen würde dies hier nicht mehr meine Heimat sein. Es war typisch für mich, daß in diesem Moment meine Stimmung von Ausgelassenheit in Melancholie umschlug. Ich bemerkte eine Holzbank am Wegrand.

„Setzen wir uns einen Moment, Annie."

„Zu kalt – zu müde ...", sagte Annie beschwipst.

„Nur einen Moment, Annie, bitte."

Wir ließen uns auf die Bank sacken. Ich legte meinen Arm um Annie, als sie sich an mich kuschelte. Unter uns rollten die Autos auf der hell erleuchteten Straße in Richtung Süden vorbei.

„Annie", sagte ich, „ich weiß, du wirst jetzt gleich sagen, daß ich dumm bin, aber ich will nur sichergehen, daß sich zwischen uns nichts verändert, wenn ich weggehe. Ich könnte es nicht ertragen, wenn – wenn es so wäre."

Annie sagte: „Du bist DUMM!" – und dann küßte sie mich.

Viertes Kapitel

Der Umzug nach Stapley Manor erwies sich als eine unkomplizierte und recht angenehme Angelegenheit. Mein Freund Steve, ein Gärtner, der handwerklich ebenso geschickt war wie ich linkisch, sorgte für die Anmietung eines kleinen Lieferwagens, um mich und meine wenigen Habseligkeiten von Tunbridge Wells nach Stapley zu transportieren.

Auf der Sitzbank dieses bescheidenen Vehikels eingekeilt, plauderten Steve, Annie und ich optimistisch über den Job, den ich am folgenden Tag antreten würde. Steve äußerte sich warmherzig ermutigend, jedenfalls bis kurz vor der scharfen Kurve am südlichen Ende von Mayfield, wo Annie beiläufig erwähnte, daß ein Teil des Jobs die Verantwortung für allgemeine Reparaturen im Alten Haus sei. Beinahe hätten wir den rosa verputzten Pub auf der anderen Straßenseite gerammt. Steve war sonst kein großer Lacher. Dunkel gelockt, stämmig und vollgepackt mit gesundem Menschenverstand, brachte er es im allgemeinen auf nicht viel mehr als ein brummiges Schmunzeln. In diesem Fall jedoch machte er eine Ausnahme. Sein brüllendes Gelächter erschütterte den Lieferwagen und ließ ihn nach rechts aus der Spur geraten, als er für einen Augenblick die Kontrolle verlor. Während er den Wagen wieder auf Kurs brachte, prustete er eine Frage heraus.

„Willst du mir ernsthaft erzählen, daß du den Handwerker vom Dienst machen wirst?“

„Er hat für mich auch schon die eine oder andere Sache repariert“, sagte Annie loyal.

„Stimmt“, grinste Steve, „das weiß ich genau, weil ich sie nämlich hinterher alle noch einmal reparieren mußte.“

„Was ist mit dem Kieferregal, das ich in meiner Wohnung aufgebaut habe?“ protestierte ich. „Das sah doch ziemlich gut aus, oder?“

„Sah nicht schlecht aus“, sagte Steve. „Außerdem schön transpor-

tabel. Wenn man es nicht mehr da haben wollte, wo es war, brauchte man nur ein Buch darauf zu stellen, und schon war es unten!"

Wir lachten alle. Es machte mir im Grunde nichts aus. Es war ein alter, vertrauter Witz, daß ich keinen Hammer von einer Säge unterscheiden konnte. Ich hoffte nur, daß George Ashton meine grenzenlose Unfähigkeit ebenso amüsant finden würde.

Es war ein seltsames Gefühl, wieder nach Stapley zu kommen. Als wir durch die schmale High Street rumpelten, erhaschte ich aus dem Augenwinkel einen Blick in die kleine Gasse, die hinab zur Kirche führte. Wäre Steve nicht dabei gewesen, hätte ich Annie vielleicht in das kühle Innere von St. Peter's geführt und ihr den Ort gezeigt, wo ich meine endgültige Entscheidung getroffen hatte. Ich hatte ihr noch nicht von den wenigen Minuten erzählt, die ich am Tag meines Vorstellungsgesprächs in der Kirche verbracht hatte. Eigentlich hatte ich es tun wollen, aber aus irgendeinem Grund sträubte sich das Erlebnis dagegen, aus seinem privaten Unterschlupf hervorgezerrt zu werden. Steve wollte ich auf keinen Fall bitten anzuhalten. Er hatte nichts für Kirchen übrig. Ich erinnerte mich, wie er einmal etwas gemurmelt hatte, das darauf hinauslief, Gott sei viel zu beschäftigt damit, ihm im Garten zu helfen, als daß er sich um Religion kümmern könnte. Aber bedeutete das ...?

„Hier hinauf, stimmt's?"

Steve kurbelte am Steuerrad, als ich nickte, und bald kämpfte sich der völlig überladene kleine Lieferwagen wacker den Backbreak Hill hinauf, und der Motor seufzte vor Erleichterung, als wir endlich die Kuppe erreichten und unser Ziel sichtbar wurde. Sekunden später, als wir in die Einfahrt einbogen und langsam am Haus des Direktors vorbeituckerten, warfen Annie und ich einander einen einzigen, kurzen, verzweifelten Blick zu. Jetzt gab es kein Zurück mehr.

Wie sich herausstellte, war meine Wohnung ziemlich klein. Nur ein winziges Wohnzimmer mit einem Spülbecken und einem Baby-Belling-Herd in einer Ecke, dazu ein schrankähnliches Schlafgemach, das von einem Einzelbett und einem überraschend großen Kleiderschrank fast vollständig ausgefüllt war. Wir standen im Wohnzimmer.

„Es ist nicht sehr groß, fürchte ich, und Sie sind von den Schlaf-

räumen der Jungen so ziemlich umzingelt, aber ich bin sicher, Sie werden sich hier bald zu Hause fühlen und ..."

Mrs. Philips lächelte Annie mit aufrichtiger Wärme an.

„Sicherlich werden Sie viel Besuch haben, und dieses Zimmer ist immerhin groß genug, daß zwei Leute bequem darin sitzen können."

„Wie kommt es, daß das Fenster so groß ist?"

Steve stand mit dem Rücken zu uns und schaute durch das große Bogenfenster hinaus, das fast eine ganze Wand einnahm. Mrs. Philips trat neben ihn und blickte ebenfalls hinaus, über den Tennisplatz hinweg auf das großartige Panorama der Downs, die wie Wächter über dem Dorf Stapley zu unseren Füßen aufragten.

„Nun, hier war natürlich nicht immer eine Schule", erklärte die Sekretärin. „Es war jahrelang einfach ein Privathaus, von einem alten Admiral erbaut, glaube ich, und Ihre ganze Wohnung, Mr. Harper, war nur eines der großen Schlafzimmer."

Sie klopfte gegen eine der Seitenwände.

„Die hier sind neu und nicht besonders dick. Sie verlieren einiges an Raum, fürchte ich, aber immerhin haben Sie noch die alten Fenster. Und was könnte bei einer solchen Aussicht schöner sein?"

Es dauerte nicht lange, meine Sachen hereinzubringen. Steve und ich schleppten die meisten der schwereren Dinge, während Annie die Sachen sortierte und plazierte und ordnete und in Schränken und Schubladen verstaute. Außerdem hatten wir noch einen unverhofften Helfer. Als ich den Fuß der Wendeltreppe im hinteren Teil des Alten Hauses erreichte, piepte aus dem dunklen Winkel unter den Stufen plötzlich eine kleine, seltsam vertraute Stimme hervor.

„Mrs. Philips hat gesagt, daß ich helfen darf, Sir. Bitte, darf ich helfen? Die anderen sind alle weggegangen, Sir. Ich bin dageblieben, um zu helfen, Sir. Darf ich helfen, Sir? Bitte, darf ich ..."

Es war Dennis. Nach einiger Überredung kam er zum Vorschein und stand da, ein Bein in die Luft erhoben und die Arme um den Kopf geschlungen, als ich ihm Steve vorstellte, der der kleinen, eifrigen, zitternden Gestalt ernst die Hand schüttelte. Hätte er einen gehabt, so hätte Dennis wild mit dem Schwanz gewedelt. Mit weit aufgerissenen Augen spähte er in den Laderaum des Lieferwagens.

„Ich nehme alles!“ quietschte er. „Ich trage jedes einzelne Stück, Sir!“

Eingedenk der einigermaßen exzentrischen Fortbewegungsart des Jungen sorgte ich dafür, daß er sich mit einem oder zwei kleinen, unzerbrechlichen Gegenständen in Bewegung setzte. Als ich ihn einholte, war er bereits in der Wohnung und hüpfte fröhlich um Annie herum, während sie ein paar frische Blumen in einer Milchflasche arrangierte, die sie aus einer Kiste auf dem Hof entwendet hatte.

„Sind Sie mit Miss verheiratet, Sir?“

Ich hörte Steves leises Schmunzeln, als er hinter mir durch die Tür kam. Annie wurde rot und beugte sich über ihre Blumen.

„Äh ... nein, Dennis. Nicht – nicht verheiratet, nein.“

„Aber werden Sie Miss heiraten, Sir?“

Dennis' weit aufgerissene Augen waren voller absolut argloser Neugier. Ich vollführte eine täuschend echte Imitation eines Karpfens. Annie, immer noch puterrot, warf Steve einen hilflosen Blick zu. Steve grinste mich schadenfroh an.

„Komm schon, Dave. Mich würde die Antwort auf diese Frage auch interessieren. Wirst du Miss heiraten?“

Dennis bekam keine Antwort auf seine Frage, aber sie brachte mich durchaus zum Nachdenken. Würden Annie und ich eines Tages heiraten? Eine Stunde später, als Dennis abrupt verschwunden war, um jemanden namens Mike aufzusuchen, und Steve diskret im Lieferwagen wartete, bis Annie und ich uns verabschiedet hatten, beschloß ich, auf das Thema zurückzukommen. All die wichtigsten Dinge, die zwischen Annie und mir passiert sind, scheinen sich auf irgendwelchen Treppen ergeben zu haben. Dies hier war keine Ausnahme. Auf halbem Wege die Haupttreppe des Alten Hauses hinunter gab es einen Absatz, wo die Treppe eine Kehrtwendung machte. Dort blieben wir stehen. Durch ein seltsames, bullaugenförmiges Fenster konnten wir den Lieferwagen sehen, und Steve, der lässig über dem Steuerrad lehnte und irgendwo in weite Ferne spähte. Ich legte meine Arme um Annie und musterte eingehend ihr Gesicht. Ich wollte es auf jeden Fall in allen Einzelheiten in Erinnerung behalten, wenn sie weg war. Ich liebte ihr Gesicht.

„Annie, darf ich dich etwas Albernes fragen?"
„Ich glaube, das wäre sehr vernünftig, David."
„Weißt du noch, was Dennis gesagt hat?"
„Ja."
„Also – wie denkst du darüber?"
„Wie denkst du denn darüber?"
Ich kniff.
„Wie denke ich worüber?"
Annie kräuselte in gespieltem Ekel die Nase. Sie tat so, als suche sie etwas hinter meinen Augen.
„David Harper! Wenn du da drinnen bist, komm heraus und frag anständig!"
Ihre Augen waren sehr weich, sehr tief, sehr grau.
„Willst du mich heiraten, Annie?"
„Ja, David, das möchte ich sehr gern. Danke, daß du gefragt hast."
So einfach war das. Fünf Minuten später waren sie weg, doch als ich den Lieferwagen um den Bürotrakt auf der Kuppe der Einfahrt biegen und verschwinden sah, drückte ich Annies „Ja" an mich wie eine Wärmflasche, und mir wurde wirklich sehr warm.

Eine Weile lang war es sehr still, nachdem Steve und Annie abgefahren waren. Außer dem kleinen Dennis war Mrs. Philips die einzige Person, die ich seit unserer Ankunft zu Gesicht bekommen hatte. In einem Karton auf dem Fußboden neben dem Spülbecken fand ich Kaffee, Zucker, Milch und Kekse. Ich machte heißes Wasser und setzte mich vor das riesige Fenster meines winzigen Wohnzimmers, schlürfte meinen Kaffee und lauschte auf die Stille. Ich mußte an meine zweite Begegnung mit Dennis denken. Bisher hatte mich noch nie jemand „Sir" genannt. Ich mußte zugeben, daß es mir irgendwo gefiel. Das würde ich natürlich nie jemandem sagen können. Ich würde sagen, daß es mir völlig egal sei, wie sie mich nannten, aber man müsse sich schließlich an die Traditionen dieser Einrichtung halten. Ob die Jungen mich wohl alle „Sir" nennen würden? Plötzlich drängte sich das Bild des rothaarigen Jungen Colin in meine Gedanken. Ich konnte mir nicht vorstellen, daß er mich

„Sir" nannte. Ich konnte mir nicht vorstellen, daß er irgend jemanden „Sir" nannte. Ich hörte noch die Worte die er gesagt hatte, kurz bevor er mit Glander im Schlepptau abgezogen war.

„Den Teufel werd' ich."

Würde er mich „Sir" nennen, selbst wenn er mich anfluchte? Angestachelt von der Absurdität meiner eigenen Gedanken, stand ich auf, schritt in der Enge des Zimmers auf und ab und redete mit mir selbst in jenem streitlustigen Ton, wie Colin ihn vielleicht verwenden würde.

„Warum verpissen Sie sich nicht, Sir? Sie gehen mir auf den Zeiger, Sir! Wenn es Ihnen nichts ausmacht, daß ich das sage, Sir, Sie sind ein schwachsinniger Vollidiot! Wissen Sie was, Sir – ich finde Sie zum Kotzen!"

Ich wirbelte herum und spie das letzte Wort mit übersteigerter Giftigkeit direkt ins Gesicht von Mrs. Crompton, der Hausverwalterin, die just in diesem Moment durch die unverschlossene Tür eingetreten sein mußte.

„Es tut mir schrecklich leid, das zu hören, Mr. Harper. Ich wollte gerade sagen, wie sehr ich mich freue, daß Sie zu uns gestoßen sind, aber ..."

Die blauen Augen der kleinen Hausverwalterin funkelten listig, dem Himmel sei Dank. Ich würde also nicht hilflos stotternd irgendeine lächerlich verwickelte Erklärung abgeben müssen. Sie setzte sich gelassen auf die vorderste Kante meines einzigen Sessels und lächelte mich ungerührt an.

„Komisch, was wir manchmal tun, wenn wir allein sind – oder wenn wir denken, wir seien allein, nicht wahr?"

„Ja", stimmte ich reumütig zu, „das ist es – sehr komisch. Übrigens, meinen Sie, Sie könnten mich David nennen? Ich fühle mich überhaupt nicht wie Mr. Harper."

„Vielen Dank, und mein Name ist Ruth."

Ruth war gekommen, um mich anstelle von Mr. Rowley, der bis zum Montag verreist war, offiziell willkommen zu heißen und dafür zu sorgen, daß ich alles hatte, was ich brauchte. Wie sie mir erzählte, waren ungewöhnlicherweise alle Jungen bis auf einen ausgeflogen – entweder waren sie übers Wochenende nach Hause gefahren, oder

sie waren mit Ausflügen und Aktivitäten in der Umgebung beschäftigt.

„Dennis wollte unbedingt hierbleiben, um Sie in Empfang zu nehmen, wenn Sie hier ankommen. Er meinte, da er der erste war, der Sie gesehen habe, wären Sie bestimmt sehr traurig, wenn er nicht da wäre, wenn Sie einziehen."

Mein Herz erwärmte sich wieder einmal für Dennis – wie schön, wenn man willkommen war. Mir fiel etwas ein.

„Mrs. Cr- äh, Ruth, als ich damals hier ankam, sagte mir Dennis, er sei ein milieugestörter Junge. Das war das erste, was er von sich gab. Woher hatte er ..."

Das Gesicht der Hausverwalterin verzog sich zu einer finster-empörten Grimasse.

„Dieses dämliche Kuratorium. Als die Schule vor sechs Jahren eröffnet wurde, hängten die ein riesiges Schild unten über der Einfahrt auf, das alle Welt – und Dennis, als er hier eintraf – informierte, daß dies die Stapley Manor School für milieugestörte Jungen sei. Mr. Rowley brauchte vier Jahre, um diese Genies weiter oben auf der Leiter davon zu überzeugen, daß das keine besonders clevere Idee war. Vor zwei oder drei Jahren haben wir das Schild in der Guy-Fawkes-Nacht verbrannt. Jungen wie Tom haßten und verabscheuten es. Ich glaube, es gab ihm das Gefühl, er sei so eine Art emotionaler Spastiker. Ich bin sicher, daß seiner Meinung nach seine Eltern die Milieugestörten sind – nicht er. Und damit hat er wahrscheinlich recht. Und Dennis ... nun, um ganz ehrlich zu sein, hat es ihm geradezu gefallen, zu entdecken, daß er überhaupt irgend etwas war. Wenn man sein ganzes Leben lang gar nichts gewesen ist, dann ist es vermutlich ein Schritt nach vorn, plötzlich immerhin milieugestört zu sein. Freilich glaube ich nicht, daß er auch nur die geringste Ahnung hat, was das bedeutet."

Ich nickte langsam. Dennis und ich hatten dasselbe Problem. Ich rieb mir mit der flachen Hand eine nicht existierende juckende Stelle an der Stirn.

„Ruth, Sie werden mich jetzt für fürchterlich dumm halten, aber ich verstehe eigentlich selbst immer noch nicht, was milieugestört bedeutet."

Sie blinzelte entschuldigend.

„Sie werden mich für noch dümmer halten, David, denn ich verstehe im Grunde auch nicht, was das ist. In mancher Hinsicht ist es einfacher, zu sagen, was es nicht ist."

„Und was ist es nicht?"

Sie lehnte sich auf ihrem Sessel zurück, musterte die Decke und kniff nachdenklich die Augen zusammen.

„Nun, es ist nicht wie Masern. Es ist keine hübsch ordentliche Krankheit mit hübsch ordentlichen Symptomen. Eigentlich ist es überhaupt keine Krankheit. Ganz bestimmt keine Geisteskrankheit, obwohl wir auch schon Jungen hier hatten, die an derartigen Symptomen litten. Und es ist ganz sicher keine geistige Behinderung oder ein Mangel an Intelligenz. Wir haben einen gewissen Prozentsatz an Jungen, deren Lernfähigkeit am unteren Ende des normalen Bereichs liegt, aber mehr als die Hälfte unserer Zugänge sind Kinder, die es ohne weiteres bis zur Universität bringen könnten. Einige sind sogar außergewöhnlich intelligent – Tom, zum Beispiel ..."

Sie starrte in die Ferne und suchte nach einem Stichwort. Einige Augenblicke lang saßen wir schweigend da.

„Und es hat nichts mit Kriminalität zu tun – mit schlechtem oder illegalem Verhalten, meine ich. Natürlich haben wir auch davon unseren Anteil. Sie werden in diesem Haus zwei Jungen kennenlernen, die schon einmal vor Jugendgerichten gestanden haben – Colin und Douglas. Aber dann gibt es da auch Jungen wie Arnold Ducker oder den kleinen Dennis. Wir würden uns riesig freuen, wenn sie hin und wieder etwas Ungezogenes tun würden, aber ihnen ist der Schneid dazu aus dem Leib geprügelt worden. Sie würden es nicht wagen, sich danebenzubenehmen, weil sie Angst hätten, daß wir sie wegschicken. Das würden wir natürlich niemals tun, aber es ist ganz schön schwierig, sie davon zu überzeugen."

Demnach war mein erster Eindruck von Dennis richtig gewesen. Er war geschlagen worden. Jemand hatte ihm den Schneid aus dem Leib geprügelt. Die Hausverwalterin beugte sich vor und legte die Fingerspitzen gegeneinander. Ihr Ton wurde forscher.

„Vielleicht finden Sie ein paar Antworten im Bereich der Schulbildung. Eine Sache, die fast alle unsere Jungen gemeinsam haben, ist,

daß sie weniger leisten, als sie könnten. Sie können sehr gute Ergebnisse erzielen, wenn man sie testet, welche Leistungen sie erbringen *könnten*, aber wenn es um die Leistung selbst geht – nun, das schaffen sie einfach nicht. Die andere Sache, die sie alle gemeinsam haben, sind familiäre Probleme von der einen oder anderen Art. Manche davon sind ganz offensichtlich, andere subtiler. Allein hier im Alten Haus gibt es eine erstaunliche Vielfalt von Familienverhältnissen."

Sie mußte einen besorgten Ausdruck in meinen Augen bemerkt haben.

„Machen Sie sich keine Sorgen, David. Sie werden den Dreh schon herausbekommen. Sie müssen gelegentlich Mr. Rowley fragen, wie er über Milieustörungen denkt. Höchstwahrscheinlich wird er etwas völlig anderes sagen als ich. Wie auch immer ..."

Ruth klopfte sich einmal auf die Knie und stand dann entschlossen auf.

„Wenn Sie irgend etwas brauchen, lassen Sie es mich wissen. Ich bin heute den ganzen Tag über im Haus. Und morgen, an Ihrem ersten Tag, wird Mark Parish, einer unserer Lehrer, die Jungs wecken und auf den Weg in die Schule bringen. Er wird Ihnen zeigen, wie es geht, und er ist ein sehr netter Kerl. Beobachten Sie nur, wie er die Sache anfängt. Ich sage ihm, daß er gegen sieben bei Ihnen anklopfen soll. Okay?"

Als sie an der Tür ankam, sagte ich: „Ruth, darf ich Ihnen sagen, was ich gerade getan habe, als – als Sie gerade hereinkamen?"

„Wenn Sie möchten", lächelte sie.

„Also, ich habe mir nur vorgestellt, wie Colin, der rothaarige Junge, mit einem Mitarbeiter reden würde, wenn er schlechter Laune wäre. Ich habe einfach nur – na ja, im Grunde nur herumgealbert. Ich nehme an, in Wirklichkeit würde er solche Dinge nicht sagen."

„Da haben Sie völlig recht", sagte Ruth, während sie die Tür aufzog. „Solche Dinge würde er nicht sagen. Ich habe ihn schon ein paarmal in schlechter Laune erlebt, und ich kann Ihnen versichern, daß die Dinge, die er dann sagt, erheblich schlimmer sind!"

Nicht lange, nachdem meine Besucherin mich verlassen hatte, hörte ich die ersten Leute zurückkehren. Es gab Rufe – größtenteils

von Jungenstimmen – trampelnde Schritte, die laut auf der Treppe hallten, gelegentlich schlug eine Tür zu, irgendwo wurde Musik gespielt. Es klang eigentlich alles ganz zivilisiert und beherrscht, aber aus irgendeinem Grund schob ich den Riegel an meiner Eingangstür zu, damit niemand zu mir hereinkommen konnte, setzte mich mit dem Rücken zur Tür auf den Fußboden und ergab mich der ungewöhnlichen Mischung von Erregung und Furcht, die in meinem Magen kribbelte.

An diesem Abend gab ich mir keine große Mühe, noch irgend jemanden zu treffen. Als der Aufruhr zu einem fernen Summen verebbt war, nahm ich an, daß die Teezeit im Gange war. Ich schlich über die Hintertreppe und lief über den Hof und die Einfahrt hinunter. Eine halbe Stunde später machte ich mich im „Laughing Lemming“, einem bunt gestrichenen Café zwischen dem Lebensmittelladen und der Post an der High Street von Stapley, zufrieden über einen großen Teller Würstchen mit Eiern und Bratkartoffeln her. Von dort aus war es ein kurzer und höchst vergnüglicher Spaziergang zum nächsten Pub, einem gemütlichen, dunkel getäfelten viktorianischen Gebäude, das schlicht „The Old Moon“ hieß.

Viel später, nachdem ich mich mit behaglicher Bettschwere zurück den Hang hinauf geschleppt hatte, erreichte ich wieder die Abgeschiedenheit meiner kleinen Wohnung, wo ich gleich hinter der Tür ein zusammengefaltetes Stück Papier auf dem Boden fand. Fröhlich vor mich hin summend, ließ ich mich in meinen Sessel fallen und entfaltete den Zettel. Er kam von George Ashton.

> Lieber Mr. Harper,
> war zweimal hier, um Sie mit hinunter zu nehmen und den Jungs vorzustellen. Vermutlich sind Sie irgendwo ausgegangen. Bin ein wenig überrascht, ehrlich gesagt. Eigentlich eine vergeudete Gelegenheit. Nun werden Sie morgen früh ins kalte Wasser springen müssen.
> Ashton

Alles brach auf der Stelle zusammen. In meinem Innern purzelten diverse Emotionen wie verrückt durcheinander. Schuldgefühle,

Zorn, Frustration und weinerliche Verwirrung jagten einander in meinem Innern auf und ab. Ich hätte wissen müssen, daß es zu schön war, um wahr zu sein. Zweifellos war George Ashton der einzige im Auswahlgremium gewesen, der nicht davon überzeugt gewesen war, daß es klug war, mich einzustellen. Und jetzt dieser Zettel. Es war nicht fair! Niemand hatte mir gesagt, daß von mir erwartet würde, daß ich heute abend hinunterging und Zeit mit den Jungen verbrachte. Warum sollte ich auch? Ich war doch erst ab morgen offiziell angestellt. Bis dahin hatte er einfach nicht das Recht, mir zu sagen, was ich tun sollte! George Ashton war ein gehässiger Mann ohne Einfühlungsvermögen, dem man eigentlich gar nicht erlauben dürfte, mit solchen Kindern zu arbeiten, wie sie hier nach Stapley Manor kamen. Warum zum Kuckuck sollte ich nicht abends in den Pub gehen? Dieser dämliche Fetzen Papier war eine Beleidigung! Nichts anderes war es – eine Beleidigung!

Hart auf den Fersen dieser lächerlichen Selbstrechtfertigungshymne kam, wie üblich, die jammervolle Wahrheit. Warum, oh, warum nur mußte ich immer meiner Neigung nachgeben, mich zurückzuziehen – hinter der verschlossenen Tür zu sitzen – mich still davon und in den Pub zu schleichen, wenn es doch viel naheliegender war, hinzugehen und ganz zwanglos meine neuen Schützlinge kennenzulernen? Warum konnte ich nicht entspannt und spontan sein wie andere Leute?

Mein innerer Friede war dahin.

Ich wußte, daß es unten bei der Haupttreppe eine Zelle mit einem Münztelefon für die Jungen gab. Ich kam dort an, ohne jemandem begegnet zu sein, und meldete ein R-Gespräch zu Annie an.

„Hallo, Annie. Ich wollte mich nur mal melden und berichten, wie es so läuft.“

„Oh ... wie schön, Liebling. Danke. Wie läuft es denn so?“

Ihre Stimme klang müde, aber bereitwillig. Wahrscheinlich hatte sie schon geschlafen. Ich bemühte mich um einen leichten Plauderton.

„Oh, es lief prima. Vorhin hatte ich eine sehr nette Unterhaltung mit der Hausverwalterin. Eben gerade habe ich so einen blöden Zettel bekommen, aber ...“

„Was meinst du, David? Was für einen blöden Zettel?"

Ich konnte hören, daß sie jetzt beunruhigt war.

„Ach ... nur eine Nachricht von George Ashton, dem Stellvertreter, weißt du. Er fand es offenbar etwas merkwürdig, daß ich heute abend ausgegangen bin, anstatt hierzubleiben und die Jungen aus dem Alten Haus kennenzulernen. Mir hatte keiner was gesagt ..."

„Aber wo bist du denn hingegangen, Liebling?"

„Wie meinst du das, wo bin ich hingegangen?"

„Na ja, wo bist du hingegangen, David? Warum hast du nicht die Gelegenheit genutzt, die Jungen kennenzulernen? Du willst doch morgen früh anfangen, mit ihnen zu arbeiten. Bist du etwa in den Pub gegangen? Du bist in den Pub gegangen, nicht wahr?"

Ganz offensichtlich hatte ich vergeblich auf ihren Trost spekuliert. Meine herumwirbelnden Gefühle verdichteten sich zu einem festen Knoten der Wut, den ich durch den Telefonhörer zu Annie hinüberschleuderte.

„Das ist ja lächerlich, Annie! Ich bin doch nicht im Gefängnis, oder? Was gibt dem denn das Recht, mir zu sagen, was ich zu tun habe? Ich bin eben für eine Weile hinunter in den Pub gegangen. Das ist doch nichts Unnormales, oder? Jedenfalls hätte ich nicht gedacht, daß du mich deswegen ins Kreuzverhör nimmst! Manchmal machst du mich so rasend ...!"

„David, was hast du ...?"

„Ach, laß mich in Ruhe!"

Voller Scham und Genugtuung knallte ich den Hörer auf die Gabel. Die Genugtuung währte Sekunden, aber die Scham war immer noch da, als ich am nächsten Morgen um sechs Uhr nach einer langen, ruhelosen Nacht aufstand.

„Endlich", dachte ich, als ich mich aus dem ungewohnten Bett wälzte und mich zu erinnern versuchte, wo der Lichtschalter war. „Wenigstens habe ich den Wecker nicht verschlafen. Es kann mir keiner nachsagen, daß ich heute morgen zu spät komme."

Es gab mir einen Stich, als ich daran dachte, wie Annie an diesem Morgen erwachte, immer noch den Geschmack dieses schrecklichen Telefongesprächs im Mund. Sollte ich versuchen, sie anzurufen, bevor ich meine Arbeit antrat? Nein, sie würde sich entschuldigen, be-

vor ich dazu kam, und dann würde ich schon wieder die Beherrschung verlieren. Lieber warten, bis mein angelaufenes Selbstbild wieder etwas aufpoliert war. Es fiel mir viel leichter, wirklich großmütig zu sein, wenn ich einigermaßen zufrieden mit mir war. Nicht zum ersten Mal fragte ich mich, was in aller Welt Annie überhaupt an mir fand.

Und dann würde ich irgendwann auch noch George Ashton gegenübertreten müssen. Als ich auf dem Hocker in meinem Wohnzimmer saß, gewaschen, angezogen und bereit, mich ins Getümmel zu stürzen, fragte ich mich, was er wohl sagen würde, wenn wir uns begegneten. Und wie würde wohl dieser „sehr nette Kerl" Mark Parish sein? Ganz zu schweigen von fast fünfzehn milieugestörten Jungen, die ich noch nicht kennengelernt hatte und die mir das Leben sicherlich nicht leichter machen würden. Ich sah auf meine Uhr. Noch fünf Minuten, dann würde mein allererster Tag als Hausvater beginnen. Ein Prickeln der Spannung zog sich über meine Haut. Ich griff nach dem Glas Orangensaft, das auf der Arbeitsfläche vor mir stand, und schüttete es in einem Zug hinunter. Dann ertönte ein leises Klopfen an der Tür.

Ich mochte Mark Parish, sobald ich ihn sah. Ich glaube, von dem Augenblick an, als ich an jenem ersten Morgen die Tür öffnete, hat es nie eine Gelegenheit gegeben, wo ich nicht von der Atmosphäre stetiger, humorvoller Wärme profitiert hätte, die ihn zu umgeben schien. Er mußte Ende vierzig sein und hatte eines jener anheimelnden Gesichter, die es geschafft haben, ihre Falten an genau den richtigen Stellen zu bekommen. Sein dünnes, flaumiges, dunkles Haar war noch vollständig erhalten und mit grauen Stellen besprenkelt. Wenn er sprach, tat er es mit tiefer, entspannter Stimme.

„Mein Name ist Mark Parish. Sie müssen David Harper sein, unser neuer Hausvater. Schön, Sie kennenzulernen. Sie werden hier dringend gebraucht – scheint schon eine Ewigkeit her zu sein, daß der alte Ted Boon seine Siebensachen gepackt hat und in den Sonnenuntergang entschwunden ist."

„Ted Boon?"

„Ihr Vorgänger – ist jetzt im Ruhestand. Guter Kerl. War aber wohl Zeit für einen Wechsel, würde ich sagen."

Er nickte über meine Schulter hinweg zum Inneren der Wohnung hin.

„Wohnung okay, David?"

„Oh, ja – ja, alles bestens. Äh ... wollten Sie ...?"

Er schaute auf seine Uhr.

„Na ja, es ist gerade erst sieben Uhr durch. Wir könnten noch einen kleinen Schluck Heißen einschieben, wenn Sie hier in Ihrem kleinen Reich alles Nötige vorrätig haben. Was meinen Sie?"

„Sicher, ja, wenn das in Ordnung ist – ich meine, wenn es nichts anderes gibt, was wir jetzt tun sollten."

Mark Parish schmunzelte. Er legte den Kopf schief und hob einen Finger.

„Hören Sie!" sagte er. „Hören Sie das?"

Ich spitzte die Ohren.

„Ich höre nicht das geringste", erwiderte ich und fürchtete schon, daß mir jetzt auch noch die Ohren versagten.

„Richtig! Und Sie werden auch nichts hören, bis ich den kleinen Rackern um exakt dreißig Minuten und eine Sekunde nach sieben Uhr die Erlaubnis gebe, wach zu werden. Manche von ihnen liegen jetzt da in ihren Betten, in dem Wissen, daß sie es gewagt haben, zu früh aufzuwachen, und daß ich, Mr. M. Parish, sie streng bestrafen werde, wenn ich ihr Verbrechen entlarve. Und da es bis halb acht unsere Hauptaufgabe ist, dafür zu sorgen, daß der Lärm auf einem Minimum und die Ruhe auf einem Maximum bleiben, meine ich, wir könnten uns durchaus ein Täßchen erlauben, finden Sie nicht?"

Ich konnte mir ein Lachen über diese außergewöhnliche Rede nicht verkneifen. Das mit der strengen Bestrafung glaubte ich keine Sekunde lang. Dieser Mann war kein strenger Bestrafer, sondern er hatte von Natur aus eine starke Ausstrahlung. Es war schwer, sich vorzustellen, daß er durch irgend etwas oder irgend jemanden ernsthaft aus der Fassung gebracht würde.

Mark ließ sich zufrieden auf dem Sessel nieder, während ich mich mit dem Tee zu schaffen machte.

„Arbeiten Sie das erste Mal mit Kindern?" fragte er.

„Nun, ja – im Grunde muß ich sagen, daß es überhaupt mein erster richtiger Job ist."

„Großartig!“ sagte Mark. „Frischer Wind – wird uns Besserwissern ein bißchen das Haar zerzausen. Man wird leicht schal, wenn man schon so lange zum Inventar gehört.“ Was für ein Unterschied gegenüber Glander!

„Wie oft arbeiten Sie hier im Haus, Mark?“

Ich reichte ihm eine Tasse Tee.

„Danke, mein Lieber. Ich mache drei Schichten in der Woche. Das ist bei den meisten von uns Lehrern so. Die übrige Zeit sind wir drüben im Schulgebäude damit beschäftigt, die Herren Schüler mit Wissen zu bombardieren. Aber ihr seid die Kerle, die die eigentliche Arbeit machen. Da gibt es keinen Zweifel.“

Etwas an Marks Festigkeit und Großzügigkeit weckte in mir den Wunsch, mich ihm anzuvertrauen. Stockend schilderte ich ihm, wie ich am vergangenen Abend hierher zurückgekehrt war und die Nachricht des stellvertretenden Direktors vorgefunden hatte. Ich fischte den zerknüllten Zettel aus der Kaffeebüchse, die mir als Papierkorb diente, und entfaltete ihn, damit er ihn lesen konnte.

„Was meinen Sie, daß ich tun sollte, Mark?“

Er reichte mir den Zettel zurück und lehnte sich mit einem leichten, wiedererkennenden Lächeln zurück.

„Das ist George, wie er leibt und lebt. Nicht gerade ein Essay, nicht wahr? George ist in mancher Hinsicht ein einfacher Bursche. Er ist der Beste, wenn es darum geht, Jungs wie unseren hier wirklich nahezukommen, und wenn Sie irgend etwas so gemacht oder repariert haben wollen, daß es gemacht oder repariert bleibt, dann ist er der richtige Mann dafür. Was er nicht so gut kann, ohne daß er selbst weiß, warum, ist, mit anderen Erwachsenen umzugehen. Es ist ihm einfach zu mühsam. Wenn er feststellt, daß Sie sich wirklich dahinterklemmen, mit den Jungs zu arbeiten, dann ... na ja, dann wird er zu dem Schluß kommen, daß Sie in Ordnung sind – vielleicht.“

Offensichtlich sah ich nicht sonderlich ermutigt aus.

„Oder“, sagte Mark, „der andere Weg zum Herzen des alten George führt geradewegs durch die Mitte der Holzwerkstatt. Wenn Sie gerne handwerkern, gibt es kein Problem. Über Holz kann er sich stundenlang unterhalten.“

Zum Glück blieb es mir erspart, darauf zu antworten, da Mark plötzlich entdeckte, daß es sieben Uhr neunundzwanzig war.

„Kommen Sie!“ Er wischte sich mit dem Handrücken über den Mund und stellte seine Tasse und Untertasse ins Spülbecken. „Es ist Zeit!“

Fünftes Kapitel

Die nächsten anderthalb Stunden verliefen weniger spektakulär, als ich erwartet hatte. Mark steckte einfach im Vorbeigehen seinen Kopf in jedes Zimmer, vergewisserte sich, daß der oder die Bewohner wach waren, und postierte sich dann neben Bad und Duschen am Ende des Korridors, um zu beaufsichtigen, daß sich auch jeder wusch, bevor er sich anzog. Innerhalb weniger als einer Minute nach dem Wecken tauchten die ersten Jungen mit ihren Handtüchern auf. Einige kamen vom zweiten Stock herunter, wo sich vermutlich früher einmal die Dienstbotenquartiere befunden hatten, die Mehrzahl jedoch aus den größeren, schlafsaalähnlichen Räumen im mittleren Stockwerk. Sie kamen in allen Formen, Größen und Zuständen. Einige, vermutlich diejenigen, die schon seit einiger Zeit wach waren, waren schon recht munter und hüpften mit leichtem Schritt daher, froh, auf den Beinen zu sein. Andere, eigentlich die meisten, schlichen zombieartig durch den Gang wie kleine Lazarusse wider Willen, und stolperten, ihre blau-weiß gestreiften Grabtücher an sich gedrückt, trüben Blickes der Feuchtigkeit entgegen. Fast alle Jungen schafften es, sich einen höflichen, wenn auch genuschelten Gruß an Mark abzuringen, der ebenso höflich darauf antwortete. Es schien alles abzulaufen wie ein Uhrwerk. Mich schienen sie gar nicht zu bemerken.

Später beim Frühstück war es genauso. Die Jungen stellten sich in einer ordentlichen Schlange an der Speisesaaltür im Spielzimmer an und gingen auf Marks Kommando hin hinein, um sich in Vierer- und Fünfergruppen an den runden Tischen niederzulassen. Dennis hüpfte wie ein Derwisch an einem Tisch am Fenster herum, klopfte auf den Stuhl neben ihm und winkte mir mit wild wedelnder Hand zu. Ich genoß die geradezu ekstatische Begeisterung, mit der er meinen Entschluß begrüßte, sich zu ihm zu setzen. Es gab mir das Gefühl, dazuzugehören. Ich bemerkte, daß für Mark ein Platz neben Colin, dem rothaarigen Jungen, reserviert worden war, und er ak-

zeptierte ihn mit demselben freundlichen Ernst, den er schon seit sieben Uhr, dreißig Minuten und eine Sekunde gegenüber den Jungen an den Tag legte. Ich konnte nur staunen, wie mühelos alles ging. Als alle saßen, sprach Mark mit leiser, tiefer Stimme.

„Laßt uns das Tischgebet sprechen, bitte."

Stille legte sich über die Gruppe, während das schlichte Gebet gesprochen wurde, gefolgt vom Scharren der Stühle, als die Jungen, die an den einzelnen Tischen für den Tischdienst verantwortlich waren, an der Luke in der Wand die Schüsseln mit Müsli abholten und gleich darauf zurückkehrten, um die Teller in Empfang zu nehmen, die jeweils eine Scheibe Toast und ein Würstchen enthielten. An unserem Tisch hatte Dennis Tischdienst. Darüber gab es keine Debatte, nicht einmal eine kurze Diskussion. Die anderen beiden Jungen an meinem Tisch sagten während des ganzen Frühstücks kaum ein Wort. Einer davon war ein kleiner, sehr rundlicher Junge mit kleinen, glänzenden Augen und einer völlig unglaublichen Aufnahmefähigkeit für Butterbrote, die auf jedem Tisch in riesigen Stapeln als Ergänzung der Hauptmahlzeit zur Verfügung standen. Mein Versuch, mit ihm ins Gespräch zu kommen, war kein großer Erfolg.

„Schmeckt dir dein Butterbrot?"

„Ja."

„Gut! Äh ... ißt du immer Butterbrot?"

„Ja."

„Gut! Das ist gut, denn das bedeutet, daß du ... äh .. immer etwas hast, das – das dir schmeckt, nicht wahr?"

„Ja."

„Soll ich dir noch eins reichen, oder ...?"

„Ja."

Ich gab es auf.

Der andere Junge war ein wenig älter, war sehr sorgfältig gekämmt und sah ziemlich streng und strebsam aus. Kurz nach dem Müsli sprach er mich mit seiner heiseren, hochpubertären Schuljungenstimme an.

„Sind Sie ein neuer Mitarbeiter, Sir?"

„Ja, richtig. Das bin ich, ja ..."

„Sind Sie für Mr. Boon hier, Sir?"

„Ja, ich denke schon. Ich bin Hausvater im Alten Haus."

„Sind Sie streng, Sir?"

Ich dachte darüber nach. Sollte ich behaupten, ich wäre streng? Was genau verstand er unter dem Begriff? Wenn ich streng war, würde das meine Chance vergrößern, die richtige Mischung aus Respekt und Zuneigung zu erzielen? Oder nicht? Ich blickte hinüber zu Mark, der sich leise mit Colin unterhielt, der jetzt viel milder wirkte, als ich ihn in Erinnerung hatte. Ich hatte den ganzen Morgen noch nicht gehört, daß Mark auch nur seine Stimme erhoben hätte. Er war ganz bestimmt nicht streng. Ich beschloß, mich nach seinem Beispiel zu richten.

„Nein", sagte ich, „ich bin nicht streng. Ich finde es besser, einfach freundlich zu sein."

Ich lächelte so nett, wie ich nur konnte. Ein tiefer, schaudernder Seufzer durchlief den strebsam aussehenden Jungen. Das Glänzen in den Augen des dicken kleinen Jungen wurde noch heller. Dennis fing an, etwas von Igeln zu erzählen. Ich war mir nicht sicher, was da vor sich ging, aber sie benahmen sich alle gut, so daß ich mir nicht allzu viele Sorgen machte.

Als die Mahlzeit beendet war, erhob sich Mark, zog ein Stück Papier aus der Tasche und las eine Liste von Hausarbeiten vor, zusammen mit den Namen der jeweiligen Jungen, die sie auszuführen hatten. Da waren Dinge wie das Aufräumen der Stiefelkammer, Staubsaugen, Kehren, Putzen im Bad und Abfall einsammeln. Die Gruppe zerstreute sich schwatzend, um sich an ihre jeweiligen Aufgaben zu machen. Ich folgte Mark, der lässig hinaus auf den Hof schlenderte, wo zwei Jungen aus dem Alten Haus eine Hälfte der Asphaltfläche zwischen dem Schulgebäude und den Wohnhäusern kehrten. Mark deutete über den Hof hinweg.

„Denken Sie sich eine Linie zwischen der Mitte der untersten Stufe und der Mitte der Küche. Alles, was links von dieser Linie ist, ist unsere Sache. Kehren, Abfall – was auch immer."

Ich war sehr beeindruckt. Die beiden Kehrer gingen außerordentlich präzise und gründlich vor. Schon bald zog sich eine lange, schmale Linie aus Staub und Abfall quer durch die Mitte unseres Abschnitts. Diese wurde zu einem großen Haufen in der Mitte zusam-

mengekehrt und mit leiser Effizienz entsorgt. Rechts von mir sah ich einen Jungen aus einer Tür treten, die vom Neuen Haus auf den Hof hinaus führte. Er war groß und dünn – noch dünner als ich. Er stocherte ein paarmal flüchtig mit dem Besen auf seiner Hälfte des Hofes herum, dann stützte er sich auf den Stiel, als wäre er überwältigt von unaussprechlicher Erschöpfung. Schließlich machte er kehrt und schleppte sich zurück ins Gebäude, wobei er den Besen schlaff hinter sich her schleifte. Ich konnte ein Aufwallen des Stolzes nicht unterdrücken. Unser Teil des Hofes war makellos. Die Hälfte der anderen war völlig verdreckt. Dieser Junge hatte es nicht einmal versucht!

Ich folgte Mark bei seinem Rundgang ums Haus, um die ausgeführten Aufgaben zu inspizieren. Die Jungen schienen sich zu freuen, wenn er sie lobte, und nur ein wenig zu ärgern, wenn er auf Kleinigkeiten hinwies, die sie übersehen oder mit denen sie sich nicht genug Mühe gegeben hatten. Nach dem Schuheputzen und Aufräumen der Zimmer stellten sich die Jungen wieder an – diesmal am Fuß der Treppe zum Schulgebäude.

„Zeit für die Versammlung“, erklärte Mark, während er dem vordersten Jungen zuwinkte, in die Schule vorauszugehen.

Wir marschierten den Korridor entlang und durch eine Schwingtür in eine Turnhalle am Ende, wo die Jungen sich reihenweise im Schneidersitz auf den Fußboden setzten, die Gesichter einem Pult an einem Ende zugewandt, hinter dem George Ashton stand. Er nickte mir knapp zu, ohne zu lächeln. Mark zog einen Jungen zum Verteilen der Liederbücher heran und ging dann hinüber zum Stellvertreter, um ein paar Worte mit ihm zu wechseln, während ich mich an die Kletterstangen an der Wand lehnte und mich ziemlich unbehaglich fühlte. Sekunden später lenkte mich ein Lärm ab, der sich durch den Korridor auf uns zu bewegte. Es war ein lauter, wilder Lärm, der sich aus Schreien, Rangeleien, rennenden Füßen und einer lauten Erwachsenenstimme zusammensetzte, die abwechselnd drohte und flehte, während diese Karawane der Verwirrung immer näher kam. Schließlich flog die Schwingtür krachend auf, und die Jungen aus dem Neuen Haus stürmten herein. Es war, als fände eine magische Verwandlung statt, als ein Junge nach dem andern durch

die Tür kam. Was immer sie draußen im Korridor gewesen waren, sobald sie die Turnhalle betraten, verwandelten sie sich in Vorbilder guten Benehmens. Vielleicht hatte es etwas mit der Art zu tun, wie George Ashton, der sein Gespräch mit Mark abgebrochen hatte, jedem der Neuankömmlinge einen sehr direkten Blick zuwarf. Wieder verspürte ich diesen Stolz. Wie glücklich war ich, im Alten Haus gelandet zu sein und nicht bei diesem Gesindel, das gerade hereingekommen war. Unsere Jungen hatten im Korridor kaum ein Geräusch von sich gegeben.

Die letzte Person in der Reihe war ein gehetzt aussehender junger Mann, der nicht viel älter als ich sein konnte. Er war eine dieser bärenähnlichen Gestalten, nicht besonders groß, aber breit gebaut, ohne dabei dick zu sein. Er trug einen bauschigen dunklen Pullover und einen schwarzen Vollbart.

Mark, der zu mir ans Klettergestell gekommen war, beugte sich zu meinem Ohr.

„Mike Merry", flüsterte er. „Lehrer. Er ist für Biologie und Heimatkunde und dergleichen zuständig. Die Jungs lieben ihn. Prima Kerl."

Ich zweifelte nicht daran, daß er ein prima Kerl war. Aber gerade an diesem Morgen war er kein besonders fröhlicher Kerl. Er sah aus, als hätte er gerade eine besonders heftige Schlacht geschlagen – und verloren. Rot im Gesicht und außer Atem nahm er seinen Platz an den Kletterstangen mir gegenüber ein und starrte seine Schützlinge finster an. Ich sah Tom in der Mitte einer Reihe sitzen.

Während der nächsten ein, zwei Minuten kamen noch weitere Leute herein, die übrigen Lehrer, wie ich vermutete, und schließlich huschte Ruth Crompton mit entschuldigendem Gesichtsausdruck herein, lächelte mir herzlich zu und stellte sich etwas seitlich hinter George Ashton auf, der mittlerweile sichtlich ungeduldig darauf wartete, die Versammlung eröffnen zu können. Keine Spur von A. E. Rowley. Ich fragte mich, wo er steckte.

Die Versammlung bestand aus einem Gebet, einem Choral, einer kurzen, aber unerwartet herzlichen Ansprache des stellvertretenden Direktors, einem weiteren Choral und einem Schlußgebet. Alles ging vollkommen glatt über die Bühne, und hinterher, als die Jun-

gen Klasse für Klasse mit ihren Lehrern hinausgingen, fragte ich mich, warum ich mir je Sorgen wegen dieses Jobs gemacht hatte. Bald blieben nur noch Ruth Crompton und ich in der Turnhalle zurück. Sie stand neben mir, als der letzte der Jungen die Schwingtüren hinter sich zufallen ließ.

„Nun, David, was denken Sie?"

Ich schüttelte ungläubig den Kopf.

„Ich staune, Ruth! Das ging ja alles wie am Schnürchen heute morgen."

„Ah, nun ja, das ist nicht immer so ..."

„Ich meine, wenn man bedenkt, wie schwierig fast alle diese Jungen sein könnten, ist es – also, es ist wirklich erstaunlich."

„Sie finden also, daß Mark sehr gut mit ihnen umgegangen ist?"

„Eigentlich brauchten sie gar keinen großartigen Umgang, Ruth. Mark mußte gar nichts tun. Es lief einfach alles."

„Mmmm ..."

Ruth sah aus, als wollte sie noch etwas sagen, aber dann schien sie ihre Meinung zu ändern. Sie stieß die Türen auf, und wir gingen langsam den Flur entlang. Als wir am anderen Ende hinaus auf die Stufen kamen, blieb sie stehen und wandte sich mir zu.

„Was werden Sie den Rest des Tages über tun, David?"

Ich fischte in meiner Hosentasche nach dem Zeitplan, den Mr. Rowley mir am Tag meines Vorstellungsgesprächs gegeben hatte, bevor ich ging, und studierte ihn einen Moment lang.

„Also", sagte ich, „nach diesem Zeitplan arbeite ich jetzt noch anderthalb Stunden bis halb elf, dann habe ich frei bis vier, und dann bin ich wieder im Dienst, bis die Jungs im Bett sind. Ich schätze, ich sollte jetzt mal losziehen und sehen, ob ich irgendwo etwas reparieren kann."

Ruth lachte laut über meine schmerzliche Miene.

„Nein", sagte sie mit Nachdruck. „Nicht heute! Heute gibt es nichts zu reparieren. Ich weiß, wenn Mr. Rowley hier wäre, hätte er vorgehabt, sich mit Ihnen über alles mögliche zu unterhalten. Aber er ist in London aufgehalten worden, und da George im Unterricht ist, bin ich also im Moment die Chefin hier. Also – meine Anweisungen sind folgende ..."

„Ja?“ fragte ich ein wenig unbehaglich.

„Sie gehen jetzt zu Mrs. Murchison in die Küche ...“

„Ja ...?“

„Und sagen zu ihr, Mrs. Crompton hätte gesagt ...“

„Mmmm ...?“

„Sie möchte bitte ein Lunchpaket für Mr. Harper zusammenstellen ...“

„Ein Lunchpaket?“

„Richtig“, sagte Ruth fest. „Und dann – nehmen Sie Ihr Lunchpaket und machen sich hinaus auf unsere herrlichen Hügel. Vor vier Uhr brauchen Sie nicht zurück zu sein. Dann werden Sie sich wieder Mark anschließen ... Nun? Ist das in Ordnung? Oder schikaniere ich Sie zu sehr?“

Es war wunderbar und genau das, was ich in diesem Augenblick brauchte. Irgendwie erschien es mir nicht richtig. Ich sagte das auch, aber Ruth ließ sich nicht umstimmen. Es sei genau richtig, meinte sie. Während der folgenden Monate sollte ich noch entdecken, daß Ruth Crompton ein bemerkenswertes Talent dafür hatte, zu wissen, was „genau richtig“ für alle möglichen Leute war – seien es Kinder oder Erwachsene.

Ich verbrachte ein paar herrliche Stunden auf dem Gipfel der Welt. Am Ende eines längeren Marsches fand ich einen hübschen kleinen Pub in einer Senke zwischen den Hügeln und ergänzte mein Lunchpaket mit einem erfrischenden Pint des in der Gegend gebrauten Bieres. Als ich nach Stapley Manor zurückkehrte, war ich hochzufrieden und freute mich regelrecht auf den Rest meines ersten Arbeitstages.

Mark war ebenso gelassen und freundlich wie zuvor, obwohl ihm nun der Endspurt eines sehr langen Tages bevorstand. Ich sah zu, wie er an einige Jungen, die zwischen dem Unterrichtsschluß und der Teezeit hinunter nach Stapley gehen wollten, Taschengeld verteilte. Einige der Jungs, insbesondere Colin und sein Spezi Douglas, baten um recht große Summen. Mark überzeugte sie freundlich, aber bestimmt, daß es klüger wäre, weniger Geld mitzunehmen. Sie moserten ein wenig, während sie sich zum Gehen wandten, aber bei-

de Jungen waren rechtzeitig zum Tee, der ebenso störungsfrei verlief wie das Frühstück, wieder zurück. An meinem Tisch schien es aus irgendeinem Grund etwas lauter zuzugehen als an den anderen, aber ich nahm an, daß daran nur die Ausgelassenheit nach einem Tag der Gefangenschaft in den Klassenzimmern schuld war. Alles andere war wie gehabt.

Dennis machte den Tischdienst, der dicke Junge verschlang Berge von Butterbroten, und der strebsame Junge (der, wie sich herausstellte, jener Arnold Ducker war, von dem Ruth gesprochen hatte), saß mit gerunzelter Stirn da und gab hin und wieder lange, komplizierte Schilderungen irgendeiner obskuren Mathematikaufgabe von sich, mit der er während des Tages beschäftigt gewesen war. Keiner der anderen beiden Jungen reagierte auch nur im geringsten auf seine laute Schuljungenstimme, und ich verstand gar nicht, wovon er redete, aber das schien ihn nicht sonderlich zu stören.

Nach dem Tee versammelte Mark alle im Fernsehzimmer und sortierte die Ausflüge und Aktivitäten für den Abend. Mir fiel das Los zu, mit Dennis und Arnold Mogeln zu spielen. Das Spiel kam nicht recht in Gang, weil keiner der beiden in der Lage zu sein schien, zu mogeln, ohne sich schuldig zu fühlen. Arnold errötete jedesmal heftig, wenn er ein Blatt aufdeckte, das nicht mit seiner Behauptung übereinstimmte, und Dennis sagte Sachen wie: „Zwei Könige – aber nicht echt!"

Das einzige weitere größere Ereignis des Tages war das Abendessen, das von Colin und Douglas in der großen Küche vorbereitet wurde und aus einer Tasse Suppe und einem Butterbrötchen bestand. Dennis und Arnold holten ihr Essen an der Luke ab und brachten es an unseren Tisch im Speisesaal, wo wir weiter Karten spielten, bis es Zeit zum Schlafengehen war. Einmal erschien Robert im Speisesaal, bedeckt mit Suppenflecken und Brotkrümeln. Er stellte seinen Becher an der Luke ab und kam herüber an unseren Tisch. Ein Grinsen zog sich ungleichmäßig über sein bleiches Gesicht, als er mich wiedererkannte.

„Hab' Sie garnich erkannt, Sir! Sie sind's doch, ne, Sir?"

Ich freute mich. Ich hatte mich schon gefragt, warum Robert mich zuvor nicht bemerkt zu haben schien. Als ich jetzt sah, wie er mich

durch seine dicken Brillengläser anpeilte, wurde mir klar, daß er mich vermutlich gar nicht gesehen hatte.

„Ja, Robert", gab ich mich zu erkennen, „ich bin es. Ich bin jetzt euer Hausvater."

Robert schaute verdutzt.

„Wo is'n dann der Boon?"

Ich war verblüfft. Er mußte doch gehört haben, daß Mr. Boon gegangen war. Vielleicht war es nur nicht richtig durchgedrungen.

„Mr. Boon ist nicht mehr hier, Robert. Er ist gegangen. Ich bin an seiner Stelle gekommen."

Der Junge machte ein erschrockenes Gesicht.

„Aber Mista Rowley is doch nicht auch wech, oder, Sir?"

Ich beeilte mich, Robert zu versichern, daß Mr. Rowley nicht „wech" war. Das Lächeln kehrte zurück.

„Dann is' ja gut. Also nur Spoony-Boony wech. Bis dann, Sir."

Um neun Uhr folgte ich Mark ins Fernsehzimmer, wo er den Fernseher ausschaltete und mit einer Daumenbewegung andeutete, daß es Zeit zum Schlafengehen war. Während der folgenden halben Stunde beobachtete ich meinen Kollegen dabei, wie er von Schlafraum zu Schlafraum ging, nachprüfte, ob alle sich auch gewaschen hatten, und sich leise mit den Jungen unterhielt, die lesend oder malend im Bett saßen. Alles wirkte ausgesprochen zivilisiert. In Dennis' Zimmer blieb ich ein paar Augenblicke zurück. Er hatte eines der Betten in einem Doppelzimmer. Das andere Bett war leer. Alles, was ich von Dennis sehen konnte, war ein Paar heller Augen und ein Büschel Haare, die oben unter der Bettdecke hervorlugten.

„Nacht, Sir", sagte die kleine, gedämpfte Stimme. „Bin ich gut im Mogeln, Sir?"

„Äh ... ja, Dennis", erwiderte ich wahrheitswidrig. „Du bist sehr gut – na ja, auf jeden Fall genauso gut wie Arnold."

Dennis räusperte sich.

„Mögen Sie mich, Sir?"

„Ja", sagte ich leicht verlegen, „natürlich mag ich dich, Dennis. Ich mag dich sogar sehr."

Es war so leicht zu sagen. Ich fragte mich, ob es für diese geschundene kleine Person wirklich etwas bedeutete.

Als ich später an meinem Fenster stand und in die Dunkelheit sah, fühlte ich mich großartig. Ich wußte, daß ich in dieser Nacht gut schlafen würde. Aber zuerst wollte ich noch meinen Frieden mit Annie machen. Jetzt, wo klar war, daß dieser Job mich nicht vor Kontrollprobleme stellen würde, fühlte ich mich viel entspannter. Alles, was ich tun mußte, war, Annie anzurufen und ihr zu sagen, daß es mir leid tat. Danach würde alles wieder in Ordnung sein. Die Geschichte mit George Ashton konnte bis morgen warten, wenn ich Gelegenheit hatte, mit ihm zu reden und ihm die Sache mit dem Abend zuvor zu erklären. Ich würde das schon irgendwie in Ordnung bringen. Auf Zehenspitzen schlich ich mich nach unten.

Es dauerte eine Weile, bis Annie ans Telefon ging.

„Hallo – bist du das, David?"

„Ja, Annie, ich bin's. Hör mal, es ..."

„Es tut dir leid! Richtig?"

„Ja, das wollte ich gerade ..."

„Manchmal bist du ein egoistischer Waschlappen, David Harper. Du hast mich heute abend geweckt, genau wie du mich gestern abend geweckt hast. Ich bin zu müde, um alberne Spielchen zu spielen. Und es ist sinnlos, mich anzurufen, nur um mir zu sagen, daß ich dich in Ruhe lassen soll. Eines Tages werde ich vielleicht genau das tun, und wer sortiert dir dann deine verhedderten Eingeweide wieder auseinander? Hm? Wer?"

„Ich habe den Tag heute wirklich genossen, Annie. Ich glaube, es wird mir hier gefallen."

„Gut. Das freut mich sehr, David. Was ist mit Mr. Soundso? Hast du ihn gesehen?"

Ich gab Annie eine kurze Schilderung meines ersten Arbeitstages und versicherte ihr, daß mit meinen Eingeweiden alles in Ordnung sei. Als ich den Hörer auflegte, war alles wieder im Lot. Ich würde sie nächste Woche in Tunbridge Wells sehen. Das würde großartig sein. Ich freute mich darauf. Eine halbe Stunde später lag ich im Bett und schlief fest.

„Ach, kommen Sie, Sir! Nur noch eine Viertelstunde! Mr. Boon hat uns das immer erlaubt."

„Ja! Bitte, Sir. Wir gehen ins Bett, sobald die Sendung zu Ende ist."

„Das ist nicht fair, Sir! Mr. Boon hat es nie gestört ..."

„Wir mochten Mr. Boon, Sir ..."

„Ach, kommen Sie, Sir ..."

Ich gab nach und ließ mich elend in meinen Sessel im Hintergrund des Fernsehzimmers im Alten Haus fallen. Der erste Tag, an dem ich allein mit den Jungen arbeitete, näherte sich seinem Ende, und ich war nicht sehr zufrieden damit, wie er gelaufen war. Ich hätte den Fernseher einfach um neun Uhr ausschalten und das Protestgeheul ignorieren sollen, aber die Ereignisse der letzten Stunden hatten mein Selbstvertrauen unterhöhlt. Ich fühlte mich innerlich weich und wabbelig, als ich in der fast vollständigen Dunkelheit auf das Ende der Sendung und die letzte Herausforderung der Schlafenszeit wartete.

Den ganzen Vormittag und Abend über hatte ich jämmerlich versucht, meine Autorität über die Jungen zur Geltung zu bringen, die mir jetzt wie eine nicht zu bändigende Horde kleiner Wilder vorkamen. Jedesmal war mir von den Jungen die legendäre, offenbar übermenschliche Figur meines Vorgängers Mr. Boon als Beispiel für einen vollkommenen Hausvater vor Augen gehalten und zitiert worden. Sie gaben sich große Mühe, restlos deutlich zu machen, daß ich neben diesem Ausbund der Tugend als ein humorloser, autoritärer Langweiler erschien, der es darauf abgesehen hatte, ihnen das Leben so sauer wie möglich zu machen. Während ich, ohne etwas wahrzunehmen, auf den großen Schwarzweiß-Bildschirm am anderen Ende des Raumes starrte, dachte ich daran, wie gern ich diesen gottgleichen Boon erwürgen würde, der offenbar eine starke natürliche Autorität mit beinahe übernatürlichem Verständnis und Mitgefühl ver-

bunden hatte. Neben ihm kam ich mir regelrecht bleich und durchsichtig vor.

Die Sendung, die eine Ewigkeit gedauert zu haben schien, ging zu Ende. Ich wartete. Eine neue Sendung begann. Einer oder zwei der furchtsameren Jungen warfen flüchtige Blicke über die Schulter in meine Richtung. Das war der einzige Hinweis auf den Massenexodus, der jetzt eigentlich hätte beginnen sollen. Warum waren sie nicht alle aufgestanden und zu Bett gegangen? Entsetzt über diesen kollektiven Akt des Verrats stand ich genervt von meinem Sessel auf und zwängte mich am Rand des Raumes entlang, bis ich neben dem Fernseher angekommen war, der auf einem hohen Gestell stand. Mein Mund war trocken und ledrig, als ich die Hand ausstreckte, um das Gerät auszuschalten. Fieberhaft suchte ich in Gedanken nach irgend etwas Dynamischen, das ich sagen könnte – etwas, das nicht nur den Zorn und die Enttäuschung ausdrückte, die ich empfand, sondern den Jungen auch den Respekt und die Bewunderung einflößen würde, die ich seit Beginn dieses schrecklichen Tages schmerzlich vermißt hatte. Es war zuviel verlangt. Die ersten Stöhnlaute ertönten, als meine Finger den Lautstärkeknopf berührten.

„Oh, Sir! Das ist nicht fair ..."

„Mr. Boon hätte nie ..."

„Nur noch ein paar Minuten, Sir!"

„Dann gehen wir auch sofort ins Bett ..."

„Mr. Boon war immer so nett ..."

Es heißt, daß man aus seinen Fehlern lernt. Ich hätte daran denken sollen, daß der Fernsehschirm seit einer Stunde die einzige Lichtquelle im Raum gewesen war. Als ich den Schalter auf „Aus" drehte, wurde es mit einem Schlag stockfinster. Die darauf folgende Stille dauerte etwa eine halbe Sekunde. Danach war alles, was ich aus dem schwarzen Abgrund vor mir hören konnte, das Krachen von Stühlen und ein Durcheinander von Schreien und Gequietsche, als die meisten der Jungen meinen mangelnden Weitblick begeistert ausnutzten. Der Lichtschalter befand sich am anderen Ende des Raumes neben der Tür. Um ihn zu erreichen, würde ich durch eine wabernde Masse von Leibern und Möbeln waten müssen. Das würde die Situation um ein Zehnfaches verschlimmern. Was in aller Welt sollte ich

tun? Was hätte der erstaunliche Boon getan? Ich konnte aus voller Kehle brüllen, aber würden sie auf mich hören? Ich konnte den Fernseher wieder einschalten, aber das würde bedeuten, daß ich erneut nachgegeben hatte. Im Dunkeln, allein und unentschlossen, spürte ich, wie ein kindisches Wimmern in mir aufstieg, als die Lautstärke und die Verwirrung sich zu einem enervierenden Höhepunkt steigerten.

Ich konnte es einfach nicht verstehen. Gestern, als Mark die Verantwortung gehabt hatte, hatte alles so einfach ausgesehen. Warum war alles so anders, wenn ich der einzige anwesende Erwachsene war?

Ich hatte meinen zweiten Arbeitstag mit einer sehr optimistischen Einstellung begonnen. Ich freute mich geradezu darauf, die morgendliche Maschinerie in Bewegung zu setzen und mich dann auf die Rolle eines reinen Beobachters zurückzuziehen. Während ich mir auf dem Baby Belling eine Scheibe Toast verbrannte, spielte ich in Gedanken mit der angenehmen Vorstellung, wie Annie über die Maßen beeindruckt sein würde, wenn sie zum ersten Mal Zeuge wurde, wie ich mit leichter Hand diesen Haufen schwieriger Kinder dirigierte. Ich schmunzelte bei dem Gedanken, als ich mein verkohltes Fehlprodukt in den Eimer warf und auf meine Uhr sah. Sieben Uhr dreißig.

Ich gab den Gedanken an ein warmes Frühstück auf, eilte hinaus auf den Korridor, schloß die Tür sorgfältig hinter mir und begann, die einzelnen Schlafräume aufzusuchen, einen fröhlichen Gruß hineinzurufen und nur lange genug zu bleiben, um mich zu vergewissern, daß die Augen offen waren und die Glieder sich rührten – genau wie Mark es getan hatte. Binnen zwei oder drei Minuten war ich durch beide Korridore hindurch und wartete unten bei den Duschen darauf, daß die erste Welle pyjamabekleideter Gestalten zur Grundreinigung erschien.

Während ich mich lässig gegen den Türrahmen lehnte, dachte ich an die bevorstehenden Tage. Mr. Rowley würde vermutlich heute wieder im Hause sein. Vielleicht würde ich Gelegenheit haben, mich mit ihm zu unterhalten. Ich würde Ruths Rat befolgen und ihn fra-

gen, wie er „milieugestört“ definieren würde. Das andere, wonach es mich wirklich drängte, war, auf den Gipfel hinaufzusteigen. Vielleicht konnte ich zwei oder drei von den Jungs zusammentrommeln, sagen wir Dennis und Robert und einen oder zwei andere. Wir könnten gehen und da oben etwas spielen, und dann konnte Dennis sich hinunterrollen, bis ihm schlecht wurde. Vielleicht könnten wir sogar irgendwann abends mit einem Campingkocher hinaufgehen und uns ein paar Würstchen braten. Das würde Spaß machen. Falls die Schule ein paar Zelte in diesem Lagerschuppen hatte, den Tom mir gezeigt hatte, konnten wir vielleicht sogar einmal ein paar Nächte dort oben verbringen ...

Diese angenehmen Überlegungen wurden abrupt durch zwei Dinge unterbrochen. Das erste war das plötzliche Erscheinen eines Jungen aus dem Schlafraum am Ende des Korridors. Er war vollständig angezogen, völlig zerzaust und offensichtlich ungewaschen. Während er auf mich zu schlurfte, kratzte er sich mit beiden Händen gleichzeitig am Kopf.

Das zweite war meine Erkenntnis, daß ich schon seit fast fünf Minuten vor den Duschen stand und daß dieses menschliche Wrack, das da durch den Gang in meine Richtung taumelte, der einzige war, der auf meinen Weckruf reagiert hatte. Und er hatte sich noch nicht einmal gewaschen! Meine Uhr zeigte fast zwanzig vor acht. Gestern um diese Zeit waren bereits mehr als die Hälfte der Jungen zum Waschen hereingetaumelt. Was ging hier schief?

Der Junge, ein ziemlich großer, kräftig gebauter Bursche von ungefähr fünfzehn, hatte offensichtlich nicht vor, irgendwelche Energie daran zu verschwenden, mit mir zu reden. Er setzte sein neandertalerhaftes Schlurfen geradewegs an mir vorbei in Richtung Hintertreppe fort. Ich räusperte mich. Er blieb stehen, drehte sich um, schob sich ein paar fettige, schwarze Haarsträhnen von den Augen weg und nahm mich zum ersten Mal richtig wahr.

„Was?“

„Äh ... du hast dich doch noch gar nicht gewaschen, oder?“

Er starrte mich mit vollkommener Gleichgültigkeit an.

„Und?“

„Nun – eigentlich solltest du das doch, oder?“

„Wer sagt das?"

Ich schluckte schwer.

„Gestern, als Mr. Parish Dienst hatte ..."

Zum erstenmal huschte ein leiser Schrecken über den verschlafen arroganten Ausdruck auf dem Gesicht des Jungen.

„Hat Mr. Parish mit Ihnen zusammen Dienst?"

„Nein, das nicht, aber ..."

„Dachte ich mir. Er hat frei. Boon hat mich nie gezwungen, mich zu waschen."

Zu meiner heftigen Verärgerung wandte sich der Junge ab und schickte sich an, die Treppe hinabzusteigen, da er offensichtlich den Eindruck hatte, daß eine weitere Diskussion sich erübrigte. Ich war wütend! Wie konnte er es wagen, so mit mir zu reden? Wie konnte er es wagen, mich zu behandeln, als ob ich nicht zählte? Lieber Himmel – er nannte mich noch nicht einmal „Sir"!

„Einen Moment!"

Der Junge blieb auf der zweiten Stufe stehen und seufzte wie jemand, dessen Geduld auf eine harte Probe gestellt wird. Er drehte mir den Kopf zu, als wäre er so schwer, daß das Bewegen ihm große Mühe bereitete.

„Was?"

„Ich bin nicht Mr. Boon!"

„Ich auch nicht", sagte der Junge, ohne auch nur einen Sekundenbruchteil zu zögern. Für einen Augenblick fiel mir nichts mehr ein. War das Frechheit oder Logik oder Milieustörung – oder was?

„Was ich damit meine, ist, daß Mr. Boon dich vielleicht nicht gezwungen hat, dich zu waschen, aber ich bin nicht Mr. Boon, und ich werde dich zwingen, dich zu waschen!"

„Sie wollen mich zwingen, mich zu waschen?"

In diesem Augenblick ließ mich ein leises Geräusch herumfahren. Sechs oder sieben pyjamabekleidete Gestalten waren auf dem Korridor erschienen und standen starr herum, voller Vorfreude auf den Höhepunkt meiner Konfrontation mit dem Jungen mit den strähnigen Haaren. Mit schwerem Herzen wandte ich mich wieder der Treppe zu. Wenn ich diese Schlacht vor all diesen Jungen verlor, würde keiner von ihnen je wieder etwas tun, was ich ihnen sagte.

„Ja!“ sagte ich mit einem Selbstbewußtsein, das zu hundert Prozent vorgetäuscht war. „Wenn ich muß, werde ich dich zwingen.“

Es lag mehr als nur eine Andeutung von Clint Eastwood in meinem Tonfall, aber schließlich hatte ich auch kein anderes Vorbild, an dem ich mich orientieren konnte. Der „Schurke“ auf der Treppe kniff die Augen zu Schlitzen zusammen, während er versuchte, seine Chancen abzuschätzen. Es war ein unsäglich grauenhafter, spannungsgeladener Moment, und es war das wirkliche Leben. Im wirklichen Leben konnten die Schurken gewinnen. Zu meiner großen Erleichterung senkte der Junge schließlich seinen Blick, murmelte irgendeine unverständliche Beleidigung und schlurfte an mir vorbei in den Waschraum. Mit einer aggressiven Handbewegung drehte er einen Hahn auf, beugte sich über das Waschbecken und spritzte ein paar Tropfen Wasser in die ungefähre Richtung seines Gesichts. Ohne sich lange mit Abtrocknen aufzuhalten, stampfte er an mir vorbei wieder hinaus und verschwand um die Biegung der Treppe, wobei er nur ein Wort ausrief:

„Zufrieden?“

Mir wurden plötzlich die Knie weich nach meiner Prüfung, und ich lehnte mich gegen die Wand. Wenigstens war ich nicht vollkommen gescheitert.

„Wir dürfen uns eigentlich nicht angezogen waschen, Sir. Sie hätten ihm sagen müssen, daß er seinen Pyjama wieder anziehen und sich dann waschen soll, Sir. Er ist damit davongekommen, Sir.“

Kochend vor Wut fuhr ich zu Arnold Ducker herum. All der Zorn und die Frustration, die ich gegenüber dem Jungen mit den strähnigen Haaren empfand, ergoß sich nun über Arnold, dessen Sägeblattstimme meine unbehagliche Genugtuung zerfetzt hatte.

„Wenn du mehr Zeit damit verbringen würdest, dich zu waschen, und weniger damit, anderen zu sagen, was sie falsch gemacht haben, dann wärst du nicht so ein dummer kleiner Junge!“

Diese grobe, sinnlose Rede veranlaßte den kleinen Dennis, der hinter Arnold gestanden hatte, dazu, wild in den Waschraum zu stürmen, wo er sofort in fieberhafter Eile begann, sich zu waschen, bis er nur noch ein undeutliches Wirrwarr aus wild rudernden Armen und spritzendem Wasser war. Alle paar Sekunden hielt er inne und

sah furchtsam in meine Richtung, um sich zu vergewissern, daß ich auch merkte, wie eifrig er war. Als ich mich nach Arnold umsah, bemerkte ich zu meinem Entsetzen, daß ihm zwei dicke Tränen aus den Augen gerollt waren und nun langsam an seinen Nasenflügeln hinab rannen. Die anderen Jungen gingen nach und nach in den Waschraum, murmelten im Vorbeigehen etwas davon, wie ich „Arnold zum Weinen gebracht" hätte, und fragten, warum ich nicht so nett wie Mr. Boon sein könnte. Arnold wischte sich mit dem Schlafanzugärmel die Augen.

„Tut mir leid, daß ich das gesagt habe, daß Sie Martin Jarrold haben davonkommen lassen, Sir. Ich wollte nicht frech sein ..."

Ein erbärmliches Stocken lag in der lauten, unbeholfenen Stimme. Aus dem Waschraum erhob sich eine andere, körperlose Stimme über die spritzende, schwatzende Geräuschkulisse.

„Sie sind ein verdammter Tyrann, Harper!"

In mir schien alles zu sterben. Ich hatte erst eine Viertelstunde lang eigenverantwortlich gearbeitet, und schon lag meine ganze Würde in Trümmern da. Ich tat so, als hätte ich diese schrecklichen Worte nicht gehört.

„Es ist nicht deine Schuld, Arnold. Es tut mir leid, daß ich böse auf dich geworden bin. Ich habe nur ..."

„Darf ich mich jetzt bitte waschen, Sir?"

„Ja, Arnold", sagte ich und machte eine hilflose Geste in Richtung Waschraum. „Nur zu, wasch dich."

Im Durchgang blieb er noch einmal stehen. Meine Nerven gingen wieder in Hab-Acht-Stellung.

„Colin und Douglas sind noch nicht einmal aufgestanden, Sir, und es ist schon fast zehn vor acht, Sir."

Hatte dieser Alptraum denn nie ein Ende? Schon wieder wollte ich Arnold erwürgen. Statt dessen knirschte ich mit den Zähnen.

„Na schön, Arnold. Ich kümmere mich darum – wasch du dich nur."

Ich rannte die schmale, steile Treppe hinauf und marschierte den kürzeren oberen Korridor entlang, an dessen Ende sich das Doppelzimmer befand, das Colin und Douglas sich teilten. Von Colin war nur sein Haar zu sehen, das sich unnatürlich lebhaft von seinem wei-

ßen Kissen abhob. Douglas war unter einem Berg von Bettzeug völlig verborgen. Ich sah auf meine Uhr. Genau zehn vor acht. Den beiden würde ich es zeigen. Ich holte tief Luft und schrie aus voller Kehle:

„Wenn ihr beiden nicht in zwei Minuten auf und angezogen seid, seid ihr dran!"

Mein Herz hörte beinahe auf zu schlagen, als die beiden reglosen Gestalten aus ihren Betten in eine senkrechte Position schnellten. Beide waren vollständig angezogen.

„Überraschung!" riefen sie im Chor, dann brachen sie brüllend vor Lachen wieder auf ihren Betten zusammen.

Meine eigenen Worte hallten immer noch in meinen Ohren nach. Was für ein Depp ich war! Warum hatte ich nicht zuerst nachgesehen? Na ja, immerhin waren sie auf und angezogen – aber Moment mal, sie hatten sich nicht gewaschen! Sie konnten unmöglich im Waschraum gewesen sein, sonst hätte ich sie gesehen. Mir sank das Herz. Einen Moment lang war ich in Versuchung, so zu tun, als hätten sie sich gewaschen – das wäre so viel einfacher gewesen. Aber dies war mein erster Tag allein im Dienst. Morgen ...

„Sehr witzig, Colin und Douglas, aber ihr habt euch noch nicht gewaschen. Also marsch zurück in eure Schlafanzüge, und dann ab zum Waschen wie alle anderen!"

Colins Gelächter brach abrupt ab. Irgendein eingebauter Schnellkoch-Mechanismus schien sein Gesicht und sogar seine Haare in die Farbe der Wut zu tauchen. Er stieß sein Gesicht in meine Richtung und kräuselte seine Oberlippe in höhnischer Angriffslust.

„Wer SAGT, wir hätten uns nicht gewaschen?"

Mein ganzes Blut sackte mir in die Stiefel.

„Ich sagte, daß ihr euch nicht gewaschen habt, und wenn ..."

„Sie nennen mich einen verdammten Lügner ...?"

Zeit, mein As aus dem Ärmel zu ziehen. Ich beherrschte das leichte Zittern, das meinen Worten alle Autorität zu rauben drohte.

„Ich war seit halb acht unten beim Waschraum, und weder du noch Douglas seid die Treppe heruntergekommen – geschweige denn, daß ihr euch gewaschen hättet. Also – ja! Wenn du so willst, nenne ich dich einen Lügner! Was soll ich sonst denken?"

Douglas, der helle Haare und einen viel kühleren Kopf als Colin hatte, eine Art kleiner Steve McQueen, hatte ein sehr unangenehmes Glitzern im Auge, als er zum ersten Mal sprach.

„Guck mal, der ist ja ganz blaß und zitterig. Er hat Angst. Hau ihm eine aufs Maul, Col. Bring ihm Manieren bei. Boon hätte uns nicht Lügner genannt. Der war in Ordnung, der alte Boon, nicht wie dieses Großmaul!"

Einen schrecklichen Moment lang war ich nahe daran, in Tränen auszubrechen. Douglas' Worte hatten eine bösartige Schärfe an sich, die meiner Selbstachtung die Haut in großen Fetzen abzog.

„Haben Sie schon mal einen Igel als Haustier gehalten, Sir?"

Die Frage des kleinen Dennis, die so zusammenhanglos in diese kritische Situation hereinbrach, erzeugte in mir einen Augenblick lang eine leichte Hysterie. Ich lachte freudlos, als ich mich über die Schulter zu der kleinen, ernsthaft dreinblickenden Gestalt umsah.

„Ich habe gleich Zeit für dich, Dennis. Warte eine Sekunde."

Als ich mich wieder umdrehte, stellte ich überrascht fest, daß eine starke und sehr feste Reaktion an die Stelle des emotionalen Zusammenbruchs getreten war, den ich befürchtet hatte. Ich ging an Colin vorbei und sprach direkt und sehr leise in Douglas' Gesicht.

„Solltest du jemals wieder so mit mir reden, werde ich dafür sorgen, daß dir das sehr, sehr leid tun wird, Douglas. Ich hoffe, daß du nicht so dumm sein wirst."

Jetzt war Douglas an der Reihe, blaß zu werden. Seine intelligenten, berechnenden Augen lasen in den meinen eine primitive Entschlossenheit, mich zu schützen, wenn es hart auf hart ging. Er zwang sich zu einem schiefen Lächeln.

„War nur ein Witz, Sir. Tut mir leid."

Es war nicht nur ein Witz gewesen, und es tat ihm auch nicht leid; er war lediglich auf seinen Nutzen bedacht. Ich schärfte mir ein, niemals den Fehler zu machen, Douglas zu vertrauen. Colin war aus viel schlichterem Holz gestrickt. Er schob sich wieder in meine Blicklinie.

„Sagen Sie immer noch, wir hätten uns nicht gewaschen? Wir haben uns nämlich verdammt noch mal sehr wohl gewaschen!"

„Colin", sagte ich und schüttelte ungeduldig den Kopf, „wie

könnt ihr euch gewaschen haben, ohne die Treppe hinunterzugehen und an der Tür zum Waschraum an mir vorbeizukommen?"

„Sie haben das Waschbecken da drüben benutzt, Sir", pfiff Dennis' Stimme fröhlich von hinten. „Sie sind die einzigen, die eins in ihrem Zimmer haben, Sir."

Ich kniff die Augen fest zu und öffnete sie wieder. Dennis hatte recht. Da war ein Waschbecken in der Ecke des Zimmers. Ich hatte es gestern morgen nicht bemerkt, und ganz bestimmt hatte ich es eben gerade nicht bemerkt.

„Ah!" sagte ich mit schwacher Stimme. „Ja ... richtig, verstehe – richtig. Ihr habt ... äh ... richtig."

Ich wäre am liebsten im Boden versunken.

„Tut mir leid, Colin. Ich habe mich geirrt. Ihr habt euch gewaschen. Das wußte ich nicht."

„Hab' ich Ihnen ja gesagt!" triumphierte Colin.

„Können wir jetzt zum Frühstück hinuntergehen, Sir?"

Douglas' strategische Höflichkeit war nicht ganz so furchteinflößend wie seine Beleidigungen, aber viel fehlte nicht.

„Ja", sagte ich. „Ihr könnt hinuntergehen und euch zum Frühstück anstellen. Ab mit euch."

Die beiden Jungen gingen durch den Korridor auf die Treppe zu, Colin stolzierend und lachend, Douglas mit leisen Schritten und gedämpft. Einmal sah er sich zu mir um, eine seltsame, verschleierte Drohung in den Augen.

„Kommen Sie mit, Sir?" fragte Dennis.

„Ja, Dennis. Gehen wir lieber."

Ich sah auf meine Uhr. Es war acht. Ich arbeitete erst seit einer halben Stunde und fühlte mich jetzt schon, als wäre ich in eine Schrottpresse geraten. Plötzlich kam mir ein Gedanke.

„Nur einen Moment, Dennis. Warte einen Augenblick ..."

Ich ging rasch noch einmal in Douglas' und Colins Zimmer und fuhr mit der Hand durchs Innere des Waschbeckens.

Es war knochentrocken.

Der Rest des Vormittags verlief ganz so wie die erste halbe Stunde. Als ich endlich nach unten kam, stellte ich fest, daß die Schlange

zum Frühstück nur aus zwei Jungen bestand, Arnold Ducker und Dennis. Die anderen saßen bereits an ihren Tischen und machten sich über die Haufen von Butterbroten vor ihnen her. Als ich deswegen Einwände erhob, informierten mich ungefähr zehn Stimmen lautstark, Mr. Boon habe sie immer direkt zum Frühstück hineingehen lassen, ohne anzustehen, und er habe sich auch nie mit einem Tischgebet aufgehalten. Ich wiederholte, daß ich nicht Mr. Boon sei, daß ich von ihnen erwartete, sich jeden Morgen anzustellen, wenn ich Dienst hatte, und daß wir vor den Mahlzeiten ein Tischgebet sprechen würden.

Das Frühstück selbst war das reine Chaos. Der Lärmpegel war entsetzlich, ein- oder zweimal flogen Lebensmittel durch den Raum, und an Colins Tisch brach eine Schlägerei aus, nachdem Colin Martin Jarrold vorgeworfen hatte, er habe ihm Schuppen in seine Cornflakes gekämmt. Es war an dieser Stelle, als Martin Jarrold zwei Hände voll von Colins Haaren fest im Griff hatte und sich anschickte, ihm seinen Schädel mit wissenschaftlicher Präzision genau zwischen die Augen zu rammen, und ein kleiner Junge am nächsten Tisch ständig tiefe Muhlaute machte wie eine Kuh und Robert feuchte Cornflakes-Schüsseln ineinander fallen ließ, um herauszufinden, was das für ein Geräusch ergab, und die meisten anderen aus voller Kehle brüllten, um sich Gehör zu verschaffen, daß ich zu dem Schluß kam, ich hätte genug. Ich ergriff meine eigene Cornflakes-Schüssel am Rand und knallte sie auf den Tisch, so hart ich konnte. Das wirkte. Es brachte den Lärm vollständig zum Verstummen. Außerdem ließ es die Cornflakes-Schüssel in mehrere Stücke zerspringen. Als das letzte Bruchstück auf dem Fußboden ausgeschaukelt hatte, ließ Martin Jarrold Colins Skalp los, der Muher hielt mitten im Muhen inne, und Robert plazierte vorsichtig die letzte Cornflakes-Schüssel auf den Stapel vor ihm. Es herrschte dramatische Stille.

„Das werden Sie ins Bruchbuch eintragen müssen, Sir. Eine Schüssel kostet fünfzig Pence, Sir."

Arnold wird nie erfahren, wie drastisch seine Lebenserwartung in diesem Moment reduziert war. Ich biß die Zähne zusammen.

„Danke, Arnold. Das ist im Augenblick nicht meine Sorge. Meine

Sorge ist das schändliche Benehmen, das ich hier beobachten mußte, seit das Frühstück begann. Ich habe noch nie ..."

Robert unterbrach mich.

„Den alten Boony hat es nie gestört ..."

„Es interessiert mich keinen feuchten Kehricht, was Mr. Boon störte oder nicht störte! Ich bin nicht Mr. Boon, und mich stört es. Das Frühstück ist zu Ende, ob ihr fertig seid oder nicht. Die Tischdienstleute können noch bleiben und aufräumen, alle anderen machen sich an ihre Arbeiten!"

Mürrisch, wütend und Beleidigungen vor sich hin flüsternd, marschierten die Jungen hinaus und zerstreuten sich in verschiedene Teile des Hauses. Dieselbe körperlose Stimme, die mich zuvor vom Waschraum aus angeflucht hatte, ertönte wieder aus irgendeiner verborgenen Ecke.

„Warum läuft im Alten Haus immer so eine Scheiße? Der Boon hat uns wenigstens in Ruhe essen lassen!"

Mir fehlte der Mut, der Stimme nachzugehen und ihren Besitzer zu disziplinieren. Statt dessen wanderte ich hinaus auf den Hof und überlegte trübsinnig, daß wenigstens die Kehrer wußten, was sie zu tun hatten. Doch der Anblick, der sich mir auftat, als ich den Hof erreichte, war wie eine seltsame Umkehrung dessen, was ich am Morgen zuvor gesehen hatte. Die beiden Jungen, die gestern so umsichtig und effizient zu Werke gegangen waren, stocherten träge mit ihren Besen auf dem Boden herum, während auf der Seite des Neuen Hauses der lange, dünne Junge, der am Ende seines Besens beinahe den Geist aufzugeben gedroht hatte, als ich ihn das letzte Mal sah, seinen Bereich energisch und methodisch bearbeitete und seine Sache hervorragend machte.

Ich raffte meine letzten Reste an Mut und Gewissenhaftigkeit zusammen und rief meine beiden Kehrer zu mir. Es waren sympathisch aussehende Jungen, deren Namen ich noch nicht kannte. Beide mochten dreizehn oder vierzehn sein.

„Hört mal, Jungs. Gestern habt ihr eure Sache hier auf dem Hof großartig gemacht. Heute versucht ihr es nicht einmal."

„Mr. Boon ..."

Irgend etwas in meinem Gesicht muß ihm gesagt haben, daß

diese Argumentationslinie nicht sehr weit führen würde. Ich ergriff wieder das Wort.

„Ich möchte einfach, daß ihr es heute genauso gut macht wie gestern, okay?"

„Und werden Sie es auch kontrollieren, Sir?" fragte der kleinere Junge, dem seine braunen Haare offenbar mit der alten Blumentopfmethode geschnitten worden waren.

„Ja", sagte ich. „Ich werde es kontrollieren."

„Mr. Boon hat unsere Jobs nie kontrolliert, Sir", sagte der andere, „und da dachten wir ... ach, ich weiß nicht."

„Macht ihr euren Job gut", versprach ich, „und ich komme und kontrolliere es ganz genau, okay?"

„Ja, Sir!" sagte der ältere Junge, offenbar frisch inspiriert. „Komm, Tim, wir machen es besonders gut!"

Das war meine erste wirklich positive Begegnung an diesem Morgen, und für einen Moment hob sich meine Laune ein wenig. Aber das Gefühl hielt nicht lange an. Als ich meinen Rundgang durchs Haus machte, um die anderen Jobs zu inspizieren, merkte ich, daß auf sie wenig bis gar keine Mühe verwandt worden war. Ich verbrachte die gesamte restliche halbe Stunde bis zur Versammlung damit, die Verantwortlichen zu finden und sie durch Schmeicheleien oder Drohungen dazu zu bringen, die Arbeit zu tun, die sie gestern so leicht und bereitwillig getan hatten. In manchen Fällen drückte ich mich auch einfach. Ich tat so, als ob ich nicht bemerkte, daß der obere Korridor (Colins und Douglas' Job) offensichtlich nicht gekehrt worden war. Ich „vergaß", zu überprüfen, ob die Stiefelkammer von Martin Jarrold ausgekehrt und aufgeräumt worden war. Schließlich, so sagte ich mir, kann man nur eine gewisse Menge an Konfrontationen an einem einzigen Morgen überleben.

Um neun Uhr hatte sich vor den Stufen zu den Klassenräumen eine zerzauste, mosernde Schlange von Jungen zum Einmarsch in die Versammlung eingefunden. Alle sahen einigermaßen unordentlich aus. Einige Schuhe waren nicht geputzt worden. Die ganze Atmosphäre war angefüllt mit Groll und Unzufriedenheit. Der kleine, dicke Junge, der an Dennis' und Arnolds Tisch saß, war ein Bild des grollenden Elends am Ende der Schlange.

„Warten Sie nur, bis mein Papa erfährt, daß wir nicht frühstücken durften", murmelte er mir zu, die kleinen Augen schwarz vor Zorn, „dann kriegen Sie Ärger. Mr. Boon hat wenigstens nie ..."

„Geh voraus!" rief ich dem vordersten Jungen zu, der prompt über die unterste Stufe stolperte und anfing zu schreien, als die Schlange sich vorwärts schob und zwei oder drei nachfolgende Jungen auf ihn fielen.

„Stillgestanden!" brüllte ich. „Stillgestanden und haltet um Himmels willen den Mund!"

Kurz darauf trampelte der Zug der Jungen, immer noch lachend und schreiend trotz all meiner Versuche, die Ordnung wiederherzustellen, lautstark den Korridor entlang auf die Turnhalle zu, wo sie, dem Himmel sei Dank, dieselbe magische Verwandlung durchliefen wie die Jungen aus dem Neuen Haus gestern. Als die Versammlung zu Ende war, hielt ich mich nicht lange auf, um noch mit jemandem zu reden. Ich wollte für eine Weile niemanden sehen oder hören. Ich wollte nur noch in meine eigene Wohnung – allein. Ohne noch mit einem anderen menschlichen Wesen zusammenzustoßen, rettete ich mich in die Sicherheit meiner Wohnung, schloß und verriegelte mit einem abgrundtiefen Seufzer der Erleichterung meine Tür und ließ mich wie ein Sack Kartoffeln in meinen Sessel fallen.

Im nächsten Augenblick klingelte es an der Tür.

Draußen stand eine Dame mittleren Alters in geblümtem Hauskittel, Mop und Eimer in der Hand. Eine Mischung aus Verärgerung und Genugtuung lag auf ihrem Gesicht. Ihre Stimme klang ausdruckslos und sarkastisch.

„Mr. Harper?"

„Ja, das ist richtig, ich bin Mr. Harper. Was kann ich ...?"

„Ich hoffe, Sie erwarten nicht von mir, daß ich die ganzen Betten im obersten Stock mache, das mache ich nämlich auf keinen Fall!"

Ich starrte sie an.

„Äh ... es tut mir leid – ich glaube nicht, daß wir uns schon ..."

„Die hab' ich noch nie gemacht, und jetzt mach' ich sie auch nicht!"

„Tut mir leid, Mrs. ..."

„Wer soll sie machen? Das möchte ich gerne wissen!"

„Nun …“

„Sie sollen nach dem Frühstück gemacht werden, so hat man's mir immer gesagt. Mrs. Cromptons Worte waren bisher immer: ‚Rühren Sie die Betten nicht an, Mrs. Gage. Das ist Aufgabe der Jungs.‘ Da hat sie sich ganz klar ausgedrückt. Also, wer soll sie machen?“

Ich seufzte müde.

„Ich mache sie, Mrs. Gage. Ich gehe jetzt gleich hinauf und mache sie. In Ordnung?“

„Solange ich sie nicht machen muß“, erwiderte die Raumpflegerin, die sich offensichtlich auf eine erheblich längere und hitzigere Debatte über das Thema gefreut hatte. „Ich finde es nur nicht richtig, wenn von mir verlangt wird, daß ich sie mache, wo doch Mrs. Crompton immer gesagt hat …“

„Richtig!“ unterbrach ich sie. „Sie haben vollkommen recht! Ich mache sie. Ich. Nicht Sie. Hier gehe ich los und mache mich auf den Weg, um die Betten zu machen. Okay?“

Mein ätzender Sarkasmus, der aus meiner Frustration geboren war und mir eigentlich gar nicht ähnlich sah, ging an Mrs. Gage völlig vorbei. Während ich am anderen Ende des Korridors die Treppe hinaufstieg, konnte ich sie immer noch vor sich hin murmeln hören.

„Ich wüßte nicht, warum ich sie machen sollte. Mrs. Crompton hat gesagt …“

Douglas und Colin hätten im Fluchen noch einiges von mir lernen können, als ich auf dem oberen Korridor schwitzend von Zimmer zu Zimmer eilte und versuchte, so etwas wie Ordnung in das Chaos aus Bettüchern, Schlafanzügen und den schmutzigen Kleidungsstücken von gestern zu bringen, die fast bewußt auf die denkbar unordentlichste Weise im Raum verstreut worden zu sein schienen. Ich brauchte mehr als eine halbe Stunde, um der drei Schlafräume Herr zu werden, doch endlich hatte ich es geschafft und machte kehrt, um den Raum zu verlassen, der dem Treppenabsatz am nächsten lag. In der Tür stand George Ashton.

Ich hasse es, wenn ich rot werde. Manche Leute werden nur zartrosa, wenn sie in Verlegenheit sind. Ich werde leuchtend rot. Ich

glühe wie die Heizstangen in einer elektrischen Heizung. Und dann möchte ich auf der Stelle sterben. Sterben wollte ich auch jetzt, als der stellvertretende Direktor von mir zu den Betten und von den Betten zurück zu mir blickte. In seinen kantigen Zügen waren Verärgerung und Geringschätzung zu lesen.

„Ich bin gekommen, um mit Ihnen über ein paar Reparaturen zu sprechen, Mr. Harper, aber wie ich sehe, sind Sie damit beschäftigt, die Betten zu machen. Eigentlich sollten die Jungen das selbst machen, wissen Sie."

„Das weiß ich, Mr. Ashton. Es ist nur, weil dies mein erster Morgen allein war und ich aus irgendeinem Grund nicht dazu gekommen bin, den oberen Korridor zu kontrollieren. Es war alles ziemlich verwirrend, und die Jungen haben sich schwierig angestellt, und ich wußte nicht recht ..."

„Sie hatten doch gestern mit Mark zusammen Dienst, oder nicht?" unterbrach mich der Stellvertreter erbarmungslos. „Haben Sie denn nicht darauf geachtet, wie er es gemacht hat?"

„Doch", sagte ich, „aber bei ihm sah alles so einfach aus. Mir war gar nicht klar ..."

Meine Stimme verebbte elendiglich.

„Na ja, wie auch immer – es gibt ein paar Sachen für Sie zu reparieren. Hier ist die Liste. Werkzeug finden Sie in der Holzwerkstatt."

George Ashton legte ein Stück Papier auf den Heizkörper unter dem Fenster und stampfte ohne ein weiteres Wort die Treppe hinunter. Ich wußte, daß er mich für einen inkompetenten Dummkopf hielt, und in diesem Moment war ich mir ganz sicher, daß er damit absolut recht hatte.

Ich ziehe einen Schleier über meine ersten erbarmungswürdigen Versuche, Spindtüren und Kleiderschrankböden zu reparieren. Die Resultate waren lächerlich. Ich erinnere mich auch nicht gern an die Zeit zwischen Schule und Teestunde, als Colin draußen mitten auf dem Hof stand und aus voller Kehle brüllte, Harper sei ein „verdammter Dieb", weil ich ihm nicht erlauben wollte, sein ganzes Taschengeld auf einen Schlag in Anspruch zu nehmen. Neben der Teestunde hätte ein mittelalterliches Freßgelage wie ein Kaffee-

kränzchen im Pfarrhaus gewirkt, und der Rest des Abends war ein einziger Alptraum von Konfrontationen, hektischem Köpfezählen, um sicherzugehen, daß niemand davongelaufen war, und einem wilden Abendessen, das damit endete, daß der Fußboden des Speisesaals mit Suppe und Kartoffelchips übersät war. Dazu kam die Entdeckung, daß Martin Jarrold Arnold Ducker gezwungen hatte, ihm sein Abendessen im Austausch gegen einen leergeschriebenen Kugelschreiber ohne Kappe zu überlassen. Diesmal war Martin sehr nahe daran, mich zu schlagen, doch im letzten Moment machte er wieder einen Rückzieher, und Arnold bekam sein Abendessen zurück. Erst als die ganze Gruppe sich im Fernsehzimmer niederließ, um einen amerikanischen Krimi zu sehen, konnte ich mich zum ersten Mal entspannen, in dem Wissen, daß der nächste Programmpunkt das Schlafengehen war, wonach dieser lange, lange Tag endlich ein Ende nehmen würde.

Hätte ich nur den Mut gehabt, den Fernseher um neun Uhr auszuschalten. Jetzt stand ich in der tiefschwarzen Dunkelheit, lauschte dem grauenhaften Lärm, den alle veranstalteten, und wußte, daß nicht viel fehlte, und ich würde mich durch das nächste Fenster oder die nächste Tür davonschleichen und von Stapley Manor und seinen gräßlichen Kindern, die darauf aus zu sein schienen, mein Inneres in Stücke zu reißen, wegrennen, so schnell ich konnte. Jeden Augenblick, dachte ich, mußte wieder jemand wie George Ashton hereinplatzen und meine Demütigung vollständig machen.

Plötzlich ging das Licht an. Ich blinzelte geblendet in die Richtung des Lichtschalters am anderen Ende des Raumes. Es war nicht George Ashton. Es war Arnold Ducker.

„Wollten Sie das Licht an haben, Sir?"

Seine Stimme klang sehr laut in der Stille, die sich soeben herabgesenkt hatte.

„Ja, Arnold", sagte ich, verzweifelt bemüht, so zu klingen, als hätte ich die Situation unter Kontrolle. „Vielen Dank. Ich wollte es gerade selbst einschalten. Also, Stühle wieder hinstellen und ab ins Bett, allesamt."

Alles stöhnte. Colin zog eine abgebrochene Stuhlfeder aus dem Nasenloch des kleinen dicken Jungen, Dennis tauchte hinter dem

Fernseher auf, wo er sich versteckt haben mußte, als das Licht ausging, und der Rest brachte den Raum in einen Zustand, der entfernte Ähnlichkeit mit Ordnung hatte. Mit einem Gefühl düsterer Vorahnung, das sich im Nachhinein als völlig begründet erwies, folgte ich dem letzten Jungen aus dem Zimmer. Ich brauchte eine Dreiviertelstunde, um die Jungen in die Betten zu befördern. Das stille Lesen und Malen vom Vorabend fand einfach nicht statt, außer bei ganz wenigen Ausnahmen. Die meisten schienen das Schlafengehen als eine Gelegenheit zu betrachten, ein hektisches Versteckspiel zu starten, indem sie sich versteckten und ich sie nicht finden konnte. Um halb elf war ich völlig am Boden zerstört. Endlich waren alle im Bett (soweit ich wußte) und einigermaßen still. Als ich mich mit schlurfenden Füßen über den unteren Korridor der Zuflucht meiner Wohnung entgegenschleppte, spürte ich Zorn und Ärger, die Seite an Seite in meinem Herzen brannten. Wie konnten diese Jungen so grausam unkooperativ mit jemandem umgehen, der doch nur freundlich und hilfsbereit sein wollte? Ich wußte nicht, wie ich mit der erbärmlich unfähigen Kreatur fertig werden sollte, als die ich mich in den letzten fünfzehn Stunden herausgestellt hatte. Ich war nicht zu gebrauchen, und den Jungen war es egal.

„Sir."

Das laute Flüstern kam aus dem vorletzten Zimmer vor meiner Wohnungstür – Dennis' Zimmer. Ich blieb stehen, stützte mich mit den Händen gegen den Türrahmen und lehnte mich ins Zimmer.

„Was ist, Dennis? Ich bin sehr müde ..."

Dennis winkte mich zu sich ans Bett. Ich hievte mein Gewicht wieder in die Senkrechte und machte ein paar Schritte auf ihn zu. Alles, was ich wollte, war, zurück in meine Wohnung zu kommen.

„Ja, Dennis. Was ist?"

Dennis sah sehr klein aus in seinem Bett.

„Ich bin froh, daß Sie gekommen sind, Sir."

Beinahe wäre ich heulend zusammengebrochen. Jemand hatte etwas Nettes zu mir gesagt. Ich hatte einen Kloß im Hals.

„Ich bin auch froh, daß ich gekommen bin, Dennis." War das die Wahrheit?

„Mr. Boon nannte mich immer Dennis den Dummkopf, Sir.

Manchmal mußte ich mich beim Essen auf einen Stuhl stellen, und er stellte mir Fragen, die ich nicht beantworten konnte. Das machen Sie doch nicht mit mir, oder, Sir?"

„Nein, Dennis. Das werde ich niemals tun – ich verspreche es."

„Danke, Sir. Ich bin froh, daß Sie unser Hausvater sind."

Mit einem wohligen Seufzer drehte sich Dennis auf die Seite und war vermutlich fest eingeschlafen, bevor ich auch nur das Zimmer verlassen hatte.

Siebtes Kapitel

„Warum konzentrieren Sie sich nicht für eine Weile auf den kleinen Dennis? Führen Sie eine oder zwei Wochen lang ein Logbuch, und dann kommen Sie wieder, und wir reden hier darüber. Ich wäre äußerst interessiert daran, Ihre Beobachtungen und Bemerkungen zu hören."

Es war der nächste Tag, und endlich kam es zu meiner „Unterhaltung" mit dem Direktor, den ich kaum zu Gesicht bekommen hatte, seit ich meine Stelle angetreten hatte. Als ich am Morgen aufgewacht war, war mein ganzes Universum von einem überwältigenden Gefühl der Furcht erfüllt gewesen. Ich mußte hinaus und mich wieder diesem Pöbel stellen. Glücklicherweise hatte Mark ebenfalls Dienst, so daß ich zumindest wußte, daß nichts allzu drastisch schiefgehen konnte. Interessanterweise benahmen sich die Jungen nicht so gut wie an jenem ersten Morgen. Sie waren ein bißchen lauter, ein bißchen weniger bereitwillig. Ich erwähnte das gegenüber Mark.

„Ja", sagte er liebenswürdig, „eigentlich ein gutes Zeichen. Diesmal reagieren sie nicht nur auf mich, sondern auch auf Sie."

Er klopfte mir leicht gegen die Brust und zwinkerte.

„Die haben Sie bemerkt, Mann!"

Den ganzen Morgen über ermutigte mich Mark, eine führende Rolle zu übernehmen, und es gelang mir, gesichert durch den Anker seiner Gegenwart, etwas von der Selbstachtung zurückzugewinnen, die ich am Tag zuvor verloren hatte.

„Die Sache ist die", sagte Mark, als wir nach dem Frühstück den unteren Korridor entlang gingen, „solange Sie nicht irgendeine Art von Beziehung zu den Jungs aufgebaut haben, haben Sie nichts, worauf Sie aufbauen können. Ist eigentlich egal, was für eine Beziehung, Hauptsache, Sie haben eine. Nehmen Sie zum Beispiel den alten Douglas. Für zehn Kippen würde er seine Großmutter verkaufen. Meine Beziehung zu ihm ist sehr einfach. Er weiß, wenn er mir querkommt, bringe ich ihn um. Ganz einfach. Der alte Colin dage-

gen, der ist nur ein ungezogenes Hündchen. Tätscheln Sie ihm ein bißchen den Kopf, bringen Sie ihm ein paar Manieren bei, und Sie haben einen Freund fürs Leben. Jeder ist anders, Dave. Keine Sorge, sobald die kapiert haben, daß Sie nicht Ted Boon sind und daß Sie nicht wie Ted Boon sind, werden Sie schon klarkommen."

In diesem Augenblick tauchte der Junge mit dem Blumentopfhaarschnitt neben uns auf, ganz rot vor Anstrengung.

„Mr. Harper, können Sie kommen und uns den Hof kontrollieren, bitte? Heute haben wir es wirklich perfekt gemacht!"

„Da sehen Sie!" grinste Mark. „Interessiert ihn gar nicht, was ich von seinem prächtigen Hof halte. Mr. Harper soll nachsehen. Großartig!"

Nach der Versammlung an diesem Morgen verließ ich das Schulgebäude in optimistischer Stimmung, als ich es mir hätte träumen lassen, als ich am Abend zuvor elend in mein Bett gekrochen war. Ich glaube wirklich, wären da nicht die Worte gewesen, die Dennis zu mir sagte, bevor er einschlief, so hätte ich vielleicht an Ort und Stelle meine Sachen gepackt und wäre gegangen, bevor irgend jemand sonst auf gewesen wäre. Marks Warmherzigkeit und seine Zuversicht, daß sich noch alles zum Besseren verändern konnte, waren sehr ermutigend. Warum konnte George Ashton nicht so sein? Er gab mir nur das Gefühl, zu nichts nutze zu sein ...

„Mr. Harper!"

Ich hatte den Eingang des Alten Hauses fast erreicht, als Mrs. Philips vom anderen Ende des Hofes aus nach mir rief. Ich ging hinüber, erfreut, sie in ihrer gepflegten, attraktiven Erscheinung wiederzusehen. Sie lächelte mich freundlich an.

„Mr. Rowley hat mich gebeten, zu fragen, ob Sie wohl eine halbe Stunde oder so für ihn erübrigen könnten, Mr. Harper. Er würde sich nur gern einmal allgemein mit Ihnen unterhalten. Falls Sie zu beschäftigt sind ..."

Zu beschäftigt? Alles andere war mir lieber als ein neuerlicher, langwieriger Kampf gegen einen Haufen feindseliger Scharniere!

„Nein, Mrs. Philips, das ist mir sehr recht. Soll ich gleich hinüberkommen oder etwas später?"

„Sie können gleich mit mir gehen", sagte die Sekretärin ent-

spannt. „Wie kommen Sie zurecht? Haben Sie sich schon etwas eingewöhnt?"

Gegenüber Menschen wie Mrs. Philips ist es sehr schwierig, etwas anderes als positiv zu sein. Ich antwortete mit einer Art fieberhafter Unbeschwertheit.

„Oh ja, ich glaube, es wird alles sehr gut laufen. Das eine oder andere kleine Problemchen, sicher, aber im allgemeinen läuft alles ... nun, sehr gut."

Wir betraten den Bürotrakt und blieben vor der Tür zu A. E. Rowleys Büro stehen, dem Raum, in dem mein Vorstellungsgespräch stattgefunden hatte. Mrs. Philips klopfte und wartete, bis eine Stimme etwas sagte, das ich nicht verstehen konnte; dann stieß sie die Tür auf und schob mich mit einem weiteren strahlenden Lächeln der Ermutigung hinein, bevor sie die Tür wieder hinter mir schloß.

A. E. Rowley saß hinter seinem Schreibtisch und reinigte eine Pistole. Er blickte auf und begrüßte mich, indem er lächelnd nickte und eine vage Geste in Richtung des Sessels machte, der neben mir stand. Halb hypnotisiert setzte ich mich, unfähig, meinen Blick von der kleinen Waffe abzuwenden, die der Direktor eifrig mit einem Tuch polierte. Es war eine dieser Situationen, in denen es nur eine mögliche Gesprächseröffnung zu geben scheint.

„Äh ... ich hoffe, es stört Sie nicht, wenn ich danach frage, Mr. Rowley, aber, warum ... äh ...?"

Der Gesichtsausdruck des Direktors verriet höfliche Neugier.

„Ja, Mr. Harper?"

„Ich habe mich nur gefragt, warum – warum Sie eine Schußwaffe haben."

Er unterbrach seine Reinigungstätigkeit und blickte einen Moment lang verständnislos auf den Gegenstand in seiner Hand.

„Ach, meine Pistole meinen Sie."

Er hob sie empor und wirbelte sie leicht in der Hand herum, so daß das Licht vom Fenster her sich glitzernd in der silbernen Beschichtung spiegelte.

„Meine Pistole, Mr. Harper, ist zur Benutzung da, wenn alles andere scheitert."

Ich war sprachlos.

„Meinen Sie damit Selbstmord oder – oder Selbstverteidigung?" fragte ich stockend.

Mr. Rowley zog seinen Kopf zurück, runzelte perplex die Stirn und lachte dann plötzlich laut auf.

„Ich muß mich für meine mangelnde Klarheit entschuldigen, Mr. Harper. Nein, ich habe nicht die Absicht, an diesem Punkt allem ein Ende zu machen, und es ist auch noch nicht notwendig geworden, einen der Jungen zur Abschreckung für die anderen zu erschießen. Lieber Himmel, ich könnte für ein solch extremes Vorgehen streng zur Rechenschaft gezogen werden."

„Es handelt sich um eine Startpistole", fuhr er fort. „Sie feuert Platzpatronen ab. Ganz, ganz gelegentlich schieße ich damit gegen die Decke, wenn ein Gespräch oder eine Begegnung mit einem Jungen den Punkt erreicht, wo er und ich in einem dieser öden, unproduktiven kleinen Spielchen feststecken, denen sich die Menschen so gerne hingeben, wenn sie nicht wirklich den Wunsch haben, miteinander zu kommunizieren. Ein ordentlicher Knall kann viel dazu beitragen, uns in die Wirklichkeit zurückzuexplodieren."

Der Direktor nickte nachdenklich vor sich hin, offensichtlich überzeugt davon, daß seine Erläuterung der Funktion seiner Waffe so alltäglich und einleuchtend sei, daß nichts weiter zu diesem Thema gesagt zu werden brauchte.

Er beugte sich vor, lehnte seine Arme auf den Schreibtisch und musterte mich einige Augenblicke lang, wobei seine Augen langsam hin und her wanderten, als ob er eine Botschaft auf meinem Gesicht läse.

„Nun denn, Mr. Harper ..."

„Bitte nennen Sie mich David", unterbrach ich.

„Mmmm ... vielen Dank, aber ich glaube, fürs erste würde ich es noch vorziehen, Sie auf die formellere Art anzureden. Vielleicht später, wenn ich David Harper tatsächlich kennenlerne ..."

Ich war nicht beleidigt. Warum war ich nicht beleidigt?

„Ich wollte gerade sagen, Mr. Harper, daß ich Sie heute morgen aus zwei Gründen gebeten habe, zu mir zu kommen. Erstens würde ich sehr gerne von Ihnen selbst hören, wie Sie Ihre bisherigen Fortschritte einschätzen, und zweitens bin ich gern bereit, auf etwaige

Fragen einzugehen, die sich vielleicht seit unserem letzten Gespräch ergeben haben. Bitte sprechen Sie frei heraus."

Zu meiner Verblüffung stand Mr. Rowley auf, ging um den Schreibtisch herum und ließ seine würdige Gestalt auf den Teppich herab, wo er völlig reglos auf dem Rücken lag, die Hände an den Seiten, als ich anfing zu sprechen. Nach einer Weile hatte ich beinahe vergessen, daß er da war. Ich ging ganz in dem Bericht über meine eigenen Handlungen während der letzten beiden Tage auf. Aus irgendeinem Grund konnte ich völlig ehrlich sein. Es ist etwas sehr Verletzliches und Unbedrohliches an einem Menschen, der einem wie eine Leiche vor den Füßen liegt. Außerdem wollte ich gern, daß er David Harper kennenlernte ...

„... und hier bin ich jetzt", schloß ich und fragte mich, wie der Direktor wohl auf meine lange, ziemlich emotional geladene Erzählung reagieren würde.

Für, wie mir schien, lange Zeit sagte er nichts, sondern lag nur mit geschlossenen Augen still da. Mir kam der Gedanke, ob er vielleicht eingeschlafen sei. Ich hatte keine Lust, noch einmal von vorn zu beginnen, wenn er wieder aufwachte. Doch schließlich öffnete er die Augen, schnellte mit unerwarteter Behendigkeit vom Boden empor, setzte sich auf die Schreibtischkante und trommelte mit den Fersen leise gegen die Holzverschalung. Nach einem vergeblichen Versuch, seine ungebändigten Haarbüschel mit einer Hand zu glätten, starrte er sinnierend zum Fenster hinaus, wobei ein komisches kleines Lächeln um seine Lippen zuckte. Er sprach, ohne mich anzusehen.

„Ich weiß nicht, ob Sie das tröstet, David ..."

David! Ein lächerliches Hochgefühl durchfuhr mich.

„Ich weiß nicht, ob Sie das tröstet, aber meine ersten beiden Tage im Internatsbetrieb waren den Ihren sehr, sehr ähnlich. Sehr ähnlich. Auch ich erlitt vernichtende Attacken auf meine Würde durch ebenso eine körperlose, nicht identifizierbare Stimme wie die, die Sie beschreiben. Vielleicht ..." Ein launiger Unterton machte sich in seiner Stimme bemerkbar. „Vielleicht ist es bei Ihnen dasselbe Kind, im Alter von vierzehn Jahren eingefroren und durch eine unwiderstehliche Macht gezwungen, von Internat zu Internat zu ziehen und neuen

Mitarbeitern aus dunklen Ecken Beleidigungen an den Kopf zu werfen ..."

Er wandte sich mir zu und schmunzelte, als er merkte, daß ich versuchte, zu entscheiden, ob ich höflich lachen oder ernsthaft nicken sollte.

„Dennoch", fuhr er fort, „besteht kein Zweifel an der Normalität dieser Gruppe insgesamt, und ich kann Ihnen versichern, daß Ihre bisherigen Erlebnisse voraussehbar und sogar notwendig sind."

Plötzlich sah er sehr ernst aus.

„Es gibt zwei große Gefahren für jemanden, der neu in die Internatsarbeit hineinkommt, David. Die erste ist die Versuchung, alles genauso zu machen wie ein anderer Mitarbeiter, oft der erste, mit dem Sie zusammenarbeiten. Fatal! Ganz egal, ob Ihr Vorbild kompetent ist oder nicht. Ihre Aufgabe ist es, im Umgang mit den Kindern Sie selbst zu bleiben und das Beste aus sich herauszuholen. Ich kenne Leute, die schon seit vielen Jahren in dieser Arbeit stehen und nie etwas anderes sein werden als professionell arthritische Versionen des ersten halbwegs vernünftigen Kollegen, dem sie begegnet sind."

„Und die zweite Gefahr?"

„Die zweite Gefahr ist eine, der Ihr Vorgänger Mr. Boon leider nicht entgehen konnte."

Insgeheim freute ich mich schuldbewußt darauf, etwas saftig Negatives über den „wunderbaren" Mr. Boon zu hören.

„Mr. Boons Philosophie der Kindererziehung", fuhr der Direktor fort, „war, vereinfacht ausgedrückt, eine Rationalisation seiner eigenen Defizite statt einer organisch entwickelten Arbeitsmethode."

Wären Mr. Rowleys Worte Kissen gewesen, so wäre ich darunter erstickt. Ich versuchte, so auszusehen, als hätte ich ihn nur knapp mißverstanden.

„Tut mir leid, ich weiß nicht ganz, was Sie meinen ..."

„Er sagte ‚sollte nicht', wenn er ‚kann nicht' hätte sagen sollen. Er sagte: ‚Ich glaube, dieser Junge sollte nicht gezwungen werden, etwas zu tun, was er nicht will', wo er hätte sagen sollen: ‚Ich kann diesen Jungen nicht dazu bringen, irgend etwas zu tun, das er nicht will.'"

Mit einiger Leidenschaft fuhr Mr. Rowley fort.

„Er sagte zum Beispiel, ein Junge sei emotional eiskalt, wenn er eigentlich nur meinte, daß es ihm nicht gelang, irgendeine Beziehung zu ihm aufzubauen. Die Ordnung erhielt er aufrecht, indem der den größeren, aggressiveren Jungen das Leben leichter machte und jüngeren Kinder wie dem kleinen Dennis Angst einjagte oder sie lächerlich machte ..."

Er unterbrach sich für einen Moment.

„Es muß Ihnen seltsam vorkommen, daß ich Ihren Vorgänger auf diese Weise kritisiere, besonders, da ich ja an seiner Einstellung beteiligt war. Aber Mitarbeiter sind schwer zu finden, und Fehler passieren nun einmal. Mr. Boon hat – manchmal – für manche Kinder Gutes bewirkt, aber ich glaube wirklich, David, daß Sie trotz Ihres Starts, den Sie als so katastrophal beschrieben haben, bald sicherer sein und sich zu einem sehr viel einfühlsameren und nützlicheren Mitarbeiter entwickeln werden. Sie werden viele Techniken lernen, und hin und wieder werden Sie sogar inspiriert sein und sich Dinge tun sehen, von denen Sie selbst überrascht sind."

Er beugte sich vor und klopfte mir aufs Knie.

„Ich versichere Ihnen, der Hauptgrund für Ihr Hiersein ist es nicht, daß Sie die Jungs dazu bringen, sich zu waschen. Routine ist sehr wichtig, aber sie ist lediglich der Rahmen, innerhalb dessen wir dann flexibel sein können, wenn wir es wünschen. Sobald Sie etwas entspannter sind und angefangen haben, einen vernünftigen Alltagsablauf mit den Jungen zu entwickeln, werden Sie feststellen, daß es noch andere, subtilere und komplexere Aufgaben für Sie gibt. In der Zwischenzeit ..."

Was immer der Direkter noch hatte sagen wollen, wurde dadurch unterbrochen, daß Mrs. Philips die Tür öffnete, ohne zu klopfen, und ihn mit einiger Dringlichkeit ansprach.

„Herr Direktor, ich glaube, Sie sollten wissen, daß Mr. Merry mit dem kleinen Howard auf dem Weg über den Hof ist. Ich glaube, Howard hat einen seiner kleinen ... äh ... Anfälle!"

„Vielen Dank, Mrs. Philips", sagte Mr. Rowley ungerührt. „Wenn Sie so nett wären, sie in mein Büro zu führen."

Ich stand auf und reichte die Pistole ihrem Besitzer zurück. Er legte sie in eine kleine Schublade in seinem Schreibtisch und legte

dann ein Stück Papier und einen Stift so vor sich hin, daß es aussah, als schriebe er gerade etwas. Ich trat auf die Tür zu.

„Ich gehe dann lieber und ..."

„Nein, nein, David, bitte bleiben Sie. Howard ist ein Junge aus dem Neuen Haus. Normalerweise ganz vernünftig und nett, aber gelegentlich zu gewaltsamen Wutausbrüchen neigend. Sobald seine Wut entschärft ist, wird alles wieder in Ordnung sein."

Er setzte sich an seinen Schreibtisch, griff nach dem Stift und schien sofort völlig in das vertieft zu sein, was er nun auf dem Papier zu schreiben begann.

Eine Serie von Grunzlauten, krachenden Geräuschen und Flüchen ließ darauf schließen, daß Mike Merry und Howard vor dem Haupteingang des Bürotraktes eingetroffen waren. Ich zog mich beunruhigt in Richtung Wand zurück. Mr. Rowley fuhr, offenbar völlig unbesorgt, fort zu schreiben. Wenige Sekunden später erreichte der mobile Nahkampf den Eingang zum Büro und kam zum ersten Mal in Sicht. Ich hatte immer geglaubt, jene Zeichentrick-Kämpfe nach Tom-und-Jerry-Art, wo man nichts sieht außer einer Staubwolke, aus der Arme und Beine herausragen, seien amüsante, aber krasse Übertreibungen, doch genauso sah die Szene aus, die sich vor mir abspielte. Soweit ich es erkennen konnte, versuchte Mike Merry lediglich, Howard festzuhalten. Es war Howards fieberhafte Entschlossenheit, sich nicht festhalten zu lassen, die all den Aufruhr verursachte. Jedesmal, wenn der bärtige Hüne ein Handgelenk zu fassen bekam, löste sich ein Fuß und holte zu einem harten, gezielten Tritt nach dem jeweils verfügbaren Teil von Mike Merrys Anatomie aus. Sodann packte Mike die zu dem gewalttätigen Fuß gehörige Fessel, verlor dabei jedoch das Handgelenk, an dessen Ende sich natürlich eine Faust befand. Diese Faust hämmerte dann mit größtmöglicher Wucht auf Mike ein – und so weiter. Der Junge war nicht groß, aber er sah ziemlich zäh und wendig aus. Zusätzlich hatte er den Vorteil, daß es ihm offensichtlich egal war, wieviel Schaden er seinem Gegner zufügte, während Mike Merry, dessen Gutmütigkeit selbst durch all seine Flüche und Beschimpfungen des Jungen nicht zu verkennen war, sich offenkundig alle Mühe gab, Howard nicht weh zu tun. Die Sprache des Jungen war eindrücklich und vielfältig.

Ich sah den Direktor an. Er schrieb immer noch still vor sich hin. Allem Anschein nach bemerkte er überhaupt nichts von dem Mini-Krieg, der vor ihm auf dem Teppich ausgefochten wurde. Nach einigen Sekunden stand er auf, immer noch das Blatt Papier in der Hand, und ging um den Schreibtisch herum auf das kämpfende Paar zu. Als er sie erreichte, beugte er sich hinab, bis sein Gesicht auf einer Höhe mit dem purpurroten, tränenüberströmten Gesicht des kämpfenden Jungen war.

„Howard, alter Junge", sagte er entschuldigend, „tut mir schrecklich leid, dich zu unterbrechen. Ich sehe, daß du sehr beschäftigt bist, aber ..." Er tippte mit einem Finger auf das Blatt. „Ich weiß nicht mehr genau, wie du deinen Nachnamen schreibst. Könntest du vielleicht ...?"

In der Auseinandersetzung trat eine Flaute ein, als Howards Aufmerksamkeit durch die schiere Deplaziertheit von Mr. Rowleys Verhalten und seiner Frage von Mike Merry abgelenkt wurde. Er schniefte und sprach mit zittriger Stimme.

„Es wird ... äh ... geschrieben wie B-b-bridge mit einem ‚r' am Ende, Sir. B-r-i-d-g-e-r."

Der Direktor legte das Blatt Papier auf sein Knie und schrieb sorgfältig.

„Danke, Howard. Vielen herzlichen Dank."

Er erhob sich und kehrte an seinen Schreibtisch zurück.

„Äh ... mach nur weiter, Howard", fügte er hinzu, ließ sich wieder an seinem Schreibtisch nieder und beugte sich über seine Arbeit.

Howard, der schlaff an einem Knöchel und einer Hand hing, merkte plötzlich, daß er nicht mehr kämpfte. Er fing wieder an, sich zu winden, aber nicht mehr so wild wie zuvor, wenn auch immer noch mit beträchtlicher Heftigkeit. Bis Mr. Rowley ihn von seinem Schreibtisch aus anrief.

„Howard! Hör mal, es tut mir schrecklich leid, aber ich muß auch deine Adresse überprüfen. Könntest du einen Moment hier herüberkommen – bitte. Wenn Sie Howard vielleicht absetzen könnten, Mr. Merry? Danke."

Nachdem er sich auf dem Fußboden abgesetzt wiederfand, stand Howard auf und trat ganz lammfromm zu dem Direktor hinter den

Schreibtisch. Nach einer längeren Erörterung der Einzelheiten der Heimatadresse des Jungen sah A. E. Rowley Howard plötzlich direkt an, als wäre ihm gerade etwas eher Nebensächliches eingefallen.

„Howard", sagte er, „was ich dich noch fragen wollte, hattest du vielleicht gerade eben eine größere Meinungsverschiedenheit mit Mr. Merry?"

Howard, ein untersetzter kleiner Junge mit dunklen Locken und den Zügen eines Miniatur-Preisboxers, grinste verlegen. Alle Spannung und Aggression war offenbar von ihm abgefallen.

„Ja, Sir", sagte er mit heiserer, kehliger Stimme. „War aber alles meine Schuld. Ich bin 'n bißchen ausgerastet, weil ich meine verdammte Arbeit nicht hingekriegt habe."

Er warf ein außerordentlich hell strahlendes Lächeln zu Mike Merry hinüber, der damit beschäftigt war, sich das Schienbein zu reiben.

„'Tschuldigung, Mr. Merry. Hoffentlich hab' ich Ihnen nicht weh getan. Ich bin'n Idiot, ne?"

Der Lehrer, der ihm auf der Stelle zu verzeihen schien, grinste warmherzig zurück. Er sprach mit starkem westenglischem Akzent.

„Na schön, Twinkle. Ich werd's dir schon noch heimzahlen. Komm, gehen wir zurück in die Schule und schauen uns noch mal deine Aufgabe an."

Der große Mann hatte seinen Arm auf Howards Schultern gelegt, als Lehrer und Junge Seite an Seite den Raum verließen. Sie schienen die besten Freunde zu sein. Mir wurde klar, daß ich Mike Merry besser kennenlernen mußte. Er machte einen sehr sympathischen Eindruck. Ich wandte mich an Mr. Rowley.

„Warum hat er ihn Twinkle genannt?"

Der Direktor lehnte sich auf seinem Sessel zurück, seinen Stift wie eine Zigarre zwischen die Zähne geklemmt.

„Wir haben ihm den Spitznamen Twinkle gegeben", erwiderte er, „wegen dieses Lächelns. Unglaublich, nicht wahr? Überdies ist er ein Junge mit einem sehr starken Gerechtigkeitssinn. Wenn Sie gleich hinausgehen, wird gerade Pause sein, und ich bin ganz sicher, daß Sie Howard bei irgendeiner harten körperlichen Arbeit wie Graben antreffen werden. Damit wird er ganz freiwillig für den Wutaus-

bruch bezahlen, den Sie gerade mit angesehen haben. Wir hoffen, daß wir dieser Episoden irgendwann Herr werden, aber bis Howard mehr Selbstvertrauen und Glauben an sich gewinnt, ist die Ablenkung unsere nützlichste Waffe."

Er beugte sich vor und legte den Kuli wieder auf den Schreibtisch.

„Jedenfalls, wie ich gerade sagen wollte, als Mrs. Philips hereinkam, möchte ich Ihnen gerne vorschlagen, einen der Jungen in Ihrem Haus genauer zu studieren. Ich glaube, daß das eine sehr nützliche Aktivität wäre."

Mr. Rowleys Vorschlag, mich auf Dennis zu konzentrieren, war mir sehr willkommen. Ich hatte den schüchternen kleinen Jungen ohnehin schon ins Herz geschlossen. Ich freute mich darauf, herauszufinden, was wirklich in ihm vorging.

„Was ich Ihnen noch sagen wollte", sagte der Direktor, nachdem wir über Dennis gesprochen hatten, „war, daß ich aufrichtig hoffe, daß Sie Ihre Freundschaft mit Tom weiterentwickeln werden. Sehr oft können die Mitarbeiter eines Hauses für die Jungen aus dem anderen von großem Nutzen sein, nicht zuletzt deswegen, weil Sie dann nicht in der Rolle eines Kontrollierenden aufzutreten brauchen. Und überhaupt habe ich das Gefühl, daß Sie ganz besonders in der Lage sein werden, eine echte Bindung zu Tom aufzubauen. Also ...?"

„Ja", versprach ich. „Ja, natürlich. Ich werde mein Bestes tun. Ich nehme an", fügte ich nervös hinzu, „daß der Hausvater des Neuen Hauses nichts dagegen haben wird, wenn ich ..."

Mr. Rowleys Gesicht verwandelte sich in eine hölzerne Maske.

„Mr. Hepton hat nicht die Option, seine Kooperation zu verweigern", sagte er mit einer solchen Endgültigkeit, daß ich nicht wagte, noch etwas zu dem Thema zu sagen. Er sah auf seine Uhr.

„Wollten Sie mich noch etwas fragen, David? Ich fürchte, die Zeit ist ..."

„Nun", erwiderte ich, „ich hatte Sie eigentlich fragen wollen, was Milieustörung Ihrer Meinung nach eigentlich ist, aber mir ist klar, daß Sie sich wieder Ihren Aufgaben zuwenden müssen."

Nach einem Augenblick des Schweigens drehte der Direktor sei-

nen Sessel herum, so daß er wieder aus dem Fenster sah, schwang seine Beine empor und ließ die Füße auf den Schreibtisch fallen. Er legte seinen Kopf in die verschränkten Hände und deklamierte leise:

In dem Spiegelsaal gefangen
kann ich den Bildern nicht entfliehn,
die mir doch nicht zeigen können,
was schon lange ist dahin.

Tief in mir, in dunkler Ferne,
kaum erreichbar meinem Blick,
steht ein Kind, verwirrt und schweigend,
verlassen, einsam, weit zurück.

Nur in einem einzgen Spiegel
sehe ich in meinem Sinn,
klar und ruhig das eine Bild
dieses Menschen, der ich bin.

Er drehte sich um und sah mich an.

„Mit den fachlichen Definitionen befassen wir uns, wenn wir mehr Zeit haben, David. In der Zwischenzeit vergessen Sie nicht, daß Sie für alle Jungen in Stapley Manor, und besonders für die im Alten Haus, einer dieser Spiegel sind – und zwar ein ganz wichtiger."

Als ich aufstand und zur Tür ging, fragte ich mich, ob A. E. Rowley wußte, wie stark eine Saite in mir von diesen Versen berührt worden war. Es war ein seltsamer Moment gewesen. An der Tür blieb ich stehen.

„Mr. Rowley – gerade eben, bevor Howard ... äh ... hereinkam, wußten Sie da schon, was Sie tun würden?"

„Lieber Himmel, nein!" rief der Direktor. „Bis zu dem Moment, wo ich hinüber zu dem Jungen ging, hatte ich nicht die leiseste Ahnung, was ich tun sollte. Aber – und darauf kommt es an – ich wußte, daß ich irgend etwas tun würde!"

Der Direktor behielt recht mit Howard – oder Twinkle. Das erste, was ich sah, als ich den Bürotrakt verließ, war eine kleine, stämmige Gestalt, die sich energisch mit einer Harke an einem der Blumenbeete zu schaffen machte. Er blickte auf, als ich vorbeikam, und ließ mich noch einmal sein Filmstarlächeln sehen.

„Wie geht's, Sir?“ rief er fröhlich. „Gut?“

Twinkle war einer von den Leuten – es scheint ganz egal zu sein, wie jung oder wie alt sie sind – die einem schon schmeicheln, indem sie einen nur bemerken. Ich winkte zurück.

„Hallo, Howard. Ja, mir geht es prima, danke.“

Während ich weiterging, fragte ich mich, was ich tun würde, wenn einmal dieses Lächeln erstarb, wenn ich in der Nähe war, und sich einer dieser fürchterlichen Wutausbrüche gegen mich richtete. Ich hoffte, ich würde es nie herausfinden.

Da ich an diesem Abend keinen Dienst hatte, fing ich nach Unterrichtsschluß Mike Merry ab, als er gerade in seinen Wagen steigen wollte, und verabredete mich mit ihm für später auf ein Bierchen in einem der Pubs von Stapley.

Sein Name paßte gut zu ihm. Er erwies sich tatsächlich als ein sehr fröhlicher Zeitgenosse. Genüßlich schilderte er mir grauenhafte Vorfälle, die sich während seiner eigenen jungen Laufbahn als Lehrer für milieugestörte Jungen ereignet hatten. Er war jetzt seit einem Jahr in Stapley Manor, erzählte er mir, und fing gerade erst an, richtig Spaß daran zu haben.

„Wohlgemerkt“, schmunzelte er, während er sich zufrieden den Bierschaum aus dem Bart wischte, „ich bin immer noch nicht besonders gut darin, die kleinen Bengels in Schach zu halten, aber das stört mich eigentlich gar nicht so sehr. Im Grunde sind es gute Jungs, und schließlich habe ich am Ende des Tages Jean und meine beiden kleinen Mädchen, die zu Hause auf mich warten.“

Wie heimelig, dachte ich, während ich mir die Fingerspitze anleckte und sie in das Häufchen aus Krümeln von gerösteten Erdnüssen vor mir steckte. Das ist es, was ich auch brauche – jemanden, zu dem ich nach Hause kommen kann, jemanden wie Annie ...

„Aber der alte Rowley“, fuhr Mike fort, „ich weiß nicht ... das ist der reinste Zauberkünstler, nichts anderes. Denken Sie an die Sache

heute mit Twinkle. Der reinste Zauberkünstler! Ich weiß nicht, wie er auf solche Sachen kommt.“

Einen Moment lang spähte er in sein Glas.

„Hat mir eine Menge geholfen. Prima Kerl, der Chef. Er glaubt an einen, wenn Sie wissen, was ich meine.“

„Was ist mit dem anderen Hausvater“, fragte ich, „wie ist der denn so? Ich habe ihn noch nicht kennengelernt. Hepton heißt er, nicht wahr?“

„Ja, richtig. Steve Hepton. Er ist zur Zeit im Urlaub. Am Wochenende kommt er zurück. Er ist in Ordnung. Noch ein Bier?“

Aus irgendeinem Grund wollte Mike offensichtlich nicht über meinen Amtskollegen im Neuen Haus reden. Ich wechselte das Thema und erzählte ihm von Mr. Rowleys Auftrag für mich, Dennis zu beobachten. Das schien ihm zu gefallen.

„Finde ich gut, daß jemand sich mal näher um den kleinen Den kümmert“, sagte er. „Der Junge hat es in mancher Hinsicht nicht leicht gehabt.“

Mike spähte eine oder zwei Sekunden lang nachdenklich in die Ferne.

„Ich sage Ihnen was, Dave. Mir ist an dem guten Den etwas aufgefallen. Vielleicht ist das eine Sache, der Sie mal nachgehen könnten, wenn es Sie interessiert. Es ist eigentlich etwas Rätselhaftes – jedenfalls ist es für mich rätselhaft.“

Er beugte sich vor und zog konzentriert die Augenbrauen zusammen.

„Wissen Sie, hin und wieder habe ich auch schon im Alten Haus Morgendienst gemacht, obwohl ich sonst meinen Hausdienst auf der anderen Seite mache – bisher habe ich es meistens ziemlich vermasselt. Aber so zwischen den Ringkämpfen mit Martin und all dem Kram ist mir etwas aufgefallen, und es läuft jedes einzelne Mal genauso ab. Wissen Sie ...“

Ich wartete, während ein halbes Pint in der Kehle des Hünen verschwand. Er setzte sein leeres Glas ab und fuhr fort.

„Dennis macht immer, was er soll, er macht immer sein Bett und alles, und er steht immer pünktlich in der Reihe, wenn es Zeit für die Versammlung ist – immer ein Goldjunge. Doch jeden Morgen,

sobald seine Aufgabe und sein Zimmer kontrolliert worden sind, scheint er einfach zu verschwinden ... so für zehn Minuten etwa. Ich brauchte ein paar Male, um es überhaupt zu bemerken, weil ich mit dem ganzen übrigen Zirkus alle Hände voll zu tun hatte, doch nach ein paar Malen war ich mir sicher. Einmal habe ich Ted Boon – Ihren Vorgänger – gefragt, wohin Den jeden Morgen geht, aber der sagte, es wäre ihm noch gar nicht aufgefallen. Also ... das ist das Rätsel, Dave. Wohin geht er? Wenn Sie das herausfinden, würde es mich wirklich sehr interessieren, die Antwort zu erfahren. Rauchen tut er nicht, das kann es also nicht sein. Er würde es nicht wagen, irgend etwas Verbotenes zu tun. Was läuft da ab? Interessant, nicht wahr?"

Es war tatsächlich interessant. Als ich später am Abend wieder den Hang hinaufstieg, war ich schon ganz aufgeregt. Ganz allein würde ich das Geheimnis um Dennis' morgendliche Ausflüge lüften, und das würde der erste große Eintrag in meinem Logbuch werden. Als ich wieder in meiner Wohnung war, setzte ich mich hin und schrieb einen Bericht über die letzten beiden Tage an Annie. Ich schilderte alles so detailliert und dramatisch wie möglich. Ich wollte, daß sie empfand, was ich empfunden hatte – sei es gut oder schlecht, Hochstimmung oder Niedergeschlagenheit. Liebe Annie. Wie ich sie vermißte. Ich dachte daran, wie Mike Merry heim zu seiner Familie ging. Zu jemandem, mit dem er reden konnte – mit dem er zusammensein konnte. Als ich da an dem kleinen Tischchen in meinem Wohnzimmer saß, fühlte ich mich plötzlich schrecklich einsam. Ich war noch nie sehr gut darin gewesen, allein zu sein, trotz meiner Neigung, mich zurückzuziehen. Es war so schwer, zu wissen, wer ich wirklich war, wenn sonst niemand da war: „Nur in einem einzgen Spiegel ..."

Ich beendete den Brief mit einer Schilderung des großen Rätsels um Dennis. Das heiterte mich wieder auf. Wenn Annie nächste Woche kam, würde ich ihr die Lösung präsentieren können. Ich verschloß den Umschlag und versah ihn mit einer Briefmarke, um ihn am nächsten Morgen abzuschicken. An diesem Abend muß ich noch eine Ewigkeit an meinem Fenster gesessen und hinaus in die Dunkelheit gestarrt haben, bevor ich zu Bett ging.

Am nächsten Morgen arbeitete ich allein, so daß ich kaum Gele-

genheit fand, Dennis' Geheimnis nachzugehen. Ich merkte wohl, daß er eine Zeitlang nicht zu sehen war, aber ich war viel zu beschäftigt, um nach ihm zu suchen, selbst wenn ich gewußt hätte, wo ich anfangen sollte. Der Tag lief besser als der erste, an dem ich auf mich allein gestellt gewesen war, aber es gab immer noch viele Kämpfe und Frustrationen. Besonders Colin gab sich alle Mühe, an allem möglichen Anstoß zu nehmen, was ich während des Tages tat oder sagte, vermutlich unauffällig angestachelt von Douglas, der mir gegenüber immer noch eine Taktik der strategischen Höflichkeit an den Tag legte.

Am Freitag jedoch kam meine Chance. Bei meiner frühen Tasse Tee mit Mark Parish berichtete ich, was Mike gesagt hatte und was ich plante. Er war fasziniert.

„Der kleine Bengel!" schmunzelte er amüsiert. „Wissen Sie, jetzt, wo ich darüber nachdenke, fällt mir ein, daß Mike völlig recht hat. Mir ist schon öfter aufgefallen, daß uns morgens immer eine Zeitlang ein ganzer Dennis fehlt. Nicht, daß ich mir deswegen Sorgen gemacht hätte. Eigentlich ..."

Er verlagerte sein Gewicht auf meinem Sessel, als ihm ein neuer Gedanke kam.

„Ein paarmal ist er sogar gekommen und hat mich fragt, ob er einen kleinen Spaziergang machen dürfe, bevor die Schule anfing. Mir kam nie der Gedanke, mich nach dem Grund zu fragen, da es ja Dennis war, wissen Sie. Sie wollen also heute morgen ein bißchen Sherlock Holmes mit ihm spielen, was, Dave?"

„Nun, ja, wenn es Ihnen recht ist, Mark. Ich würde ihm einfach gerne folgen und sehen, wohin er sich verdrückt."

Mark breitete seine Arme weit aus.

„Ich bin nur ein bescheidener Pädagoge, Dave. Hier drüben sind Sie der Boß. Sagen Sie mir, was ich tun soll, und ich werde einfach Ihre Befehle befolgen."

Er zwinkerte heftig.

„Vorausgesetzt natürlich, Sie erzählen mir hinterher alles!"

Später, als das Frühstück vorbei war und ich nachsah, wie der übelgelaunte Martin seinen Job im Waschraum gemacht hatte, hörte ich, wie Mark vom Erdgeschoß aus nach mir rief. Als ich die Treppe

herunterkam, sah ich, wie Mark sich gelassen seine Pfeife stopfte und Dennis neben ihm nervös von einem Fuß auf den anderen hüpfte.

„Ah, Mr. Harper", sagte Mark ernst. „Der kleine Dennis hier fragt, ob er vor der Versammlung einen ‚kleinen Spaziergang' machen dürfe. Was meinen Sie? Sollen wir ihn gehen lassen?"

„Ja", nickte ich gedankenvoll, „ja, ich glaube, das können wir verantworten."

„Danke, Sir!" sagte der besorgte kleine Junge. Dann machte er kehrt und huschte rasch durch die Tür auf den Hof hinaus.

Ich reckte meinen Kopf aus der Tür. Mit seinen üblichen, seltsamen Bewegungen eilte Dennis auf die Pappelreihe am Rande des Geländes zu. Ich blickte zurück und nickte Mark zu, bevor ich hinaustrat und begann, gemächlich in dieselbe Richtung wie die kleine, hüpfende Gestalt zu schlendern.

Achtes Kapitel

„Hallo, Eric, bist du immer noch mein Freund? Du siehst sehr gut aus, John. Ein schöner Morgen, was? Hallo, Bob! Wie geht es deinen Blättern heute?"

Ich hatte Dennis' Geheimnis entdeckt. Er unterhielt sich mit den Bäumen.

Am Ende des Alten Hauses zweigte ein kleiner Trampelpfad von dem Kiesweg ab, der um das Haus herumlief. Er führte zwischen einigen dichten Büschen hindurch zu einer Lichtung, von der aus man links Stapley im Tal liegen sah, rechts die Felder auf dem abfallenden Hang hinter der Kläranlage. Wer immer das Haus ursprünglich entworfen hatte, er muß ein großer Birkenfreund gewesen sein. Am Ende der Lichtung, nahe den Büschen, befand sich eine kleine Ansammlung von Birken, sechs insgesamt, nicht so groß wie die in der Nähe von Mr. Rowleys Haus, aber ein sehr hübscher Anblick in der Morgensonne.

Dennis stand in der Mitte dieser Baumgruppe und schwatzte angeregt. Von einer günstigen Stelle in der Nähe der Büsche konnte ich das meiste von dem verstehen, was er sagte. Jeder der Bäume schien einen Namen und eine ganz eigene Persönlichkeit zu haben. Aus der Art, wie Dennis mit ihnen redete, war ganz klar zu entnehmen, daß er für seine hohen, schlanken Freunde als Freund und Ratgeber absolut unentbehrlich war. Beim Sprechen machte er kleine Pausen, in denen vermutlich sie zu ihm sprachen.

„Wie geht es dir, Michael? Hast du daran gedacht, was ich dir gesagt habe?"

Pause.

„Du hast daran gedacht, was ich dir gesagt habe! Braver Baum. Du hast also mit deinen Wurzeln mehr Wasser gesaugt, wie ich es dir gesagt habe, ja? Gut! Ich hatte also recht, oder nicht?"

Pause.

„Du möchtest mein *was* sein, Michael?"

Ein Windhauch brachte die Blätter in den Baumwipfeln zum Rascheln. Dennis warf einen strengen Blick in die Runde.

„Pssst, allesamt", mahnte er. „Michael versucht gerade, mir etwas zu sagen."

Pause.

„Du möchtest mein ganz besonderer Freund sein, Michael? Also, ich weiß nicht ..."

Dennis seufzte wie einer, der gebeugt ist von der Last der ständigen Ansprüche, die seine Popularität mit sich brachte.

„Ich muß mit euch allen gut befreundet sein", erklärte er. Dann leuchteten seine Augen auf. „Ich sage euch was! Ihr sollt alle meine ganz besonderen Freunde sein! Jeder einzelne von euch!"

Dies führte offensichtlich zu einem Chor überschwenglicher Dankesbezeugungen von seiten der Baumversammlung, denn Dennis machte eine kleine Runde im Innern der Baumgruppe, wobei er mit einer Hand kleine mißbilligende Gesten vollführte und mit der anderen gönnerhaft die Stämme tätschelte. Es gab keinen Zweifel: Was immer Dennis anderswo sein mochte, hier war er ein Held und Star. Noch einmal sprach er zu ihnen allen.

„Tja, ich fürchte, ich muß jetzt los. Ich werde jetzt in der Schule gebraucht. Bis morgen, meine Freunde."

Dennis umarmte den Baum, der ihm am nächsten stand, und ging dann weiter zum nächsten. Offenbar hatte er vor, sie alle zu umarmen, genau wie er die große Kiefer umarmt hatte, als ich ihn zum ersten Mal sah. Ich schlich mich zurück zwischen den Büschen hindurch und ums Haus herum auf den Hof. Als Dennis um die Ecke auftauchte, lehnte ich an der Wand und sah dem Jungen mit dem Blumentopfhaarschnitt, der, wie ich inzwischen wußte, Henry hieß, dabei zu, wie er eilig ein paar letzte Krümel vom Hof entfernte.

„Na, Dennis?" rief ich, als die kleine Gestalt auf mich zu flatterte. „Hattest du einen schönen Spaziergang?"

Er kam ruckartig neben mir zum Stehen.

„Ja, danke, Sir."

Wieder dachte ich daran, wie sehr mich Dennis an „Ferkel" erinnerte. Offensichtlich brauchte er dringend einen „Pu"-Bären.

„Dennis – darf ich dich etwas fragen?"

Der Eifer des Jungen, sich kooperativ zu zeigen, war so stark, daß er deswegen fast nicht antworten konnte. Sein Körper zitterte vor Gutwilligkeit.

„Ja, Sir!“ brachte er endlich heraus. „Stellen Sie mir eine Rechenaufgabe – ich mag Rechenaufgaben!“

„Äh ... nein, so eine Frage habe ich nicht gemeint“, sagte ich verdutzt. „Ich möchte dich etwas anderes fragen, Dennis. Hast du einen Freund hier in der Schule, einen richtigen Freund, meine ich?“

Er wurde plötzlich still und blickte zu Boden.

„Hab' ich nicht, Sir.“

„Was ist mit Arnold Ducker? Der sitzt doch mit dir am Tisch, nicht wahr? Bist du nicht mit ihm befreundet?“

Dennis blickte immer noch nicht auf. Er kickte mit dem Fuß ein loses Stück Asphalt herum.

„Arnold ist so klug, Sir. Er geht bestimmt später mal auf die Universität. Ich verstehe nicht, was er meint, wenn er loslegt.“

Plötzlich blickte er mit glänzenden Augen auf.

„Einen Freund habe ich aber doch, Sir. Er heißt Brian. Er schreibt mir immer. Soll ich Ihnen die Briefe zeigen, Sir? Ich habe jede Menge davon.“

Ich war überrascht – erfreut, aber überrascht. Es kam mir merkwürdig vor, daß Dennis einen regelmäßigen Brieffreund haben sollte. Ich bemerkte, daß die anderen Jungen sich schon vor den Stufen anstellten. Henry war losgelaufen, um seinen Besen wegzubringen.

„Könnte ich heute abend nach dem Tee einen Blick darauf werfen, Dennis? Dann würde ich sie gerne alle sehen.“

„Ja, Sir!“ rief der Junge begeistert. „Nach dem Tee, Sir!“

Damit schoß er davon, um sich den anderen anzuschließen.

Eine halbe Stunde später, als ich so tat, als reparierte ich dieselben Dinge, mit denen ich schon die ganze Woche über nicht zu Rande gekommen war, wurde mir klar, daß es unweigerlich früher oder später zu einer Konfrontation mit George Ashton kommen mußte. Er sah mich inzwischen kaum noch an, geschweige denn, daß er mit mir redete. Es war nur eine Frage der Zeit, bis ihm die Tatsache dämmern mußte, daß mein Talent zum Handwerk nicht größer war als

das des Herodes zur Mutterliebe. Während ich mich hoffnungslos mit tückisch unkooperativen Schrauben und mit Holz abmühte, das sich mit einem höhnischen Grinsen spaltete, wann immer ich mir einbildete, einen kleinen Erfolg errungen zu haben, wünschte ich mir, ich wäre bei dem Vorstellungsgespräch ehrlicher gewesen. Als ich um halb elf mit meinem Werkzeug in die Holzwerkstatt zurückkehrte, blickte ich zu der Handvoll Jungen hinüber, die eifrig über ihre Obstschalen und Handtuchhalter und rudimentären Flugzeugmodelle gebeugt saßen. George Ashton war drüben in der anderen Ecke und arbeitete an der Drehbank. Mir war gesagt worden, daß er sehr gut mit Kindern umgehen konnte, aber ich wußte nicht, wie dieses sogenannte Geschick in Erscheinung trat. Vielleicht würde ich es bald herausfinden.

Ich eilte zurück zu meiner Wohnung, begierig, mit der ersten Eintragung in meinem „Dennis-Logbuch“ zu beginnen. Ich war hochzufrieden mit mir, daß ich das Problem so schnell gelöst hatte, und freute mich schon darauf, nach meiner Unterhaltung mit Dennis heute abend noch ein paar Einzelheiten über den mysteriösen „Brian“ hinzuzufügen.

Wie sich herausstellen sollte, bekam ich erst viel später an diesem Abend Gelegenheit, einen Blick auf Dennis' Briefe zu werfen, und bis dahin hatte ich noch eine Menge unerwartetes zusätzliches Material für mein Logbuch gesammelt.

Der Freitag war, wie ich entdeckte, ein sehr bedeutsamer Tag in Stapley Manor. Nach dem Ende des Unterrichts teilten sich die Jungen in zwei getrennte, aber gleichermaßen unter Spannung stehende Gruppen. Eine Gruppe bestand aus denen, die über das Wochenende nach Hause fuhren. Sie zeigten eine reichhaltige Mischung aus Furcht und Begeisterung, während sie sich auf ihren zweitägigen Ausflug in ein Milieu vorbereiteten, zu dem sie *per definitionem* ein gestörtes Verhältnis hatten. Ruth Crompton war zur Stelle, um dieser Gruppe beim Packen und bei den sonstigen Vorbereitungen zu helfen. Sie hatte auch einen wunderbar beruhigenden Einfluß auf Jungen, die besonders nervös waren. Robert zum Beispiel hatte so große Angst, sein „sauberes und schickes“ Image zu zerstören, daß er

von dem Moment an, als er fertig war, bis um fünf Uhr, als er endlich in den Kleinbus der Schule steigen durfte, stocksteif, seinen Koffer neben sich, mitten auf dem Hof stand. Gelegentlich blickte er sich furchtsam nach allen Seiten um, als fürchtete er, irgendein Stück Unsauberkeit könnte durch den Wind an ihn herangetragen werden. Ruth erzählte mir, daß Roberts Mutter stets jedes Kleidungsstück in seinem Koffer eingehend musterte, um zu überprüfen, ob es auch vollkommen sauber und unbeschädigt sei. Ein einziger Makel konnte Robert das ganze Wochenende verderben.

Während der Zeit zwischen Schulschluß und Teestunde herrschte ein ständiges Kommen und Gehen der Autos der Eltern, die ihre Kinder abholten und mit ihnen davonfuhren. Ich war ein wenig überrascht, als ich feststellte, daß die Mütter und Väter wie völlig normale menschliche Wesen aussahen. Ich weiß nicht genau, was ich erwartet hatte – irgendeine spezielle Gattung von Monstern vermutlich. Mir fiel auf, daß Ruth zu den meisten von ihnen ein sehr unkompliziertes, freundliches Verhältnis hatte. Um Viertel vor fünf waren nur noch die Jungen übrig, die mit dem Kleinbus abreisten. Das waren diejenigen, die hinunter zur Bushaltestelle oder direkt nach Hause gefahren wurden, wenn sie am Ort wohnten. Um fünf Uhr waren auch die verschwunden, und ich blieb mit den Jungen zurück, die die zweite Gruppe bildeten.

Das waren die Jungen, die aus irgendeinem Grund nicht über das Wochenende nach Hause fahren würden. Auch sie schienen eine vielfältige Mischung von Gefühlen zu erleben. In ihrem Fall war es eine Kombination aus Traurigkeit und Erleichterung. Sie wären sicher gern nach Hause gefahren, wußten aber nur zu gut, welche Probleme sich ergeben würden, wenn sie erst einmal dort wären. Arnold Ducker, der neben mir stand, als ich dem Kleinbus nachsah, wie er um die Ecke des Bürotraktes verschwand, brachte es auf den Punkt.

„Wenn das ganze Wochenende so wäre wie die ersten fünf Minuten, Sir, dann wäre es toll, aber das ist es nicht."

Meine persönliche Stimmung hob sich zusehends, als ich einen Jungen nach dem anderen abziehen sah. Was für ein Luxus würde es sein, heute abend nur mit fünf Jungen fertig werden zu müssen. Ich würde mich richtig entspannen und einen oder zwei von ihnen nä-

her kennenlernen können, besonders, da die schwierigeren unter ihnen bis Sonntag abend aus dem Weg waren.

Um fünf Uhr setzte ich mich mit vier der zurückgebliebenen Jungen zum Tee an den Tisch. Einer fehlte. Ich wußte, daß es fünf hätten sein müssen, da Ruth mir die Liste gezeigt hatte. Ich sah die Anwesenden an. An meinem Tisch saßen Arnold Ducker und Anthony, der dicke Junge. Am anderen saßen Henry und sein Hofkehrerkollege James.

„Wer fehlt denn?" fragte ich Arnold, der meistens alles zu wissen schien.

Er sah mich überrascht an.

„Dennis natürlich, Sir. Er sitzt doch sonst immer an unserem Tisch!"

Wie seltsam! Wie hatte ich ausgerechnet Dennis vergessen können? Ich stand auf.

„Bitte macht leise weiter mit eurem Tee. Ich sehe nur mal eben nach, wo Dennis steckt. Iß nicht meine Sachen auf, Anthony. Ich bin gleich wieder da."

„Er ist sicher in seinem Zimmer und schaut aus dem Fenster, Sir", sagte Arnold mechanisch, „weil doch heute Freitag ist."

Ich verkniff mir eine Rückfrage zu diesem seltsamen Gedankengang und eilte durchs Spielzimmer, die Hintertreppe hinauf und den Korridor entlang bis zu Dennis' Zimmer. Arnold hatte recht. Dennis lehnte an der Fensterbank und spähte durchs offene Fenster in die Richtung der schmalen Landstraße, die sich von Stapley her emporwand. Neben ihm auf dem Boden stand ein Koffer, und mir schien, als sei er schicker angezogen als sonst. Ich blieb an der Tür stehen.

„Dennis – die Teestunde hat schon angefangen. Was machst du hier?"

Dennis blickte sich kurz um.

„Ich warte auf meinen Papa, Sir. Er hat sich etwas verspätet. Ich halte Ausschau nach unserem Auto. Es ist ein großes blaues, Sir."

Verdutzt trat ich zu Dennis ans Fenster. Die Aussicht war genau dieselbe wie die von meiner Wohnung aus. Über den Hügeln war es sehr grau geworden. Es würde Regen geben.

„Dennis", sagte ich, „das verstehe ich nicht. Du stehst nicht auf der Liste für ..."

Plötzlich tauchte Ruth Crompton atemlos und gehetzt in der Tür auf und unterbrach mich.

„Mr. Harper! Äh ... ich habe ganz vergessen, Ihnen vorhin zu sagen, daß Dennis' Papa wahrscheinlich kurz vor der Teestunde kommen wollte, um ihn abzuholen. Tut mir sehr leid. Es war mein Fehler."

„Aber er stand nicht ..."

Ruth unterbrach mich erneut, schaute mich beschwörend an und wandte sich an Dennis.

„Dennis, mein Schatz. Es sieht so aus, als ob es dein Papa diese Woche nicht geschafft hat. Ihm ist wohl irgend etwas dazwischengekommen, und er ist bestimmt ganz enttäuscht, daß er dich nicht übers Wochenende mit nach Hause nehmen kann. So muß es wohl sein, meinst du nicht?"

„Ja, Miss", sagte Dennis. „Wahrscheinlich stimmt mal wieder was mit dem Auto nicht, Miss."

Er warf noch einen letzten, wehmütigen Blick hinaus auf die Landstraße, dann drehte er sich um und sah wieder Ruth an.

„Soll ich dann auspacken und zum Tee hinuntergehen, Miss?"

„Weißt du was?" sagte Ruth freundlich und legte ihm ihre Hände fest auf die Schultern. „Du gehst hinunter und läßt dir deinen Tee schmecken, und ich packe für dich aus. Okay?"

„Ja, Miss", sagte Dennis dankbar und lächelte zu ihr hinauf.

Sie klopfte ihm zweimal auf die Schultern.

„Na, dann ab mit dir!"

Ich wollte ihm folgen, aber Ruth legte mir eine Hand auf den Arm.

„Warten Sie eine Sekunde, David", sagte sie leise.

Sie hob Dennis' Koffer vom Boden auf, legte ihn auf eines der Betten und wandte sich wieder mir zu.

„Dieses Ritual spielen wir so ungefähr jeden Freitag durch."

„Sie meinen ..."

„In der ganzen Zeit, seit Dennis hier ist, ist sein Vater nur ein einziges Mal gekommen, um ihn übers Wochenende nach Hause zu ho-

len, aber Dennis braucht dieses kleine Spielchen, ihn jeden Freitag zu erwarten, sonst bricht für ihn alles auseinander."

„Ein kleines Spielchen?" protestierte ich. „Das sah aber nicht so aus, als ob er ein Spielchen spielte. Ich hatte den Eindruck, daß er wirklich daran glaubte."

Ruth antwortete nicht. Sie setzte sich aufs Bett, drehte den Koffer zu sich herum, ließ die Schlösser aufschnappen und hob den Deckel empor. Der Koffer war leer.

Jener erste Freitagabend in Stapley Manor war äußerst vergnüglich. Ich organisierte ein Billardturnier mit meinen fünf Schützlingen und schickte Henry hinunter ins Dorf, damit er ein paar Süßigkeiten als Preise kaufte. Henrys Freund James, ein kräftig gebauter, angenehm ausgeglichener Junge, gewann mit Leichtigkeit den ersten Preis, aber ich hatte dafür gesorgt, daß es auch einen zweiten, dritten, vierten und fünften Preis gab. Dennis, der normalerweise kaum in die Nähe des Billardtisches kam, hatte einen Riesenspaß, obwohl sein nahezu vollständiger Mangel an Koordination dazu führte, daß er außer der weißen Stoßkugel nichts in die Löcher brachte. Ungeachtet der Tatsache, daß ihm das automatisch vier Strafpunkte eintrug, warf er jedesmal jubelnd die Arme in die Höhe und rief: „Getroffen, Sir!"

Als die Gruppe sich schließlich im Fernsehzimmer niederließ, um noch eine letzte Sendung vor dem Schlafengehen zu sehen, war ich milder gestimmt als zu irgendeinem Zeitpunkt seit dem Beginn der Woche. Das Abendessen war eine ruhige, zivilisierte Angelegenheit unter vielem „bitte schön" und „danke schön" gewesen, ganz anders als der rabiate Aufruhr, der ausgebrochen war, wenn ich mit der ganzen Gruppe allein war. Ich spürte, daß die kleine Schar der Zurückgebliebenen im stillen die besondere, familiäre Atmosphäre des Abends genossen. Das taten zumindest vier von ihnen. Anthony, der dicke Junge, schien nur eines zu genießen, und das war der Verzehr von Lebensmitteln. Er aß, was immer er kriegen konnte, wann immer er es kriegen konnte, und ich hatte bisher noch nicht erlebt, daß er an irgend etwas anderem Interesse gezeigt hätte. Er war der einzige gewesen, der nach dem Abendessen nicht unaufgefordert

seinen Teller und seinen Becher in die Küche gebracht hatte. Die anderen hatten sich gegen ihn gewandt, sichtlich verärgert, daß er etwas getan hatte, das die sanft leuchtende Atmosphäre des Abends störte. Aber ich hatte das Gefühl, daß Anthony kein Gespür für Atmosphären hatte. Atmosphären konnte man nicht essen. Seine kleinen Augen hatten vor Zorn geglitzert, als er dem Druck nachgegeben und seine Sachen hinausgebracht hatte. Ich gewann den Eindruck, daß Anthony, wenn er wütend war, dafür sorgen würde, sofern er es auf heimliche Weise bewerkstelligen konnte, daß irgendwo jemand dafür leiden mußte.

Das Schlafengehen an diesem Abend war die reine Freude. Genau wie an dem Abend, als Mark Dienst gehabt hatte, saßen sie alle in ihren Betten und beschäftigten sich mit harmlosen Dingen. Ich unterhielt mich mit jedem Jungen ein wenig und hob mir Dennis bis zum Schluß auf. Arnold Ducker studierte gerade einen Atlas, als ich in sein Zimmer kam. Er blickte auf.

„Es ist schöner, wenn nur wenige da sind, nicht wahr, Sir?“ sagte er.

„Ja, Arnold. Es ist ganz anders. Ich habe diesen Abend wirklich genossen.“

„Aber am Sonntag werden sie alle wiederkommen, nicht wahr, Sir? Ich mag es nicht, wenn sie wiederkommen, Sir. Sie müssen es immer an irgend jemandem auslassen.“

„Was auslassen, Arnold. Was meinst du damit?“

„Na ja, zu Hause und so, Sir. Das bringt sie völlig durcheinander, und das lassen sie an irgend jemandem aus, wenn sie wiederkommen.“

Ich gewöhnte mich allmählich daran, daß Arnold sich in seiner Umgebung besser auskannte als ich.

„Ja“, erwiderte ich, „da hast du sicher recht. Das ist natürlich nur verständlich. Wie auch immer, gute Nacht, Arnold.“

Als ich mich von dem Bett abwandte, rief mich Arnold, der seinen Atlas auf den Nachttisch gelegt hatte und sich unter seine Decken kuschelte, noch einmal zurück.

„Mr. Harper.“

„Ja, Arnold?“

„Würden Sie mir die Decken unterstecken, bitte, Sir?"

„Äh ... ja, natürlich, Arnold."

Ich ging um das Bett herum und steckte Tücher und Decken fest unter die Matratze.

„Okay, Arnold?" fragte ich, als ich fertig war und mich wieder aufrichtete.

Arnold sprach noch einmal mit seiner resonanten, merkwürdig emotionslosen Stimme.

„Ich habe einmal Mr. Boon gebeten, mir die Decken unterzustekken, Sir, als ich neu hier angekommen war, aber er sagte, ich wäre ein Homo, Sir. Aber das bin ich nicht."

„Ich weiß, daß du das nicht bist, Arnold", sagte ich leise. „Gute Nacht."

Dennis spitzte offensichtlich seine Trichterohren bis zum Zerreißen, während er auf meinen Besuch wartete. Noch bevor ich die Tür zu seinem Zimmer erreicht hatte, rief er:

„Ich hab' sie, Sir! Hier sind sie! Ich hab' sie!"

Vor ihm auf dem Bett lagen mehrere Blätter Papier ausgebreitet, von denen jedes eine kurze, schlecht geschriebene Nachricht von seinem Freund Brian enthielt, dessen Namen jeweils in großen, unebenen Lettern unterzeichnet war. Ich nahm eines davon in die Hand und las es.

> liber Dennis,
> wie gez dir mir gez gut
> wie gez dir bis bald
> ahles Gute
> dein Froint Brian

Die anderen Briefe waren ganz ähnlich. Keiner von ihnen enthielt ein Datum oder eine Adresse. Dennoch, es waren Briefe von einem Freund, und das war alles, was für Dennis zählte. Ich beschloß, einen davon in mein Logbuch abzuschreiben.

„Würde es dir etwas ausmachen, mir einen davon für eine Weile zu leihen, Dennis, einfach nur, um ... na ja, ihn anzuschauen?"

„Ich leihe Ihnen alle, Sir!" sagte Dennis großzügig, erfreut über

das nachhaltige Interesse an den Mitteilungen seines Freundes. „Schauen Sie alle an, Sir!"

„Na schön", dachte ich, als ich mit dem kleinen Stapel Papier auf dem Weg zurück zu meiner Wohnung war, „dann nehme ich sie eben alle mit, wenn es ihm Freude macht."

Ich setzte mich an meinen kleinen Tisch und begann mit meinen Aufzeichnungen über die Sache mit Dennis' nicht existentem Wochenende zu Hause. Zwei oder drei Minuten später klopfte es an der Tür, und Ruth Crompton kam herein.

„Hallo, David", sagte sie, „ich habe ein paar Neuigkeiten, die Sie vielleicht interessieren ... hallo! Was ist das denn?"

Ihr Blick war auf den Stapel Papiere auf dem Tisch neben meinem Notizbuch gefallen. Sie nahm das oberste in die Hand, las es und legte es dann mit einem verdutzten Gesichtsausdruck zurück.

„Das sind Briefe von Dennis' Freund Brian", erklärte ich. „Ich wollte gerade etwas über sie in meiner ‚Dennis-Akte' notieren. Ich finde es großartig, daß er so einen Freund hat, besonders nach dem, was ich heute zuvor beobachtet habe."

Ich schilderte ihr, was ich gesehen hatte, als ich Dennis am Morgen gefolgt war. Als ich endete, nickte Ruth langsam, sichtlich bewegt. Sie griff wieder nach dem Brief.

„Verstehe. Also das hier ..."

„Und wenn ich auch an die Sache mit dem Wochenende denke, erscheint es mir besonders wichtig, daß Dennis einen richtigen Freund wie Brian hat, denn alles andere ist nur Phantasie, und das kann nicht gut sein für einen Jungen in seinem Alter."

Allmählich fand ich ziemlich Gefallen am Klang meiner eigenen Stimme.

„Ich meine, warum sollten wir Dennis nicht dazu bringen, Brian übers Wochenende hierher einzuladen, oder auch arrangieren, daß Dennis für einen oder zwei Tage bei Brians Familie zu Gast sein kann? Das wäre doch eine famose ..."

Ruth unterbrach mich, indem sie ihre Hand hob.

„David, bevor Sie weiterreden, darf ich bitte etwas überprüfen? Es dauert nur einen Moment."

Sie eilte hinaus und suchte an ihrem riesigen Schlüsselbund her-

um. Ich legte meinen Stift nieder, kratzte mich am Kopf und seufzte, denn ich konnte es kaum erwarten weiterzuschreiben. Fünf Minuten später war Ruth wieder da. Sie hatte etwas in der Hand, das sie auf den Tisch legte.

„Schauen Sie", sagte sie. „Das ist Dennis' Englisch-Heft."

Sie schlug das Übungsheft auf und legte einen von Brians Briefen neben eine vollgeschriebene Seite. Schweigend musterte ich beide einige Augenblicke lang.

Das Blut stieg mir in die Wangen. Was hatte ich da gefaselt, daß Brian zu Besuch kommen und Dennis Brian besuchen könnte! Ich blickte auf.

„Ja, Ruth!" erwiderte ich. „Die Handschrift ist dieselbe. Dennis hat die Briefe alle selbst geschrieben. Wie konnte ich nur so dumm sein?"

„Geben Sie sich nicht die Schuld, David. Ich fand es nur ein wenig merkwürdig, weil ich oft morgens die Post abhole und mich nicht erinnern konnte, jemals einen Brief an Dennis gesehen zu haben, geschweige denn so viele."

Ich klopfte mit der Hand auf den Stapel Blätter.

„Aber sollten wir nicht deswegen etwas unternehmen, Ruth? Der Junge scheint ja in einer kompletten Phantasiewelt zu leben. Erst die Bäume, dann das Wochenende, jetzt diese Briefe – ich weiß nicht ..."

„Tja, das ist ja gut und schön, David, aber womit wollen Sie denn all diese Dinge ersetzen? Er hat nun einmal keinen wirklichen Freund, und was seinen Vater angeht, so hat der vielleicht aufgehört, Dennis zu verprügeln, aber offen gesagt, der Junge ist ihm völlig egal. Solange er nicht etwas Wirkliches hat, glaube ich nicht, daß wir Dennis das bißchen, was er hat, wegnehmen können, auch wenn er es sich nur einbildet."

„Hmmm ... ja, vermutlich haben Sie recht."

Ich war zwar nicht ganz überzeugt, aber schließlich machte ich diesen Job erst seit einer Woche. Ruth war ein alter Hase. Ich lächelte reumütig, während ich „Brians" Briefe zusammenraffte.

„Okay, Ruth. Ich bringe die hier einfach zurück in Dennis' Zimmer und belasse es dabei. Hoffen wir, daß Dennis bald einen wirklichen Freund findet."

Die kleine Hausverwalterin ging auf die Tür zu.

„Amen dazu, David. Aber jetzt lasse ich Sie lieber zu Bett gehen. – Oh! Ich habe Ihnen ja noch gar nicht gesagt, weshalb ich eigentlich heraufgekommen bin ..."

Sie sah ziemlich aufgeregt aus.

„Der Hausvater und die Hausmutter im Neuen Haus sind ein Ehepaar, die Heptons, aber wir konnten leider keine Hausmutter für diese Seite finden, seit die letzte vor sechs Monaten gegangen ist. Keine Bewerberinnen, die falschen Bewerberinnen – es hat einfach nicht geklappt. Deshalb ... habe ich mich gefragt ..."

Sie hielt inne.

„Ja?" half ich nach.

„Nun, ich habe mich gefragt, ob Ihre Annie vielleicht Lust hätte, sich um die Stelle zu bewerben. Nur so ein Gedanke ..."

Nur so ein Gedanke. Aber was für ein Gedanke! Zweimal in dieser Nacht wachte ich auf und versuchte mich zu erinnern, warum ich so aufgeregt war. Die Vorstellung, Annie hier bei mir zu haben – mit ihr zusammenzuarbeiten. Sie wäre in so vieler Hinsicht ideal. Die Jungs würden sie wunderbar finden. Genauso wie alle anderen auch. Es wäre ... also, was für ein Gedanke!

Ich rief Annie am nächsten Morgen an, während meine kleine Gruppe (alle bis auf Dennis) mit ihrem Taschengeld unten in Stapley war. Wahrscheinlich drängte ich sie etwas zu sehr. Annies Reaktion war eher verhalten.

„Das ist eine sehr verlockende Idee, David, aber ist dir klar, daß wir uns Tag für Tag unentwegt auf der Pelle hängen würden?"

„Mir macht es nichts aus, dir auf der Pelle zu hängen, Annie", sagte ich so wehmütig wie möglich. „Ich fände das großartig! Denk doch nur – wir könnten Wanderungen über die Hügel machen, wann immer wir wollten, und an den Wochenenden und den freien Tagen könnten wir sogar ans Meer fahren. Und wir wären an den Abenden zusammen. Ich könnte mir nichts Schöneres vorstellen und ..."

„Laß mich einfach darüber nachdenken, David. Im Moment vermisse ich dich so sehr, daß es ganz leicht passieren könnte, daß ich ja

sage und mich bewerbe, ohne richtig darüber nachzudenken. Wir sehen uns ja am Montag. Bis dahin überlege ich es mir. Oh, David, ich freue mich so darauf, dich zu sehen ...“

An diesem Vormittag genoß ich im Neuen Haus eine nette Tasse Kaffee mit Mike Merry. Zu uns gesellten sich Mrs. Murchison, die Köchin, eine freundliche Frau aus dem Norden, und zu meiner Überraschung auch Tom, der dabeisaß, an seinem Kaffee nippte und unserem Gespräch lauschte, als wäre er ein weiterer Mitarbeiter. Als ich um halb zwölf wieder hinüberging, bemerkte ich, daß Tom mir durch die Schwingtür in den Speisesaal des Alten Hauses gefolgt war. Irgend etwas sagte mir, daß es unklug wäre, zu enthusiastisch auf seine Annäherung zu reagieren. Ich holte mir Besteck von den Tabletts in der Luke und begann, zwei Tische fürs Mittagessen zu decken. Der Junge stand schweigend an der Tür. Es war, als ob sich dort in der Ecke, wo er stand, etwas Neues, Zerbrechliches formte. Wenn ich jetzt etwas Falsches sagte, konnte ich es leicht zerschlagen. Also sagte ich nichts. Schließlich sprach Tom.

„Arbeiten Sie morgen den ganzen Tag, Sir?“

Ich richtete mit übertriebener Konzentration ein Tischset gerade und antwortete so geistesabwesend und beiläufig wie möglich.

„Nicht den ganzen Tag, Tom. Bis gegen drei Uhr habe ich frei. Dann werden die anderen allmählich wieder eintrudeln, nicht wahr? Ich glaube, vormittags hat Mr. Parish hier drüben Dienst, aber ich weiß es nicht genau.“

Ein langes Schweigen folgte. Ich war beim letzten Gedeck angelangt. Nie war ein Tisch mit solch kleinlicher und zeitraubender Sorgfalt gedeckt worden. Schließlich beugte ich mich dicht über den Tisch und kratzte einen nicht-existenten Fleck auf der Holzfläche ab. Endlich sprach Tom wieder.

„Vielleicht mache ich morgen eine kleine Wanderung, Sir.“

Ich sah ihn an und nickte beiläufig.

„Mmmm, gute Idee. Ich habe neulich auch eine Wanderung gemacht, Tom. Geradewegs über die Hügel. Es war überwältigend. Hat mir richtig den Staub weggeblasen. Oben auf dem Gipfel bin ich aber noch nicht gewesen. Ich weiß nicht genau, wie man da hochkommt.“

„Ich könnte es Ihnen morgen zeigen, wenn Sie Lust haben, Sir. Es ist ein kleiner Pfad durch die Hecke, ungefähr hundert Meter die Straße hinauf."

„Oh", sagte ich mit angenehm überraschtem Unterton. „Wenn dir das nichts ausmacht, Tom, wäre ich sehr dankbar. Wie wäre es mit halb elf? Ich komme dich abholen."

„Schön", sagte Tom ernst, „halb elf, Sir."

Abrupt wandte er sich den Schwingtüren zu und war einen Augenblick später verschwunden.

Der Rest des Tages verlief so entspannt, wie es der Freitagabend gewesen war. Henry und James gruben aus dem Schrank am Fuß der Haupttreppe eine große Autorennbahn aus und verbrachten den größten Teil des Nachmittags und Abends damit, im Spielzimmer auf dem Fußboden herumzukriechen, Autos zu reparieren und nach schlecht leitenden Stellen auf der staubigen alten Spur zu suchen. Ich glaube kaum, daß die beiden Wagen mehr als insgesamt fünfzehn Minuten lang tatsächlich fuhren, aber die Jungen schienen völlig zufrieden zu sein. Arnold und Dennis fragten, ob wir nach dem Tee wieder Mogeln spielen könnten. Ich versuchte, Anthony von seinem oberflächlichen Blättern in dem Haufen alter Comics in der Ecke des Spielzimmers fortzulocken, aber nachdem er sich vergewissert hatte, daß es dabei nichts zu essen gab, schüttelte er nur trübsinnig den Kopf und wandte sich wieder seiner Lektüre zu.

Arnolds Freude am Mogeln war enorm gestiegen, seit er nunmehr den Sinn des Spiels verstanden hatte. Er mogelte schamlos bei jeder Gelegenheit, und da er ein außerordentlich gutes Gedächtnis hatte, gelang es ihm oft, meine erbärmlichen Versuche, zwei Könige als vier Asse auszugeben, zu entlarven. Dennis' Verständnis des Spiels dagegen schien gesunken zu sein. Immer, wenn er seine eigenen Karten spielte, rief er ganz laut „GEMOGELT!", selbst wenn er gar nicht gemogelt hatte, was zu einiger Verwirrung führte. Das Spiel ging bis zum Abendessen weiter. Die Jungen baten um die Erlaubnis, ihre Suppe und ihre Kekse mit ins Fernsehzimmer zu nehmen, um einen Film von Anfang an sehen zu können. Als ich gemächlich durch den Korridor vom Fernsehzimmer zur Küche schlenderte, in der Hoffnung, etwas zu essen für mich selbst zu finden, nachdem

nun die Jungen versorgt waren, hörte ich Stimmen vom Hof her, und einen Moment später erschien am anderen Ende des Korridors Mr. Rowley, begleitet von einem recht seltsam aussehenden Jungen, den ich noch nie zuvor gesehen hatte.

„Ah, da sind Sie ja, David. Darf ich vorstellen ..."

Er tätschelte sanft den Kopf des Jungen.

„Das ist Desmond."

Ich sah Desmond an. Wenn es je ein häßliches Kind gegeben hatte, dann war es Desmond. Alles an ihm sah irgendwie verkümmert aus, wie bei einem dieser japanischen Miniaturbäume, jedoch ohne deren sorgfältig kultivierte Symmetrie. Ein Fuß war nach außen verdreht, der andere nach innen. Sein Körper schien in eine Richtung geneigt zu sein, und sein Kopf in die andere. Sein zerfurchtes und verzerrtes Gesicht sah aus, als wäre es in der Wäsche eingelaufen, und sein Haar, das wie ein rauher Pinsel senkrecht von der Schädeldecke emporschoß, verlieh ihm einen unentwegt überraschten Ausdruck.

Insgesamt sah er aus, als wäre er sehr ungeschickt aus einem billigen Menschenbausatz zusammengesetzt worden. Während ich all diese visuellen Einzelheiten registrierte, wurde mir gleichzeitig bewußt, daß etwa aus seiner Richtung ein sehr unangenehmer Geruch zu mir drang. Da ich annahm, daß Mr. Rowley nicht dafür verantwortlich war, mußte er wohl von Desmond kommen.

„Hallo, Desmond", sagte ich.

Zu meiner Überraschung richtete sich der Junge so gerade auf, wie es sein unbeholfener Körper erlaubte, schlug die Hacken zusammen und salutierte nach militärischer Art.

„Sah!" rief er, als ob auf dem Exerzierplatz ein Offizier das Wort an ihn gerichtet hätte.

So unerfahren ich war, entdeckte ich doch eine große Furcht hinter dieser Präsentation. Ich sah Mr. Rowley fragend an.

„Äh ... bevor wir die Situation erörtern", sagte der Direktor, „wäre es wohl möglich, daß einer der anderen Jungen für ein paar Minuten kommt und Desmond das Haus zeigt?"

Ich holte Dennis, der nur zu gern die verantwortungsvolle Aufgabe übernahm, Desmond durch das Alte Haus zu führen. Zusammen

verschwanden sie um die Ecke am Ende des Korridors. Ich hörte Dennis sagen: „Dies ist die Treppe ..."

Mr. Rowley blickte ein wenig verlegen drein.

„Es geschieht sehr selten, David, daß ich in Erwägung ziehe, einen Jungen so kurzfristig aufzunehmen. Die Prozedur ist normalerweise ziemlich langwierig – psychologische Gutachten, Gespräche, Tests und so weiter – aber ganz gelegentlich kommen Anfragen auf mich zu, die ich nur schwerlich ablehnen könnte. Desmond wurde bereits an uns verwiesen, aber der Prozeß war noch unvollständig. Heute morgen jedoch haben ihn seine Pflegeeltern schließlich völlig abgewiesen, und ich wurde gebeten, eine Reihe von Umzügen für den Jungen zu vermeiden, indem ich ihn sofort aufnehme, und ich habe zugestimmt. Ich hoffe, daß Ihnen das heute abend keine allzu großen Umstände macht. Falls doch, bleibe ich gerne hier, um Desmond sozusagen einzuführen."

Mr. Rowley ahnte vermutlich nicht, wie sehr ich an diesem Abend durch den ehrerbietigen Ton seiner Rede aufgebaut wurde. Im Laufe der Zeit sollte ich noch lernen, daß der Direktor stets demjenigen, der gerade den Dienst versah, eine ganz besondere Position zuschrieb. Ich beeilte mich, zu versichern, daß es keine Probleme bereiten würde.

„Oh nein, schon gut, Mr. Rowley, gar kein Problem. Äh ... warum haben die Pflegeeltern Desmond ... äh ... abgewiesen?"

Mr. Rowley rieb sich energisch ein Ohr und sog hörbar die Luft durch die Zähne ein.

„Tja, also, sein Kompetenzlevel ist insgesamt sehr, sehr niedrig, und seine grundlegenden Fähigkeiten haben sich während der Zeit, die er bei diesem Paar verbrachte, kaum oder überhaupt nicht verbessert. Doch was ihnen schließlich den Rest gegeben hat, war seine chronische Enkopresis."

„N-Ko was?"

„Tut mir leid, David. Es gibt keinen Grund, warum Sie mit diesem Begriff vertraut sein sollten. Es bedeutet, daß Desmond Probleme mit der Kontrolle über seine Darmbewegungen hat. Er beschmutzt regelmäßig seine Unterhosen und gelegentlich auch sein Bett. Ruth wird morgen dazustoßen und Desmond helfen, eine Rou-

tine zu etablieren, um sich sauberzuhalten, aber in der Zwischenzeit wird er einen Plastikeimer mit Wasser und Desinfektionsmittel brauchen. Und zwar wird er ihn sehr bald brauchen."

Ich nickte.

„Sie meinen, dieser Geruch war ..."

„Genau", sagte der Direktor. „Er war bei seiner Ankunft sehr verängstigt und nervös. Das Ergebnis war völlig voraussehbar. Wenn ich das sagen darf, David, wenn ich Sie wäre, würde ich mit Desmond über seine Verschmutzungen reden, als ob sie eine alltägliche und keineswegs ekelerregende Erscheinung wären. Mir ist klar, daß das für Sie etwas völlig Neues ist, aber es dürfte wirklich das Beste sein, so mit der Sache umzugehen. In der Zwischenzeit ...?"

„Ja?"

„Bei wem in aller Welt sollen wir ihn unterbringen? Es wäre wohl kaum fair ..."

In diesem Moment tauchten Dennis und Desmond nach einem offenbar sehr zügigen Rundgang durch die beiden oberen Korridore wieder am Fuß der Hintertreppe auf und lachten miteinander, während sie zappelnd auf uns zukamen. Der Geruch war schlimmer geworden.

„Bitte, Sir", sagte Dennis beschwörend, „darf Desmond in meinem Zimmer schlafen, Sir? Wir sind Freunde! Wir wollen Freunde sein!"

„Soldat Dennis und ich würden gerne in einem Zimmer schlafen", sagte Desmond mit seiner trägen, krächzenden Stimme.

Ich sah Mr. Rowley an, der sich daraufhin an Desmond wandte.

„Soldat Desmond", sagte er, „darf ich Soldat Dennis von deinem Problem erzählen?"

Desmond zuckte besorgt zusammen, nickte aber.

„Dennis, du solltest wissen, daß Desmond sich ziemlich oft schmutzig macht. Das riecht schlecht. Macht es dir etwas aus, dein Zimmer mit Desmond zu teilen, obwohl er das macht? Er braucht einen Freund, der ihm hilft, indem er nicht allen von seinem Problem erzählt und mit ihm herumgeht und dergleichen. Was meinst du?"

Es war Dennis' glorreichste Stunde. Er sah dem Direktor gerade

in die Augen, das Gesicht eine Maske der Entschlossenheit und Begeisterung.

„Ich werde sein Freund sein, Sir! Mir macht der Geruch nichts aus, Sir. Ehrlich nicht. Lassen Sie ihn in meinem Zimmer schlafen, Sir. Wir sind jetzt die besten Freunde, Sir."

Mr. Rowley nickte feierlich.

„Nun gut, Dennis. Wenn Mr. Harper einverstanden ist, denke ich, daß Desmond in dein Zimmer ziehen sollte. Und ich muß sagen", fügte er, zu Desmond gewandt, hinzu, „daß du mit einem unserer besten Jungs zusammen wohnen wirst."

Der Stolz, mit dem Dennis seinen neuen Freund wenige Augenblicke später auf den Hof hinausführte, um seinen Koffer zu holen, war unbeschreiblich. Während ich mich auf den Weg in die Küche machte, um nach einem Eimer und Desinfektionsmittel zu suchen, kam mir der Gedanke, daß es mit den kleinen Morgenspaziergängen jetzt vielleicht ein Ende haben würde. Ich lächelte und schüttelte den Kopf über die lächerliche Vorstellung, die mir dabei durch den Kopf ging. Ich hatte plötzlich daran gedacht, wie enttäuscht die Bäume sein würden.

Neuntes Kapitel

„Dann haben Sie das Rätsel also gelöst, Dave?"

Auf dem Weg hinüber zum Neuen Haus, um Tom abzuholen, hatte ich kurz halt gemacht, um Mark Parish zu begrüßen, der gerade mit Henry eine gemächliche Partie Dame spielte. Der Regen, der seit Freitag über uns hing, war immer noch nicht gefallen, doch als ich am Sonntag morgen meinen Schlafzimmervorhang aufzog, konnte ich sehen, daß der Himmel sich zur Schlacht rüstete. Riesige, graue Wolken rückten von Südwesten her über die Hügel zur Verstärkung an, und es war kaum zu erwarten, daß es diesen Tag über trocken bleiben würde. Da ich jedoch Tom nicht enttäuschen wollte, hatte ich mich, mit Gummistiefeln und Anorak bewaffnet, auf den Weg gemacht, um ihn abzuholen und unsere Wanderung anzutreten.

„Nun ja, das habe ich tatsächlich, Mark. Wer hat Ihnen davon erzählt?"

Mark hob eine seiner Augenbrauen.

„Ruth. Sie ist jetzt oben bei dem kleinen Desmond und kümmert sich um – äh – dies und jenes. Dennis benimmt sich wie ein Hund mit neun Knochen und mehreren Schwänzen. Kommt ständig herein, schwatzt eine Weile, dann düst er wieder ab und sagt: ‚Jetzt muß ich zurück zu meinem FREUND, Sir.' Wie steht's, Dave? Angenehmes Wochenende bisher?"

„Ja", sagte ich heiter, „sehr angenehm, aber wir haben schließlich auch einen so netten Haufen Jungs hier gehabt, daß eigentlich gar nichts schiefgehen konnte."

Henry wurde rot vor Freude, und Mark warf mir einen dankbaren Blick zu.

„Gut", sagte er, „das ist schön. Wohlgemerkt, ich persönlich kann Henry nicht ausstehen. Die anderen sind okay, aber er ist eine Nervensäge."

Henry grinste fröhlich, wohl wissend, daß Mark genau das Gegenteil von dem meinte, was er sagte.

„Und Sie können nicht Dame spielen, Sir", konterte er.

„Das stimmt", seufzte Mark und betrachtete den kleinen Stapel gefangener Steine auf Henrys Seite des Brettes. „In allem anderen auf der Welt bin ich ziemlich brillant, aber Dame – nein!"

Erst jetzt bemerkte er mein Regenzeug.

„Gehen Sie schwimmen, Dave?"

Ich lachte und berichtete von meiner geplanten Wanderung mit Tom.

„Er hat den Vorschlag gemacht? So so! Das hört sich gut an. Viel Spaß bei der Wanderung, Dave. Bis später."

Ich war schon fast durch die Schwingtür, als Mark mir noch etwas nachrief.

„Dave, was ich noch sagen wollte, da es ja Ihr erster Sonntagsdienst ist und nachher die ganzen Wochenendfahrer zurückkommen, würde es Ihnen helfen, wenn ich noch eine Weile dableibe, um Ihnen zu zeigen, wie es läuft? Nur bis zur Mitte des Abends, sagen wir?"

Ich dachte an die zurückkehrenden Horden: Douglas und Colin und Martin Jarrold und den Besitzer der körperlosen Stimme, wer immer er war.

Ich hatte schon fast vergessen, daß das Alte Haus nicht nur eine Gruppe von fünf – nein, sechs, jetzt wo Desmond hier war – leicht zu handhabenden Jungen war. Und manche der Rückkehrer würden nach dem, was Arnold gesagt hatte, eine ziemliche Wut im Bauch haben. Mein Magen bäumte sich ein wenig auf.

„Also, wenn es Ihnen wirklich nichts ausmacht, Mark, dann wäre das eine phantastische Hilfe."

„Kein Problem", sagte Mark und wandte sich wieder dem Damebrett zu, „selbst wenn das bedeutet, daß ich Henry noch etwas länger ertragen muß."

Mit diebischer Freude schlug Henry wieder einen von Marks Steinen und legte ihn säuberlich vor sich auf den Stapel.

Zuerst schien es, als ob das Neue Haus völlig verlassen wäre. In den unteren Räumen war weder von Tom noch von sonst jemandem eine Spur zu sehen. Oben erinnerte ich mich, daß Toms Zimmer das dritte auf der rechten Seite war. Er stand drinnen neben seinem Bett

und knöpfte sich gerade einen langen Dufflecoat zu. Eine gewisse Wachsamkeit in seinen Augen, als er sich umschaute, warnte mich, nicht zu kumpelhaft zu sein.

„Alles klar, Tom?“ sagte ich leichthin. „Sieht aus, als könnte es feucht werden, aber das stört mich nicht besonders, wenn es dir nichts ausmacht. Hast du immer noch Lust?“

„Sie wollten doch sehen, wie man auf den Gipfel kommt, Sir?“

„Ja, das ist richtig, ich würde gerne ... mal schauen.“

„Mir macht Regen nichts aus, Sir. Ich finde ihn angenehmer als Sonnenschein. Ich hasse sehr heiße Tage.“

Ich liebte sehr heiße Tage.

„Na ja, jedes Wetter ist, nun ... auf die eine oder andere Weise nützlich, nicht wahr?“ sagte ich heiter.

„Ja, Sir“, sagte Tom höflich.

Er steckte das letzte Holzstäbchen durch die dazugehörige Schlaufe und ging voraus durch die Tür, den Korridor entlang und die Hintertreppe des Neuen Hauses hinab. Die Luft draußen war frisch und anregend; inmitten der riesigen Fläche des bleiern grauen Himmels über uns schimmerte es unnatürlich bleich, wo das Sonnenlicht die Wolkendecke zu durchdringen versuchte. Vor uns hob sich der Gipfel dunkelgrün vor dem Himmel ab wie ein riesiges Stück Theaterkulisse. Die Aussicht von oben würde heute atemberaubend sein.

Es wurde bald klar, daß der fiktive Vorwand, daß ich Tom brauchte, damit er mir zeigte, wie man auf den Gipfel kam, in seinen Augen ebenso fiktiv war wie in meinen. Die Lücke in der Hecke, die den Zugang zu dem Bergpfad bildete, war sehr breit und sehr ausreichend beschildert.

„Hier ist es, Sir“, sagte Tom. „Hier gehen Sie hindurch.“

Ich fühlte mich wie eine jener königlichen Persönlichkeiten, die verpflichtet sind, wie halb Schwachsinnige um sich zu blicken, um nicht jemanden seiner Lotsenfunktion zu berauben.

„Hier hindurch, meinst du?“ erkundigte ich mich ernsthaft, als gäbe es eine breite Auswahl an Lücken, von denen ich mir eine aussuchen müßte.

„Ja, Sir“, erwiderte Tom ebenso ernsthaft, während er den niedri-

gen Zauntritt vor uns überstieg und etwas unbeholfen auf den Fußweg auf der anderen Seite trat.

Keiner von uns sprach, als wir dem Pfad durch einen schmalen Gürtel buschiger Bäume und dann auf den Hügel selbst folgten. Der Hang war sehr steil, und der Pfad lief geradewegs durchs Farndikkicht hinauf, das etwa in halber Höhe in drahtiges, metallisch-grünes Gras überging. Angewidert stellte ich fest, wie untrainiert ich war. Die Gestalt im Dufflecoat vor mir bewegte sich mit langsamen, gleichmäßigen Schritten, die sie vermutlich ohne Pause bis auf den Gipfel bringen würden. Mir barsten schon die Lungen, als wir die Höhe erreichten, wo das Gras begann. Ich blieb stehen und starrte hinaus in die Ferne, als ob die schiere Großartigkeit der Landschaft mich gezwungen hätte, meinen Aufstieg für einen Moment zu unterbrechen. In Wirklichkeit hatte es angefangen zu regnen, und ich konnte überhaupt nicht weit sehen, so daß es wohl kaum sehr überzeugend gewirkt haben kann.

„Alles in Ordnung, Sir?"

Tom war stehengeblieben und blickte zu mir zurück. Sein Atem schien sich kaum beschleunigt zu haben. Mit übermenschlicher Anstrengung unterdrückte ich mein Keuchen gerade lange genug, um ihm zu antworten.

„Alles prima. Weiter geht's!"

Fünfzehn atemlose Minuten später erreichte ich die Kuppe und lehnte mich dankbar an den hohen Metallpfahl, der aus der Mitte der zimmergroßen Ebene auf dem Gipfel aufragte. Selbst nachdem ich einige Minuten ausgeruht hatte, fiel es mir schwer, ruhig zu atmen. Der Wind hier oben war von mächtiger, durchschüttelnder Gewalt, und die Aussicht, so wunderbar sie auch unter normalen Umständen sein mochte, war weitgehend von Wolken verhangen, als der Regen über die Landschaft zu ziehen begann. Ich mußte die Kapuze meines Anoraks hochziehen und mein Gesicht abwenden, um dem scharfen Stechen der vom Wind angepeitschten Tropfen zu entgehen. Plötzlich stand Tom neben mir und zog die Kapuze seines Dufflecoats ums Gesicht zu, während er den Wind zu überschreien versuchte.

„Meine Mutter haßt mich, Sir!"

So hatte ich es mir nicht vorgestellt! So hatten sich diese bewegenden, filmgerechten Szenen in meiner Phantasie nicht abgespielt. Die bedeutsamen Momente der Internatsarbeit sollten sich in einer warmen, behaglichen Umgebung abspielen, nicht mitten in einem heulenden Sturm auf dem Gipfel eines Hügels. Und wie sollte ich auf Toms Offenbarung reagieren? Was konnte ich sagen, das nach all diesen Jahren einen Unterschied ausmachen würde? Es war praktisch unmöglich, einfühlsam und verständnisvoll zu klingen, wenn man aus voller Kehle brüllen mußte, um sich verständlich zu machen. Ich sah in Toms Gesicht. Mit zusammengebissenen Zähnen trotzte er dem Lärm und der Kälte, während er auf meine Antwort wartete.

„Warum?“ brüllte ich.

„Das weiß ich nicht!“ rief Tom. „Ich weiß es nicht! Ich weiß es nicht! Ich weiß es nicht! Ich habe nie etwas Falsches getan! Ich habe sie gefragt, und ich habe meinen Vater gefragt, und sie sagen beide, daß ich nichts Falsches getan habe. ALSO WARUM HASST SIE MICH?“

Es wäre mir peinlich, die Auswahl banaler Antworten wiederzugeben, die ich in diesem Augenblick in Erwägung zog und wieder verwarf. Es schmeichelte mir, daß Tom sich mir gegenüber auf diese Weise geöffnet hatte, doch andererseits, was konnte ich ihm schon nützen? Es gab keine magische Antwort auf seine schreckliche Frage, und keinen schlichten Trost, der ihm den Schmerz lindern würde, den er sein ganzes Leben lang in sich getragen hatte. Plötzlich war mir die Last zuviel. Der Wind, der Regen und die Anstrengung, mir irgendeine angemessene Bemerkung abzuringen, überwältigten mich. Ich wollte schon vorschlagen, daß wir uns auf den Rückweg den Hang hinab machen sollten, als Tom zu meiner Erleichterung zuerst auf diesen Gedanken kam.

„Es ist ein bißchen naß und kalt, Sir!“ sagte er, eine Hand zur Verstärkung an den Mund gelegt. „Sollen wir zurückgehen?“

Ich nickte, vergrub meine Hände tief in den Hosentaschen und setzte mich bergab auf dem rutschigen, feuchten Boden in Bewegung. Am Fuß des Hügels war das Wetter nicht mehr so schlimm, obwohl es immer noch heftig regnete. Wir eilten die Straße entlang und die lange Einfahrt hinauf auf die Schule zu, ohne zu sprechen.

Irgend etwas Unbehagliches hatte sich zwischen uns aufgebaut, und ich wußte nicht, was es war. Ich hätte keine Zeit gehabt, auf Toms letzte Frage zu antworten, bevor er vorschlug, den Rückweg anzutreten, selbst wenn ich gewußt hätte, was ich hätte sagen sollen. Wartete er darauf, daß ich noch etwas sagte, oder war es am besten, wenn ich den Mund hielt? Als wir das Ende der Einfahrt erreichten, verlangsamte ich meinen Schritt und blieb unter der großen Kiefer stehen. Ich mußte einfach etwas sagen.

„Tom", begann ich nervös, „bevor wir jetzt hineingehen und jede Menge Leute da sind – gerade eben da oben auf dem Hügel, als du sagtest ..."

„Entschuldigen Sie, Sir", unterbrach mich Tom, höflich wie immer, das Gesicht ernst und ausdruckslos, „darf ich Sie um einen Gefallen bitten?"

Plötzlich fiel ein Tropfen von einem der überhängenden Äste genau auf meine Nase, so daß ich zusammenzuckte. Ich wischte ihn ab.

„Ja, Tom", antwortete ich aufmunternd, „natürlich. Was kann ich tun?"

Ein ganz leiser Anflug von Verzweiflung lag in der Stimme des Jungen, als er sprach.

„Bitte, Sir, könnten Sie darauf verzichten, zu den anderen Mitarbeitern zu gehen und allen zu erzählen, daß ‚Tom endlich über seine Mutter geredet hat', und, na ja, ... mit ihnen darüber zu diskutieren, so daß sie es in meine Akte schreiben und darüber reden können, was für eine gute Sache das doch sei und ... und so?"

Ich wußte nicht, was ich sagen sollte. Ganz abgesehen von der Tatsache, daß es mir meine natürliche Eitelkeit nahezu unmöglich machen würde, diesen „Durchbruch" gegenüber irgend jemandem zu erwähnen, war ich mir nicht sicher, wie meine Kollegen darauf reagieren würden, wenn ich Informationen für mich behielt.

„Sie können es Mrs. Crompton erzählen, wenn Sie wollen, Sir", fügte Tom leise hinzu.

„In Ordnung, Tom", stimmte ich dankbar zu. „Ich verspreche, daß ich es nur Mrs. Crompton erzähle, und ich werde ihr auch sagen, daß du nicht willst, daß darüber ... äh ..."

„Geklatscht wird, Sir", half mir Tom aus.

„Äh ... genau. Ja – okay, Tom. Ich werde es ihr sagen."

„Danke, Sir. Und danke für den Spaziergang."

Er wandte sich abrupt ab und trottete in Richtung des Hauses davon, gegen den Regen gebeugt, und ich blieb zurück und fragte mich, ob der Vormittag ein Erfolg gewesen war oder nicht. Der letzte Wortwechsel hatte etwas sehr Unbefriedigendes gehabt. Ich war froh, daß Tom damit einverstanden war, daß ich Ruth erzählte, was passiert war. Sie kannte sich mit diesen Dingen aus. Aber seltsam, die ganze Sache ...

Ein kleiner Schauer von Regentropfen unterbrach meine Gedanken. Ich eilte hinüber zur Küchentür und trat in die Wärme und Geschäftigkeit von Mrs. Murchisons Vorbereitungen für das sonntägliche Mittagessen.

„Kaffee, mein Lieber?" sagte die Köchin.

Ich hätte sie küssen können.

Wenige Minuten später, meinen Kaffee in der einen Hand und meinen durchnäßten Anorak in der anderen, trat ich in den Speisesaal des Neuen Hauses, in der Absicht, durch die Schwingtüren und dann hinauf zu meiner Wohnung weiterzugehen. An einem der Tische saß ein Mann und blätterte in seiner Zeitung. Als ich auftauchte, blickte er auf und sprach mich an.

„Ah, Harper der Bergkraxler, nehme ich an! Gönnen Sie mir doch für ein paar stille Minuten Ihre geschätzte Gegenwart. Vielleicht kann ich von Ihnen erfahren, wieso mir an diesem sturmumwehten Vormittag einer meiner Schützlinge fehlt."

Der Tonfall des Mannes war nicht freundlich. Dies, vermutete ich, war Steve Hepton, der andere Hausvater. Er sah sehr elegant aus mit seinem hellen, gewellten Haar, seiner Goldrandbrille und seinem gutsitzenden grauen Anzug. Sein Gesichtsausdruck und sein Ton bargen einen verhaltenen Spott, doch da war noch etwas anderes, etwas Hartes, das verletzen wollte.

Ich beschloß, höflich zu sein. Nachdem ich meine Jacke ans Ende des Heizkörpers gehängt hatte, trug ich meinen Kaffee hinüber zu seinem Tisch und setzte mich.

„Sie müssen Steve Hepton sein", fing ich an und streckte ihm über

den Tisch hinweg meine Hand entgegen. „Ich bin David Harper. Schön, Sie kennenzulernen."

„Entzückt", sagte Hepton, während er sich halb erhob und mir mit peinlichster Formvollendung die Hand schüttelte.

„Wie meinten Sie das mit dem fehlenden Schützling?" fragte ich.

„Nur", erwiderte Hepton, „daß Sie in Ihrem lobenswerten Eifer, in Ihrer Freizeit Wunderheilungen zu vollbringen, nicht bedacht haben, daß der bescheidene diensthabende Mitarbeiter in dieser Einrichtung keine Ahnung hatte, wohin Meister Verne sich verdrückt hatte. Eine Banalität, zugegeben, aber mir nicht ganz unwichtig. Da ich kein professioneller Exzentriker bin wie unser großer weißer Häuptling, ist es mir lieber, wenn die Dinge hier mehr oder weniger geordnet ablaufen. Können Sie mir folgen?"

Dieses verflixte Rotwerden! Ich hatte immer das Gefühl, daß ich dadurch sofort im Nachteil war. Ich schob mir die feuchten Haare aus der Stirn und überlegte fieberhaft, was ich sagen könnte. Wunderheilungen? Ich war wütend und verlegen, aber mir fiel keine schlagfertige Antwort ein.

„Es tut mir sehr leid", sagte ich schließlich lahm. „Der Gedanke ist mir nie gekommen, fürchte ich. Es ist das erste Mal, daß ich mit einem Jungen aus dem anderen Haus etwas unternommen habe. Sie haben recht – ich hätte Ihnen sagen sollen, was ich vorhatte. Es schien mir wichtig, und ich hatte nie daran gedacht ..."

„Oh, ich verstehe völlig", unterbrach Hepton aalglatt. „Sie planen für Ihre Autobiographie ein Kapitel mit dem Titel ‚Wie ich an einem einzigen Vormittag Thomas Vernes Retter wurde'. Tja, wenn Sie jeden Vormittag einen anderen Jungen herannehmen, werden Sie in fünf Wochen die Schule geleert und uns alle überflüssig gemacht haben. Aber Scherz beiseite ..."

Ich hatte keinen Scherz bemerkt.

„Ich kann Ihnen vermutlich eine Menge Zeit und Mühe ersparen, indem ich Sie darauf hinweise, daß Meister Verne ein Schwindler erster Güte ist und daß Ihre neugewonnene Information, daß seine spirituelle Heimat ein verfallener Kuhstall mitten in einem Sumpf ist, nichts als die neueste einer langen Reihe unterhaltsamer Phantasien ist – das heißt, unterhaltsam für unseren jungen Baron

Münchhausen. Bevor Sie also jetzt hingehen und alles in seine Akte kritzeln, würde ich das an Ihrer Stelle bedenken."

Alles in mir lechzte danach, diesem Kerl zu sagen, was Tom in Wirklichkeit heute morgen dort oben auf dem Hügel gesagt hatte. Daß ich es nicht tat, war nicht irgendeiner besonderen Charakterstärke in mir zu verdanken, sondern nur der lebhaften Erinnerung an Toms Gesicht, als er mich gebeten hatte, keinen „Klatsch" über das zu verbreiten, was er gesagt hatte. Ich nippte an meinem Kaffee und sprach so ruhig, wie ich konnte.

„Wirklich, ich glaube nicht, daß ich hier irgendwelche Wunder vollbringen werde", sagte ich, „und ich habe nicht die Absicht, ‚hinzugehen und alles in seine Akte zu kritzeln', wie Sie es ausdrücken, selbst wenn es etwas zu kritzeln gäbe, was nicht der Fall ist. Es ist nur so, daß Mr. Rowley mich gebeten hat, meine Beziehung zu Tom weiter aufzubauen, weil Mitarbeiter aus einem Haus manchmal näher an die Jungen aus dem anderen herankommen, weil sie keine disziplinäre ..."

Hepton hob in gespielter Kapitulation die Hände.

„Oh, bitte, bitte! Ersparen Sie mir die zweite Hälfte von Rowleys fünfundzwanzigster Vorlesung über Kindererziehung! Es interessiert mich herzlich wenig, was ein Mann sagt, der so viel von seiner Zeit darauf verwendet, sich genau zu überlegen, wie er spontan unkonventionell sein könnte. Unter dem Strich will Rowley damit nichts anderes sagen, als daß die erbärmlichen Fähigkeiten von solchen Mitarbeitern wie mir ergänzt – oder sozusagen übertroffen – werden sollten durch Beiträge von brandneuen Mitarbeitern wie Ihnen, die in einem anderen Haus arbeiten und die betroffenen Kinder wenig bis gar nicht kennen. Wohlgemerkt", fügte er mit abrupter und wenig überzeugender Freundlichkeit hinzu, „ich mache Ihnen keinen Vorwurf, Dave."

Dave?

„Was ich bemängele, ist die Art und Weise, wie diese Einrichtung geführt wird, und die allgemeine Qualität des Personals."

Ich glaube nicht, daß ich jemals zuvor schon nach so kurzer Bekanntschaft eine so tiefe Abneigung gegen jemanden gefaßt hatte. Was war denn an dem Personal auszusetzen, fragte ich mich.

„Eigentlich“, sagte ich leise, „fand ich alle Mitarbeiter, die ich bisher kennengelernt habe, sehr sympathisch. Sie waren sehr hilfsbereit.“

Hepton kippte seinen Stuhl auf den hinteren Beinen zurück und fischte ein Päckchen Kaugummis aus der Tasche. Er wickelte einen der rosafarbenen Streifen aus und steckte ihn sich genüßlich in den Mund.

„Zum Beispiel ...?“ fragte er kauend.

„Nun, Ruth Crompton“, sagte ich. „Sie war ganz großartig ...“

„Hat sich wahrscheinlich in Sie verguckt“, sagte Hepton. „Ich habe mir schon immer gedacht, daß die heilige Ruth nicht ganz so heilig ist, wie sie scheint. Unten im Dorf sagen sie ...“

„Dann sind da Mark Parish und Mike Merry“, unterbrach ich. Ich wollte nicht hören, was „sie“ unten im Dorf über Ruth zu sagen hatten. „Das scheinen mir sehr gute Leute zu sein.“

„Mark ist in Ordnung“, sagte Hepton großmütig, „aber der alte Mike ist eigentlich nur ein Mitläufer. Keinerlei Kontrolle. Wir haben ihn mitgeschleift, seit er hier anfing. Ganz netter Kerl, sicher, aber zu weich. Er hätte denen von Anfang an zeigen müssen, wo es langgeht.“

„Die Jungs scheinen ihn sehr zu mögen.“

„Na ja, würden Sie das nicht auch, wenn jemand Sie genau das tun ließe, was Sie wollen? Wachen Sie auf, Dave. Sie müssen die Kerle unterkriegen.“

Hepton wäre offensichtlich liebend gerne die ganze Mitarbeiterliste mit mir durchgegangen und hätte mir seine Ansichten zu jeder Person mitgeteilt, aber ich hatte genug. Ich stand auf und holte mir meinen Anorak vom Heizkörper.

„Wie auch immer, ich muß jetzt los, Steve. War nett, Sie kennenzulernen, und ich werde Ihnen bestimmt das nächste Mal vorher Bescheid sagen, wenn ich etwas mit jemandem von Ihrer Seite unternehme.“

„Das wäre ganz reizend von Ihnen“, sagte Hepton. „Wohlgemerkt, Sie sollten nicht zuviel Ihrer Freizeit mit den Jungs verbringen, sonst werden die Leute anfangen, Sie für ein bißchen verschroben zu halten.“

Er begleitete seine Rede mit einem weibischen Wedeln seines Handgelenks und einem vielsagenden Lachen.

„Übrigens", fuhr er fort, als ich schon durch die Tür gehen wollte, „der Mann, mit dem Sie sich unbedingt gut stellen sollten, ist Ashton, der ungeschliffene Diamant in diesem Laden. Ich habe zum Glück ein recht gutes Händchen für Holz- und Metallarbeiten, und daher kann Steve Hepton, was unseren illustren stellvertretenden Direktor betrifft, kaum etwas falsch machen. Wir sehen uns, Dave!"

Ich fühlte mich wie vergiftet. Auf dem Weg durch das Alte Haus traf ich Mark am Fuß der Treppe.

„Ich bin gerade zum ersten Mal Steve Hepton begegnet", sagte ich.

„Ah ja", sagte Mark und rieb sich nachdenklich das Kinn. „Dem sollten Sie lieber nicht in die Quere kommen, Dave. Er kam vorhin herüber und fragte, ob wir Tom gesehen hätten. Ich habe es ihm natürlich erklärt und gesagt, Sie hätten vermutlich nicht daran gedacht – da Sie ja neu sind und so – aber ... na ja, wie gesagt, am besten ist es, wenn Sie sich in dieser Richtung nicht unbeliebt machen, wenn es sich vermeiden läßt."

Er lächelte.

„Aber egal, wie war's mit unserem Tom? Gut unterhalten?"

„Ja", sagte ich, „ich denke schon, aber ich kann im Moment eigentlich nicht darüber sprechen."

„Dann tun Sie es auch nicht!" sagte Mark freundlich, dem die Versuchung in meinen Augen nicht entging. „Ich bin nur froh, daß es gut gelaufen ist."

Als ich ein paar Minuten später wieder in meiner Wohnung war, hatte ich durch mein Wohnzimmerfenster einen wunderbaren Ausblick auf das Unwetter. Hepton hatte mich aufgeregt. Auf irgendeine seltsame Weise ließ das heftige Wetter draußen wieder Frieden in mir einkehren.

Ich war sehr froh, daß Mark angeboten hatte, mir bis zum Abend zur Seite zu stehen. Die Atmosphäre wurde sehr rauh und gespannt, als die Jungen im Lauf des Nachmittags kleckerweise zurückkehrten. Jedes Gesicht erzählte seine eigene Geschichte. Ein paar sahen ent-

spannt aus und lächelten, doch etliche waren angespannt vor Zorn oder Unzufriedenheit. Robert marschierte wie ein kleiner Roboter ins Haus, die Kleidung immer noch sauber und ordentlich, das Haar gekämmt und vor Sauberkeit glänzend. Ich sprach ihn auf der Treppe an.

„Hattest du ein schönes Wochenende, Robert?"

„Ja, Sir", sagte Robert mit zusammengebissenen Zähnen, als trüge er einen randvollen Krug mit Wasser auf dem Kopf und hätte Angst, daß jede zu starke Bewegung seines Kiefers ihn überfließen lassen könnte. „Bin sauber geblieben, Sir."

Was für eine traurige Definition für ein schönes Wochenende, dachte ich, während Robert wie eine Statue weiter die Treppe emporstieg, um dort seine „alternativen" Kleider und die andere Brille anzulegen und sich in einen echteren Robert zu verwandeln.

Beim Tee ging es ziemlich lautstark zu, als sich die Spannung durch Schwatzen und Scherzen entlud, aber ich spürte, daß Mark die Sache im Griff hatte wie eh und je und jederzeit für vollkommene Stille hätte sorgen können, wenn er es für notwendig erachtet hätte. Es war mir peinlich, mich daran zu erinnern, wie ich am ersten Tag den Zusammenhang zwischen dem Verhalten der Jungen und Marks Einfluß übersehen hatte.

Mir wurde klar, daß ich immer noch nicht ein einziges Mal gehört hatte, daß mein stiller Kollege im Zorn die Stimme erhoben hätte. Ich fragte mich, wie das wohl sein würde, wenn es so weit kam. Ein paar Minuten, nachdem die Teestunde beendet war, fand ich es heraus.

Der Vorfall betraf zwei Jungen, Douglas, der in aggressiv mürrischer Stimmung aus dem Wochenende zurückgekehrt war, und Desmond, den Neuankömmling, der sich noch enger an seine neue Freundschaft mit Dennis klammerte, als das Haus sich mit all diesen bedrohlichen Persönlichkeiten füllte, die hier mehr zu Hause waren als er. Desmond hatte nun seinen ständigen Platz an dem Tisch, an dem Anthony, Dennis, Arnold und ich bei den Mahlzeiten saßen. Er sprach mich immer noch an, als wäre ich ein Offizier beim Militär und er ein einfacher Soldat, selbst, wenn er nur um das Salz bat. Ich hatte Mark am Nachmittag gefragt, ob der Junge seiner Meinung

nach wirklich glaubte, in der Armee zu sein, aber Mark schüttelte den Kopf.

„Nein“, sagte er, „ich glaube eher, daß der arme Kerl innerlich so ein Wackelpudding ist, daß er sich sicherer fühlt, wenn er so tut, als wäre die ganze Welt eine riesige Kaserne. Zumindest weiß man, wo man hingehört, wenn man in der Armee ist. Er wird nicht für immer so tun müssen.“

Desmond schien sich beim Tee sehr wohlzufühlen. Er und Dennis waren in eine lange, schlecht informierte Diskussion über Politik vertieft, in der ein gewisser „Pry minster“ eine gewichtige Rolle spielte und sie nach ausgedehnter Debatte zu dem Schluß kamen, daß die Queen etwa zwanzig Pfund pro Woche verdiente, wovon sie jedoch das Benzin für die Panzer der Armee bezahlen müsse. Anthony achtete gar nicht darauf. Er aß nur. Arnold hörte mit einem nachsichtigen, leichten Lächeln zu. Wahrscheinlich verstand er mehr von Politik als ich. Als die Teestunde zu Ende war, beugte er sich zu mir herüber und flüsterte mir zu:

„Dennis hat jetzt einen Freund gefunden, nicht wahr, Sir?“

„Ja, Arnold“, sagte ich, „das hat er.“

Der Ärger wurde eigentlich von Steve Hepton ausgelöst, der sich nach dem Tee, als nur noch Douglas und ich im Speisesaal waren, um die Tische abzuräumen, von der Küche her durch die Luke lehnte und mich lautstark ansprach.

„Bonsoir, Dave! Wie ich sehe, hat Parish Sie ins Gesinde abkommandiert. Was ist los? Können Sie nicht die Jugendlichen überreden, die Dreckarbeit zu machen?“

Es gelang mir, so etwas Ähnliches wie ein Lachen auszustoßen.

„Es macht mir nichts aus, das zu machen, Steve“, sagte ich, wohl wissend, daß Douglas das ganze Gespräch aufmerksam verfolgte. „Wir leben hier doch alle zusammen, warum sollten wir also nicht alle mithelfen?“

Seine Augenbrauen hoben sich vor Entzücken.

„Das ist ja eine richtige Philosophie! Wunderbar! Schon nach einer Woche ein Experte. Erstaunlich!“

Er wandte sich zum Gehen, doch dann fiel ihm etwas ein, und er drehte sich noch einmal um.

„Übrigens habe ich gehört, daß Sie einen neuen Hosenscheißer hereinbekommen haben. Da sollten wir wohl schon mal beim Schulamt neue Wäscheklammern anfordern, was? Viel Glück, Dave, mein Junge!"

Ich war sprachlos. Ich wußte, daß Douglas alles gehört haben mußte, aber mir fiel nichts ein, was ich zu ihm hätte sagen können. Ich hoffte nur, er würde barmherzig oder – was eher wahrscheinlich war – clever genug sein, um sein Wissen für sich zu behalten. Die halb geschlossenen Augen des Jungen verrieten mir nichts, als er den letzten Stapel Tischsets in der Luke ablegte und den Speisesaal verließ. Ich hätte Hepton umbringen können. Ein paar Minuten später ging ich hinüber in die Küche, um zu sehen, ob er noch da war. Er war weg, aber durch die Glastür, die zum Hof hinausführte, konnte ich etwas anderes sehen. Es war Desmond, der steifbeinig und so entschlossen, wie seine knorrige Gestalt es zuließ, durch die Pfützen in Richtung des Bürotraktes marschierte.

Einer seiner Mundwinkel war in unterdrückter Wut und Hilflosigkeit tief herabgezogen. Er gab ein groteskes, erbärmliches Bild ab. Ich eilte durch die Tür hinaus und trat ihm in den Weg, wobei ich mich ängstlich fragte, was ich wohl tun würde, wenn er nicht stehenblieb. Doch er blieb stehen und stemmte sich seine Hände mit übertriebenem Nachdruck in die knochigen Hüften. Meinem Blick wich er aus.

„Wo willst du hin, Desmond?" fragte ich freundlich.

„Ich will den Direktor bitten, mich so schnell wie möglich von hier wegzubringen!"

Desmond bellte jedes Wort einzeln heraus, verzweifelt bemüht, deutlich zu machen, wie sehr er eine ernsthafte Antwort auf seine Empfindungen brauchte. Irgendwo in seinem Inneren befand sich ein weinendes Baby. Ich spürte es irgendwie.

„Aber was ist denn passiert, Desmond?" lockte ich. „Worüber bist du so aufgeregt?"

„Hmpf!" Er hob ein Bein und stampfte damit auf den Boden. Eine einzelne Träne formte sich in einem seiner Augen.

„Hat dir jemand etwas getan, Desmond – oder vielleicht etwas zu dir gesagt?"

Die Träne fiel herab, als die Worte abgehackt aus dem Mund des Jungen hervorbrachen.

„Ich lasse mich nicht Frank den Hosenscheißer nennen!"

Beinahe hätte ich gelacht. Nicht, weil mir dieser merkwürdige Junge, der da in seiner lächerlichen Parodie einer empörten Pose vor mir stand, nicht schmerzhaft leid getan hätte, sondern wegen des Ausdrucks, den er wiedergegeben hatte. Woher das mit dem „Hosenscheißer" kam, wußte ich ja, aber was sollte mit dem Namen „Frank" ausgedrückt werden?

„Komm, Desmond", sagte ich und legte ihm eine Hand auf die Schulter.

„Laß uns gehen und das in Ordnung bringen."

Desmond widersetzte sich nicht, als ich ihn umdrehte und zurück in Richtung des Hauses steuerte. Gleich hinter der Tür trafen wir Dennis, der wild mit den Händen wedelte und vor Aufregung und Mitteilungsdrang herumhüpfte.

„Es ist schon gut, Desmond!" quietschte er. „Ich habe Mr. Parish erzählt, was Colin gesagt hat. Er hat ihn zu sich ins kleine Büro bestellt. Ich schätze, jetzt kriegt er was zu hören!"

Ich führte Desmond durch den unteren Korridor zu einem kleinen, büroähnlichen Raum, der meist verschlossen war und kaum benutzt wurde. Von der anderen Seite der Tür konnte ich nur ein leises Murmeln hören. Nachdem ich Desmond und Dennis angewiesen hatte, draußen zu warten, klopfte ich und trat ein. Colin schien nicht sonderlich viel „zu hören" zu kriegen. Der Junge, dessen Gesicht ebenso weiß war wie seine Haare rot, saß ganz still auf einem unbequemen Stuhl neben dem Fenster, während Mark, die Pfeife im Mund, auf dem großen alten Schreibtisch am anderen Ende des Zimmers thronte und den Jungen mit seinen Augen festnagelte. Er nahm einen langen Zug aus seiner Pfeife und sagte dann mit so leiser Stimme, daß ich mich anstrengen mußte, um ihn zu verstehen, zu Colin:

„Du kannst jetzt gehen, Col. Geh für zehn Minuten hinauf in dein Zimmer und denke gründlich über das nach, was ich dir gesagt habe. Ab mit dir."

Colin erhob sich wie ein Gespenst und schien nicht aus dem Zim-

mer zu gehen, sondern eher hinauszuwehen. Er sah blutleer aus. Ich wandte mich an Mark.

„Was in aller Welt haben Sie zu ihm gesagt, Mark?"

„Ach, nur daß er mich traurig gemacht hat, indem er so grausam zu Desmond war. Ich habe ihn auf die eine oder andere Leiche in seinem eigenen Keller hingewiesen, die ihm auch nicht viel Freude machen würde, wenn sie an die Öffentlichkeit gezerrt würde. Und ich habe ihm gesagt, daß es dumm von ihm ist, die ganze Drecksarbeit für Douglas zu machen. Ich habe ihn gebeten, es sich zur besonderen Aufgabe zu machen, Desmond zu schützen. Ich hätte ihn sehr gern, und deshalb solle er mich nicht verärgern – all diese Dinge eben ..."

„Dann wissen Sie also, daß Douglas gehört hat, wie Steve Hepton sagte ..."

Marks Gesicht verfinsterte sich.

„Ja, ich weiß. Unsere Arbeit ist schwierig genug, ohne daß ... wie auch immer, machen wir weiter. Ich habe Douglas gesagt, er solle herunterkommen, sobald Colin wieder oben ist."

„Dann haben Sie Colin also überhaupt nicht angeschrien? Ich bin sicher, daß ich das getan hätte."

„Hat keinen Sinn", lächelte Mark. „Jedem das Seine, Dave. Sie können Colin anschreien, bis Sie blau im Gesicht werden. Er würde nur zurückschreien. Das kann er hervorragend. Hat er sein Leben lang gemacht. Aber zeigen Sie ihm ein bißchen Wärme und Respekt, und schon weiß er nicht, was er machen soll. Wohlgemerkt ..." Er zwinkerte. „Er weiß verdammt gut, daß ich ihn durch dieses Fenster schmeißen könnte, wenn ich wollte. Das hilft ein bißchen. Douglas dagegen ..."

Er wurde durch ein leises Klopfen an der Tür unterbrochen. Sofort legte er seine Pfeife in einen gläsernen Aschenbecher auf dem Schreibtisch, durchquerte rasch das Zimmer und stellte sich am Fenster mit dem Rücken zur Tür in Positur.

„Herein!" rief er scharf.

Douglas glitt ins Zimmer und schloß mit peinlicher Sorgfalt die Tür hinter sich. Sein Blick flackerte verschlagen von meinem ausdruckslosen Gesicht zu Marks Rücken. Offenbar wirkte es äußerst

besorgniserregend auf ihn, daß der Lehrer sich nicht umgedreht hatte, als er hereinkam.

„Colin sagt, Sie wollen mich sehen, Sir."

Als Mark antwortete, war seine Stimme ebenso leise wie zuvor bei Colin, aber diesmal lag ein Anflug von mühsam unterdrücktem Zorn in seinem Ton.

„Colin hat sich geirrt, Douglas. Ich habe nicht den geringsten Wunsch, dich zu sehen. Darum schaue ich dich auch nicht an. Allerdings werde ich es nicht vermeiden können, deine Stimme zu hören. Ich habe dir nur eine Frage zu stellen. Ist es wahr, daß du an Colin eine Information weitergegeben hast, die du in einem privaten Gespräch zwischen zwei Mitarbeitern mit angehört hast, und ihn dazu angestiftet hast, einen kleineren Jungen, der gerade erst in Stapley Manor eingetroffen ist, zu verspotten und fertigzumachen?"

Douglas fuhr sich nervös mit der Zunge über die Lippen. Sein Atem beschleunigte sich und wurde tiefer.

„Es war nicht ..."

Die Lautstärke, mit der Mark plötzlich dazwischenfuhr, ließ mich zusammenzucken, von Douglas ganz zu schweigen.

„Antworte mir!"

Der Junge schluckte und verlagerte sein Gewicht von einem Bein aufs andere.

„Ja, Sir."

Mark wirbelte herum, das Gesicht beinahe bleich vor Zorn. Er trat ein paar Schritte vor, bis er dicht vor dem Jungen stand, und schrie mit einer Stimme, die noch am anderen Ende des Schulgeländes zu hören sein mußte.

„Ich werde dich mit dem Stock verprügeln, Douglas French! Ich werde dich so hart mit dem Stock verprügeln, daß du um Gnade winseln wirst!"

Er beugte sich vor, bis sein Gesicht beinahe das von Douglas berührte.

„Und dabei werde ich jedes einzelne Blöken, das du von dir gibst, in vollen Zügen genießen. Kapiert, du Maulheld?"

Douglas, der geradezu wie eingetrocknet aussah, nickte schwächlich.

Mark wandte sich abrupt von dem Jungen ab und begann, in einer offenen Schublade auf der anderen Seite des Schreibtisches fieberhaft nach etwas zu suchen.

„Wo zur Hölle ist mein Stock?“ murmelte er, während er die Schublade herauszerrte und ihren Inhalt krachend auf die Schreibtischfläche entleerte. Ein Stock war nicht dabei. Dann wandte er seine Aufmerksamkeit dem Regal an der Wand neben dem Fenster zu, doch ebenso erfolglos. Grunzend vor Anstrengung rückte er einen Aktenschrank von der Wand ab und spähte dahinter. Es war etwas zutiefst Beängstigendes an der Art und Weise, wie seine Frustration und Wut sich verstärkten, während er seine Suche fortsetzte. Er suchte überall, wo möglicherweise ein Stock verborgen sein konnte, wobei er zwischen zusammengebissenen Zähnen wilde Flüche hervorstieß, während er das Zimmer durchpflügte.

Inzwischen hatte Douglas, der offenbar innerlich die Auswirkungen all dieser zusätzlichen Frustration kalkuliert haben mußte, wenn Mark schließlich seinen Stock finden würde, eine Art gelblichgrüner Farbe angenommen. Seine Finger zupften krampfhaft am Saum seines Pullovers.

„Ich kann das verdammte Ding nicht finden!“

Mark stand mitten im Raum und ballte und öffnete die Fäuste, als wäre er in Versuchung, sie statt des vermißten Stockes zu benutzen.

„Raus!“ schrie er plötzlich den verschreckten Jungen an. „Verschwinde, solange du deine elende Haut noch hast! Und schätze dich glücklich, daß ich meinen verdammten Stock nicht finden konnte! Wenn ich noch einmal höre, daß du so etwas machst, benutze ich keinen Stock – dann benutze ich einen verdammten Stuhl! Jetzt raus!“

Douglas nahm die Beine in die Hand.

Als sich die Tür schloß, taumelte Mark hinüber zum Fenster und ließ sich auf den Stuhl fallen, auf dem Colin zuvor gesessen hatte.

„Puh!“ keuchte er, während er ein Taschentuch hervorholte und sich die Schläfen abwischte. „Das war anstrengend. Ich werde wohl alt.“

Ich fühlte mich selbst ziemlich erschöpft.

„Ich bin nur froh, daß Sie Ihren Stock nicht finden konnten", sagte ich. „Sie hätten ihn sicher beinahe umgebracht."

Mark lächelte schwach. „Was für einen Stock?" fragte er. „Ich habe gar keinen Stock. Ich habe noch nie einen Stock gehabt. Ich darf gar keinen Stock benutzen. Den Stock habe ich nur erfunden. Aber ich sage Ihnen was – ich wette mit Ihnen um mein ganzes nächstes Monatsgehalt, daß unser Freund Douglas sich so fühlt, als hätte er fünf Abreibungen damit bekommen."

„Ja", erwiderte ich, „da haben Sie wohl recht ..."

Der Rest des Abends verlief bemerkenswert friedlich. Colin und Douglas verhielten sich äußerst unauffällig, und die übrigen Jungen schienen außerordentlich beeindruckt davon zu sein, wie „Mr. Parish hochgegangen" war, wie Henry es nannte. Mark ging gegen acht, ohne daß die meisten der Jungen es bemerkten, und ich war nicht übermäßig erpicht darauf, sie darauf aufmerksam zu machen. Das Schlafengehen ging sehr zivilisiert vor sich, obwohl die Wochenendfahrer zurückgekehrt waren, und als ich meine letzte Runde durch die Flure machte, um die Lichter auszuschalten und gute Nacht zu sagen, verspürte ich eine warme Glut der Befriedigung. Meine erste Woche als Betreuer in einem Internat war bisweilen äußerst schwierig gewesen, aber ich war immer noch hier, und die Dinge begannen, sehr interessant auszusehen. Freilich mußte ich immer noch mit dem Problem George Ashton fertig werden, aber mit der Zeit ...

Ich erreichte Arnolds Zimmer. Es gab eine Frage, die ich Arnold stellen wollte.

„Arnold", sagte ich, nachdem ich ihm die Decken untergesteckt hatte, „darf ich dich etwas fragen?"

„Ja, Sir", antwortete der Junge, die resonante Stimme vom Bettzeug gedämpft.

„Warum", fragte ich mit gesenkter Stimme, „haben sie Desmond ‚Frank' genannt, als sie ihn verspottet haben?"

„Wegen seiner Kopfform, Sir", sagte Arnold.

Ich ließ mir diese Information durch den Kopf gehen.

„Das verstehe ich nicht, Arnold."

„Sein Kopf ist ein bißchen eckig, Sir, wie der von Frankensteins

Monster in den Filmen. Frank ist die Abkürzung für Frankenstein. Das ist eigentlich nicht ganz richtig, Sir, weil es ja der Wissenschaftler war, der Frankenstein hieß, nicht das Monster, und überhaupt sieht Mary Shelleys Monster überhaupt nicht so aus wie das in den Filmen, Sir, oder?"

„Äh ... nein, Arnold, du hast ganz recht, und vielen Dank auch."

„Gute Nacht, Sir."

„Gute Nacht, Arnold."

Ich ging zu Bett, innerlich erwärmt von einer besonders köstlichen Vorfreude. Morgen würde ich Annie sehen.

Zehntes Kapitel

Es war ein seltsames Gefühl, als ich am nächsten Morgen vor dem Lebensmittelladen in den Bus stieg. Es war eine so intensive Woche gewesen, daß es mir, obwohl ich wirklich voller Vorfreude war, nach Tunbridge Wells zu fahren und Annie zu sehen, fast unmöglich war, meine Gedanken von den Leuten und den Situationen fortzureißen, die ich in Stapley Manor hinter mir ließ. Mein eiliges Gespräch mit Ruth Crompton, kurz bevor ich aufbrach, hatte das keineswegs besser gemacht. Ich hatte sie auf dem Weg nach draußen auf dem Hof getroffen und war stehengeblieben, um ihr eine kurze Schilderung meiner Wanderung mit Tom zu geben, wobei ich am Schluß auch seine Sorge erwähnte, als „Fall" erörtert zu werden. Während mein grüner, einstöckiger Bus aus Stapley heraus in Richtung Hauptstraße rumpelte, erinnerte ich mich an den besorgten Ausdruck auf ihrem Gesicht, nachdem ich meinen Bericht abgeschlossen hatte.

„Natürlich ist es gut, daß er angefangen hat, sich zu öffnen", hatte sie gesagt. „Was mich beunruhigt, ist, daß er nur so wenig von dem herausgelassen hat, was er wirklich empfindet. Jetzt, wo er angefangen hat, die Mauer abzutragen, habe ich das Gefühl, daß uns eine gewaltige Explosion bevorstehen könnte, und da Sie derjenige sind, gegenüber dem er sich geöffnet hat, könnte es sein, daß Sie die Zielscheibe sein werden."

Das gab mir zu denken. Es fiel mir schwer, mir vorzustellen, wie der ernste, zurückhaltende Tom, in welchem Sinne auch immer, „explodierte". Der Kontrast würde geradezu beängstigend bizarr sein. Allerdings auch faszinierend.

Ich dachte an Dennis und seinen neuen Freund, und an Arnold, der immer noch keinen Freund hatte. Ich fragte mich, ob es mir je gelingen würde, eine Beziehung zu Martin Jarrold aufzubauen, der mir immer noch nicht verzeihen konnte, daß ich nicht Mr. Boon war. Wie erging es wohl Twinkle drüben im Neuen Haus, sinnierte ich, und was für ein Mensch mochte Mrs. Hepton sein? Was in aller

Welt konnten Henry und James angestellt haben, daß man sie von zu Hause fortgeschickt hatte? Konnte irgend jemand tatsächlich etwas tun, um dem dicken Anthony zu helfen? Wer war der unbekannte Besitzer der körperlosen Stimme? Vielleicht konnte ich mir, wenn ich zurückkam, eine Liste von allen Jungen machen und ...

Ein Hinterrad des Busses geriet in ein Schlagloch, so daß ich wie ein Schachtelmännchen von meinem Sitz emporgeschleudert wurde. Ich plumpste wieder herab, endlich abgelenkt von meiner fieberhaften Versunkenheit in Dinge, von denen ich jetzt eigentlich abschalten sollte. Draußen bemühte sich eine wäßrige Sonne schwächlich, die Landschaft zu beleuchten. Plötzlich wurde mir klar, daß wir schon einige Meilen hinter uns gebracht hatten und ich jetzt zum ersten Mal etwas jenseits des Fensters bemerkt hatte. Normalerweise schaute ich dauernd hinaus – vielleicht wäre es nicht schlecht, wenn Colin und Douglas kein gemeinsames Zimmer hätten, denn dann wäre ...

Ich schüttelte den Kopf und blinzelte krampfhaft. Das war ja lächerlich! Noch nie in meinem Leben war meine Aufmerksamkeit so von einer Sache gefesselt gewesen, und dabei hatte ich erst sieben Tage hinter mir! Ich war erst eine halbe Stunde weg, und schon jetzt fieberte ich danach, zurückzufahren und mich zu vergewissern, daß ohne meine unverzichtbare Gegenwart nichts „schiefgegangen" war. Ich zwang mich, an Annie zu denken, und als wir noch zwei Meilen nördlich von Mayfield waren, gewann sie eindeutig die Oberhand. Später, als ich an der Haltestelle gegenüber der Kirche *King Charles the Martyr* in Tunbridge Wells aus dem Bus stieg, war Stapley Manor zu einer vagen Erinnerung geworden, und alles, was ich wollte, war, sie wiederzusehen. Wir hatten uns in der *Pantiles* verabredet, einer Fußgängerzone, die wir beide sehr mochten und in der sich meine Wohnung befunden hatte, bevor ich nach Stapley umgezogen war. Ich sah sie am anderen Ende des von Bäumen gesäumten Fußweges stehen, die Nase dicht vor einem Schaufenster. Ich schaffte es, bis zu ihr zu kommen und ihr auf die Schulter zu tippen, bevor sie sich umdrehte.

Ich hatte ganz vergessen, wie warm Annie war und wie sehr ich jemanden brauchte, den ich festhalten und dem ich nahe kommen

konnte. Wir hielten uns fast eine Minute lang umschlungen, bevor einer von uns etwas sagte. Endlich trat Annie zurück, ohne meine Hände loszulassen, und musterte mit leicht schiefgelegtem Kopf und freudestrahlenden Augen mein Gesicht.

„Hallo, David“, sagte sie. „Wir sind wieder zusammen.“

Mein Mund war so straff zu einem breiten, albernen Grinsen gespannt, daß ich kaum sprechen konnte.

„Hallo, Annie“, brachte ich endlich heraus. „Du bist meine Freundin.“

Ich wußte, sie würde verstehen, wie ich das meinte.

„Ja“, sagte sie leise, „wir sind Freunde, abgesehen von allem anderen, nicht wahr?“ Sie lächelte wie ein kleines Kind. „Willst du deine Freundin immer noch heiraten?“

„Oh ja“, antwortete ich, „schon allein aus steuerlichen Gründen ...“

Der Rest des Tages verlief so nahezu vollkommen, wie er nur sein konnte, doch gegen Abend wurde ich etwas unruhig. Nicht einmal der Schatten eines Streits den ganzen Tag über, während wir spazierengingen, uns unterhielten und zusammen aßen.

„Ach ja“, dachte ich, als wir am Abend in das behagliche Stimmengewirr und Gläsergeklirr des „King's Head“ traten, „wir haben ja auch noch nicht über die Sache mit Annies Bewerbung um die Stellung der Hausmutter gesprochen.“

Aus irgendeinem Grund hatte den ganzen Tag über keiner von uns das Thema zur Sprache gebracht. Vielleicht hatten wir Angst davor, den Frieden zu stören. Wir hatten uns über meinen Job unterhalten, über die Leute, die ich kennengelernt hatte – alles, was sich ereignet hatte.

Es war wunderbar gewesen, alles jemandem zu erzählen, der wirklich wissen wollte, wie ich mich fühlte. Ich hatte dem Gedanken nicht widerstehen können, wie herrlich es sein würde, wenn Annie jeden Tag dort wäre und sich mit denselben Leuten und Dingen beschäftigen würde. Gewiß würde sie kommen wollen. Schließlich würden wir so immer zusammen sein können.

„Annie“, sagte ich, nachdem wir uns mit unseren Gläsern in einer der kleinen Nischen niedergelassen hatten, „hast du über das nach-

gedacht, worüber wir neulich gesprochen haben? Über den Job, meine ich – hast du dich schon entschieden, ob du dich bewerben willst?"

„David", sagte Annie ganz leise, „ist dir eigentlich klar, daß du mir, seit wir uns heute morgen getroffen haben, nicht eine einzige Frage über meine Arbeit gestellt hast?"

„Aber es ist ..."

„Versteh mich nicht falsch", unterbrach mich Annie. „Ich sage nicht, daß mich das sonderlich stört. Ich will nur deutlich machen, daß meine Arbeit – das, was ich mache – mir sehr wichtig ist. Es geht nicht nur darum, mich um einen anderen Job zu bewerben, sondern auch darum, ob ich auch die Krankenpflege aufgeben will. Verstehst du, was ich sagen will?"

„Natürlich", sagte ich gereizt. „Ich bin ja nicht dumm."

Einen Augenblick lang sagte keiner von uns etwas. Ich fischte in meinem Bier nach einem imaginären Krümel und sprach dann, ohne aufzublicken.

„Du willst also sagen, daß du dich nicht um den Job bewerben wirst?"

Annie lehnte sich zurück und warf sich mit einer fassungslosen Bewegung die Haare hinter die Schultern.

„Du hast mich nicht verstanden, was? Du hast nicht einmal versucht, mich zu verstehen! Wir sitzen hier zu zweit, und wir sind beide gleichermaßen wichtig. Ich bin nicht nur ein Spiegel, in dem du David Harper bewundern kannst. Wir werden später sowieso zusammen sein, und ich will jetzt keine Entscheidungen treffen, die ich später bereue. Ich weiß, du gehst ganz in der Arbeit mit diesen Jungen auf, und das ist großartig! Ich bin wirklich froh, daß du etwas gefunden hast, das dich so sehr interessiert, aber ich stehe mitten in meinem Beruf, und ich habe keinen besonderen Grund, zu glauben, daß ich glücklicher oder auch nur genauso glücklich wäre, wenn ich dasselbe täte wie du. Wenn wir schon dabei sind, warum kommst du nicht und läßt dich zum Krankenpfleger ausbilden, dann könnten wir beide dasselbe machen wie ich!"

„Das ist doch albern!" sagte ich ungeduldig. „Laß uns wenigstens vernünftig reden, wenn wir schon reden. Ich hatte noch nie auch

nur das leiseste Interesse am Fiebermessen und Bettpfannenwechseln."

Diese bewußt absurde Zusammenfassung der krankenpflegerischen Tätigkeiten kam bei Annie, die ihren Beruf schon immer sehr ernst genommen hatte, überhaupt nicht gut an. Sie lehnte sich über den Tisch nach vorn, um alle Verärgerung, die sie empfand, in ihr Flüstern hineinlegen zu können, das für die anderen Leute im Pub unhörbar war.

„Und ich habe nicht das leiseste Interesse daran, die Entsorgung der schmutzigen Unterhosen kleiner Jungen zu überwachen, während du auf Bergkuppen herumschwebst und bedeutsame Gespräche führst! Ich vermute, so würde unsere Rollenverteilung aussehen?"

Ich rang innerlich mit mir, ob ich über diese Bemerkung tief verletzt und empört sein sollte oder nicht. Ich entschied mich dagegen. Mit einer weinenden, verletzlichen Annie konnte ich fertig werden. Eine zornige Annie war eine ganz andere Sache. Ich beschloß, die Initiative an mich zu reißen, indem ich einen reifen, verantwortungsvollen Friedensvorstoß unternahm. Mit beiden Händen umklammerte ich entschlossen mein Bierglas, blickte stetig in die zornigen, grauen Augen und schlug einen sachlichen, aber versöhnlichen Ton an.

„Hör mal, laß uns nicht streiten, Annie. Ich war ein bißchen gedankenlos ..."

„Richtig."

Mit einer übermenschlichen Anstrengung fuhr ich fort.

„Aber es hat keinen Sinn, unsere gemeinsame Zeit mit Streiten zu vergeuden. Morgen muß ich zurück. Hör zu – wie wäre es damit, wenn ...?"

„Ja?" erwiderte Annie wachsam, legte ihren Kopf ein wenig schief und musterte mich argwöhnisch aus leicht zusammengekniffenen Augen. „Was?"

„Wie wäre es, wenn du für ein Wochenende herunterkommst, nur um dich mit der Umgebung vertraut zu machen und die Jungs kennenzulernen, und, na ja ... zumindest den Gedanken in Erwägung zu ziehen? Und wenn du zu dem Schluß kommst, daß es dir wirklich nicht gefallen würde, dann ..."

„Dann wirst du sagen: ‚Schön, Annie, Liebling. Ich respektiere deine Entscheidung und akzeptiere sie absolut, und ich werde nicht für den Rest unseres Lebens immer wieder darauf herumreiten, und ich werde nicht schmollen oder wütend werden, selbst wenn mir danach ist'? Das ist es doch, was du sagen wirst, nicht wahr, David, Liebling?"

„Äh ... ja, so ungefähr."

Ich versuchte, mit keiner Wimper zu zucken, aber Annies Augen, die nun in gespielter Wißbegier weit geöffnet waren, machten es mir unmöglich, zu verhindern, daß sich ein verlegenes Lächeln des Eingeständnisses über mein Gesicht ausbreitete. Sie kannte mich so gut.

„Also, jedenfalls werde ich versuchen, nicht zu schmollen oder wütend zu werden, Annie. Das werde ich wirklich. Was meinst du?"

„Na schön." Sie lächelte und zuckte die Achseln. „Ich würde sowieso gern für ein Wochenende kommen, aber vorher denke ich über eine Bewerbung nicht einmal nach, und ich gebe dir keinerlei Versprechen. Okay?"

„Okay", sagte ich fröhlich, erleichtert, daß der Konflikt sich nicht weiter ausdehnen würde. „Das ist in Ordnung. Laß uns noch einen trinken."

Der Abschied von Annie am nächsten Morgen vor dem Krankenhaus war schrecklich. In diesem Augenblick, glaube ich, hätte um Haaresbreite jeder von uns nahezu alles getan, was dazu geführt hätte, daß wir hätten zusammenbleiben können. Doch wie immer in solchen Situationen ist ein Haar ziemlich breit, und wir gingen pflichtschuldig, wenn auch sehr traurig, unserer getrennten Wege.

Später, als ich in Steves verbeultem alten Cortina auf dem Weg zurück nach Stapley war, schilderte ich ihm die Probleme, die ich mit den Reparaturen im Alten Haus hatte.

„Da ist ein Spind", sagte ich verzweifelt zu Steve, „der es auf mich abgesehen hat, seit ich dort bin. Er ist entschlossen, sich seine Tür nicht wieder anbringen zu lassen, was immer ich auch tue. Ich leime ihn und bringe Scharniere an und messe ihn ab und schraube ihn fest, und dann schleiche ich mich so leise wie möglich auf Zehenspitzen davon, aber bis ich am Ausgang bin, hängt die Tür schon wieder

herab oder zerbricht oder fällt ab, und ich muß wieder von vorne anfangen. Der macht das mit Absicht, Steve, ich schwöre es dir. Unbelebte Gegenstände hassen mich."

„Warum akzeptierst du nicht einfach, daß du es nicht kannst?" sagte Steve pragmatisch. „Geh hin und sag diesem Ashton, daß du von diesem Teil des Jobs keinen Schimmer hast, und bitte ihn, dir zu zeigen, wie es gemacht wird. Nichts leichter als das!"

„Mmmm ... schon möglich."

Insgeheim dachte ich, daß George Ashton höchstwahrscheinlich der Meinung war, daß ich auch von allen anderen Teilen des Jobs keinen Schimmer hätte. Es würde mir sehr schwer fallen, ihn um Hilfe zu bitten. Wieder einmal kam mir der Gedanke, daß Ruth Crompton und der Direktor den Stellvertreter zu Boden geschlagen, sich auf seine Brust gekniet und angefangen haben mußten, ihm alle Zähne auszuziehen, bevor er sich mit meiner Einstellung einverstanden erklärte. Steve sagte noch etwas.

„Schließlich, seien wir ehrlich – du hast denen gesagt, du könntest so etwas, und du kannst es nicht. Also bist du es, der im Unrecht ist, stimmt's?"

„Ja, Steve", gab ich unglücklich zu. „Warum kannst du nicht ein Freund von der schmeichelnden, stiefelleckenden Sorte sein?"

Steve lächelte grimmig.

„Und es riskieren, von Annie verprügelt zu werden? Du machst Witze!"

Es war Teezeit, als ich wieder in der Schule eintraf. Niemand war zu sehen, als Steve den Wagen fachmännisch auf dem Hof wendete, mich absetzte und mit einem Winken in Richtung Ausfahrt verschwand. Einen Moment lang blieb ich ganz still in der Mitte des Hofes stehen, nachdem der Wagen fort war, und lauschte nur. Schwach konnte ich das Gemurmel der Stimmen und gelegentliches Gelächter aus den Speisesälen der beiden Häuser hören. Ich war wieder da. Im Bauch spürte ich jenes Flattern der Furcht und Erregung, das mir schon vertraut war, und merkte, daß ich mich geradezu darauf freute, am folgenden Morgen wieder zu arbeiten. Es war ein angenehmes Gefühl, aber es sollte nicht lange anhalten. Als ich über den Asphalt hinweg auf das Alte Haus zuging, kam Steve Hepton

aus der Küchentür, ließ seinen Blick über die freie Fläche vor ihm schweifen und rief mich an, als er mich entdeckte.

„Dave! Ein Wort in Ihre Muschel."

Ich wartete, während die formvollendete, elegant gekleidete Gestalt auf mich zukam. Irgendwie wußte ich, daß das, was ich gleich hören würde, mir nicht gefallen würde. Hepton trug einen Gesichtsausdruck voll hämischer Vorfreude vor sich her. Er blieb vor mir stehen, eine Hand in der Hosentasche, die andere lässig vor dem Brustbein liegend – wie ein Schauspieler.

„Ich habe den Wagen gehört", sagte er, „und da dachte ich, ich komme mal heraus und schaue nach. Wissen Sie, wir haben ein winzig kleines Problem am Hals, Dave, und angesichts der Tatsache, daß Sie Toms Fall übernommen haben, sollten Sie darüber informiert sein."

„Ich habe nicht ..."

„Die Sache ist die, daß Meister Verne nicht mehr unter uns weilt."

Ein panischer Schauder durchfuhr mich.

„Was soll das heißen?"

„Das soll heißen", sagte Hepton und ließ sich jedes Wort auf der Zunge zergehen, „daß Tom nach Ihrer Wundermission zum Gipfel jenes Berges am Sonntag immer zurückgezogener und schweigsamer wurde. Er unternahm einen kleinen Ausflug aus seiner selbstergebauten Schale, um mich zu fragen, ob er Ihre hochgeschätzte Person besuchen dürfe. Natürlich informierte ich ihn, daß Sie, obwohl Sie ihm am Vortag Ihre Freizeit so großzügig zur Verfügung gestellt hatten, nunmehr nicht auf dem Gelände und somit leider nicht erreichbar seien, was immer er auch von Ihnen wünsche. Gestern gegen Mittag machte er sich einfach unsichtbar, und seitdem ist er nicht wieder aufgetaucht."

Einen Augenblick lang verspürte ich nichts als Erleichterung. Ich hatte schon gedacht, er hätte gemeint, daß Tom tot sei. Doch als ich mich auf das einstellte, was Hepton mir gerade erzählt hatte, folgte ein Gefühl des Schreckens auf dem Fuße.

„Sie meinen, er war die ganze Nacht über draußen?"

„Ganz richtig."

„Und niemand hat eine Ahnung, wo er steckt?"

„Absolut niemand. Die Polizei wurde informiert. Der stellvertretende Direktor und der arme alte Mike sind während der letzten vierundzwanzig Stunden immer wieder durch die Landschaft gestreift, in der Hoffnung, den Jungen ausfindig zu machen. George Ashton ist gerade jetzt draußen auf der Suche. Was für ein Aufruhr, was, Dave? Es sieht wohl so aus, als hätte seine Offenbarung Ihnen gegenüber, der Traum seines Lebens sei es, in einem riesigen Kaninchenbau zu leben oder was auch immer, keine sonderlich heilsame Wirkung gehabt."

„Wollen Sie damit sagen, es sei meine Schuld, daß er weg ist?"

Offensichtlich war es nicht Heptons Art, seine Meinung direkt zu sagen, besonders, wenn sie negativ war.

„Lieber Himmel, nein, Dave. Wahrscheinlich ist es purer Zufall, daß er, der in der Vergangenheit noch nie weggelaufen ist, das ausgerechnet jetzt tut, nachdem Sie, ein neuer und unerfahrener Mitarbeiter, sich alle Mühe gegeben haben, etwas zu erreichen, was keinem von uns bisher gelungen ist."

Wäre ich nicht so besorgt um Tom gewesen, so hätte ich Hepton an diesem Punkt die Nase eingedrückt. Es hätte mich wohl nicht so sehr gestört, wenn er einfach wütend gewesen wäre, aber der Groll, den er offenbar in sich trug, äußerte sich auf so beißende Art und Weise, daß er bei mir eine gleichartige Reaktion hervorrief. Ich drehte mich um und ging ohne ein weiteres Wort ins Haus. Die Teestunde war noch im Gange, als ich die Haupttreppe hochstieg und meine Wohnung aufschloß.

Zum Glück war niemand sonst in der Nähe. Die Luft in der Wohnung war sehr kalt und etwas feucht. Ich schaltete meinen Heizlüfter ein und vergewisserte mich, daß alle Fenster fest verschlossen waren, denn ich hatte keine Lust, mich über Nacht zu erkälten und einen jener Grippeanfälle zu bekommen, die ich mir so leicht einzufangen schien. Im Schlafzimmer fand ich meine Wärmflasche auf dem Boden des Schrankes. Es war eine Sache weniger Minuten, etwas Wasser zu erhitzen und die Flasche zwischen die Decken meines Bettes zu stecken, um jegliche Spuren von Feuchtigkeit zu beseitigen. Mit dem Wasser, das noch im Kessel war, machte ich mir einen schwar-

zen Kaffee, den ich mit hinüber zum Sessel nahm, der so stand, daß ich zum Fenster hinausschauen und die Hügel jenseits des Tales sehen konnte. Während ich dort saß und meinen Kaffee schlürfte, überlegte ich, ob Tom irgendwo dort draußen war, sich mit seinem Schmerz irgendwo in einem Winkel versteckte und verzweifelt versuchte, die Explosion hinauszuzögern, die Ruth vorhergesagt hatte. Er war die ganze Nacht draußen gewesen. Ohne Wärmflasche, ohne heiße Getränke, ohne alles, was ihn hätte wärmen oder trösten können. War es meine Schuld? Spielte das überhaupt eine Rolle? Schuldgefühle und Sorge folgten in Wellen aufeinander, als ich endlos dort saß und zuschaute, wie das Tageslicht in Dunkelheit überging, bis ich nur noch die Sterne am Himmel und die Lichter von Stapley gelb und orange unten im Tal funkeln sah.

Ich schaute auf das Leuchtzifferblatt meiner Armbanduhr. Es war acht Uhr dreißig. Seit drei Stunden saß ich hier in derselben Stellung. Ich stand auf und streckte mich mühsam. Zeit, Licht zu machen. Genau in dem Augenblick, in dem meine Finger den Schalter umlegten, zerbarst das erste Fenster. Die Übereinstimmung war sogar so präzise, daß ich für einen Augenblick der Verwirrung und des Schrecks dachte, die beiden Ereignisse wären durch irgendein Naturgesetz, von dem ich nie gehört hatte, ursächlich miteinander verbunden. Dann bemerkte ich den großen Stein, der plötzlich mitten auf meinem Teppich lag, umgeben von Scherben und Glassplittern.

Als ich mich bückte, um den Stein aufzuheben, in Panik und unfähig, mir einen Reim auf den Vorfall zu machen, mit wild pochendem Herzen, explodierte ein zweites Fenster vor mir. Ein zweites Geschoß, diesmal ein halber Backstein, verfehlte nur knapp meinen linken Fuß, als er auf dem Boden aufschlug und polternd weiter rollte, bis er hinter der Stelle, wo ich kniete, zum Stillstand kam. Der Gedanke, das Licht auszuschalten, kam mir nie.

Ich war völlig gelähmt von der Situation, sonst wäre mir klar gewesen, daß mein Angreifer ein perfektes Ziel vor sich hatte, sobald ich auf den Schalter gedrückt hatte. Ohne richtig zu merken, was ich tat, kam ich langsam auf die Beine und wich voller Entsetzen in Richtung des Spülbeckens zurück, wobei ich meine Aufmerksam-

keit so starr auf die noch übrigen Fenster richtete, daß ich den halben Ziegelstein vergaß und krachend rückwärts gegen die harte Holzkante des Abtropfbrettes stolperte, während im selben Moment ein drittes Fenster einwärts in tausend Stücke zerbarst. Aus der pechschwarzen Nacht draußen zerschmetterte jemand brutal die Außenseite meines kleinen, beleuchteten Cockpits. Es war, als attackierte jemand einen Raum direkt im Innern meines Kopfes. Unfähig, dem Ansturm noch länger standzuhalten, kauerte ich mich neben der Spüle hin, hob die Arme schützend über den Kopf und kniff die Augen fest zusammen, als die beiden übrigen Fenster in rascher Folge zersprangen. Danach kehrte eine lange, hallende Stille ein.

Nach etwa einer Minute öffnete ich die Augen und sah mich im Zimmer um. Nur meine Augäpfel bewegten sich, während ich das Ausmaß des Schadens zu ermessen versuchte. Glas, Erde und Steine lagen überall. Alle fünf großen Hauptfenster waren zerstört, während die kleinen darüber irgendwie der Vernichtung entgangen waren. Als mein Gehirn langsam wieder seine Arbeit aufnahm, streckte ich einen Arm an der Wand empor und schaltete das Licht aus. Die Dunkelheit erleichterte mich sofort. Jetzt war ich in gleicher Position wie mein unsichtbarer Angreifer. Er konnte mich genauso wenig sehen wie ich ihn. Vielleicht sogar noch schlechter.

Ich stand auf und tastete mich behutsam zum Fenster hinüber. Bei jedem Schritt knirschte das Glas unter meinen Füßen. Als ich durch ein scharfkantiges Loch in einer Scheibe hinabspähte, konnte ich das Gebiet rund um die Blumenbeete und den Tenniscourt ganz deutlich sehen, da das Licht aus den Spielzimmern des Alten und Neuen Hauses, das durch die geschlossenen Vorhänge hinausdrang, ein sanftes, orangefarbenes Leuchten über das Gelände hinter dem Haus warf. Es war niemand zu sehen. Er, sie oder es mußte sich in die Bäume und Büsche auf der anderen Seite des Tenniscourts zurückgezogen haben oder einfach um die Ecke des Gebäudes außer Sicht verschwunden sein.

Warum war niemand aus der Glastür an der Hinterseite gekommen, um herauszufinden, was da los war? Die anderen mußten doch das Zersplittern der Glasscheiben gehört haben. Ich wandte mich vom Fenster ab und blieb einen Moment lang stehen, unsicher, was

ich als nächstes tun sollte. Was immer es war, vorher würde ich mich beruhigen müssen. Mein rasender Herzschlag hatte sich ein wenig verlangsamt, aber ich zitterte immer noch am ganzen Körper. Unglaublicherweise hatte der ganze Vorfall vom Bersten des ersten Fensters bis zum letzten nicht länger als dreißig Sekunden gedauert, doch ich fühlte mich, als ob ich seit Stunden belagert würde. Seltsam, daß mir nie in den Sinn kam, ich könnte die Person kennen, die für das soeben Geschehene verantwortlich war, obwohl ich nicht hätte sagen können, warum ich meinte, daß ein völlig Fremder daran interessiert sein könnte, halbe Ziegelsteine so zielsicher in meine Richtung zu schleudern.

Als es plötzlich an meiner Tür klingelte, wäre ich beinahe aus dem Fenster gesprungen. Alptraumartige Bilder geisterten durch meine Vorstellung, von wild blickenden Axtmördern, die auf der andere Seite der Tür kauerten und darauf warteten, daß ich auftauchte, um ihre Klingen in meinen Schädel zu graben.

„Du bist ein Idiot!" sagte ich in einem wilden Flüstern zu mir selbst. „Das ist sicher nur jemand, der heraufkommt, um zu sehen, was passiert ist. Wahnsinnige Axtmörder klingeln nicht einfach so an der Tür. Mach das Licht an und öffne die Tür!"

Das Wohnzimmerlicht anzuschalten, wagte ich nicht. Statt dessen langte ich durch die Schlafzimmertür und schaltete dort das Licht ein. Wenn die Tür ganz aufgeschoben war, wurde dadurch der kleine Bereich vor meiner Eingangstür völlig ausreichend erleuchtet. Ich holte tief Atem, schob den Riegel zurück und zog die Tür langsam auf.

Es war Tom. Schmutzig, verwahrlost und mit brennenden, flehenden Augen, aber zweifelsohne Tom. Ich wußte sofort, daß er es gewesen war, der mir all meine Fenster zertrümmert hatte. Die meisten normalen Leute hätten das schon früher gewußt. Einige Augenblicke lang sagte keiner von uns etwas. Toms Mund arbeitete und zuckte lautlos, als ob er es einfach nicht schaffte, seine Gefühle und Gedanken richtig in Worte zu fassen. Ich sagte nichts, weil mir nicht klar war, was ich war. Opfer, Freund, Mitarbeiter, empörter Hausherr – was war ich?

„Ich bin weggelaufen, Sir."

Es war Tom, der als erster das Schweigen brach. Seine weit aufgerissenen, starrenden Augen wichen nicht von meinen ab. Ich nickte beinahe unmerklich. Mit hauchender, vor Emotionen stockender Stimme fuhr Tom fort.

„Ich habe mich im Lagerschuppen versteckt, Sir. Ich weiß, wie man das Türschloß aufmachen kann. Da ist oben drin ein Fenster. Ich habe Ausschau gehalten – abgewartet, bis Sie zurückkamen, und dann, als es dunkel war, bin ich – bin ich herausgekommen und habe drüben beim Tenniscourt ein paar Steine und so eingesammelt, und dann, als Sie Ihr Licht angemacht haben, habe ich angefangen, Ihre Fenster einzuwerfen, Sir. Ich war es. Ich – ich habe Ihre Fenster eingeschmissen, Sir ..."

Ich nahm die Worte kaum war. Es war Toms kaum verhüllter Kummer, der sich hier überwältigend ausdrückte. Dies, zusammen mit dem noch nachwirkenden Schock, den ich gerade erlebt hatte, verursachte einen emotionalen Aufruhr in mir, der dringend nach einem Auslaß verlangte. Als ich merkte, daß ich selbst kurz davor war, in Tränen auszubrechen, wandte ich mich von dem Jungen ab, ging zurück ins Wohnzimmer und rang die Hände vor mir, während ich verzweifelt nach irgendwelchen Kraftquellen in mir suchte, um mit dem fertig zu werden, was um mich her und in mir vor sich ging. Ich betätigte den Lichtschalter und bahnte mir meinen Weg durch den Schutt, entfernte eine Glasscherbe vom Sessel und setzte mich, trotz der Kälte dankbar für die frische Nachtluft, die mir durch die klaffenden Löcher in den Scheiben ins Gesicht wehte. Tom war mir gefolgt. Er kam zu mir und blieb neben meinem Sessel stehen. Seine hochgewachsene Gestalt hing müde in dem nun ziemlich heruntergekommenen Dufflecoat.

„Ich habe Ihnen die Fenster eingeschmissen, weil ..."

Tom brach ab, als etwas in ihm sich seinen Weg ins Freie zu kämpfen versuchte. Er schluckte zwei- oder dreimal und kniff die Augen fest zusammen, während er sich so weit in die Gewalt bekam, daß er wieder sprechen konnte.

„Ich habe Ihnen die Fenster eingeschmissen, weil – ich wollte, daß Sie wissen – ich wollte, daß Sie wissen, wie sehr – wie sehr ..."

Plötzlich brach der Damm unaufhaltsam. Tom sank auf die Knie

herab, als sein ganzer Körper von heftigen Krämpfen geschüttelt wurde und riesige Tränen aus seinen Augen quollen und ungehindert an seinem weißen, zerknitterten Gesicht herabliefen. Instinktiv streckte ich meine Arme nach ihm aus. Kaum berührten meine Hände seine Schultern, da rückte er schon zu mir heran wie ein kleines Kind, schob sich über die Armlehne meines Sessels auf meinen Schoß und rollte sich so eng zusammen, wie sein sechzehnjähriger Körper es erlaubte. Seine Fäuste krallten sich in meinem Pullover fest, und er preßte sein Gesicht gegen meine Brust. Eine Welle tränenerstickten Zorns durchlief mich heiß, als ich spürte, wie all diese Jahre fassungslosen Elends und Schmerzes in gewaltigen Fontänen des Kummers aus dem zitternden Leib hervorbrachen, den ich so unzulänglich in meinen Armen wiegte. Es war nicht fair! Wer immer daran schuldig oder unschuldig war, es war einfach nicht fair!

Es gelang mir nicht, meine eigenen Tränen zurückzuhalten, als ich, klarer, als Worte es mir je hätten mitteilen können, nachfühlte, welche Leiden Tom ertragen und niemals auszudrücken gelernt hatte, seit etwas in seinem Leben so fürchterlich falsch gelaufen war, als er ein kleines Baby war. Ich beugte meinen Kopf auf seinen herab und weinte über ihn, während er über sich selbst weinte. In dieser Position fanden uns George Ashton und Mike Merry vor, als sie wenige Minuten später in meine Wohnung kamen.

Tom hatte aufgehört zu schluchzen und lag nur noch still und gleichmäßig atmend gegen mich gelehnt. Der größte Teil der Spannung hatte sich jetzt entladen, und sein Körper fühlte sich ganz entspannt an. Mein Gefühlsaufruhr wich zusehends der Erschöpfung. Ich glaube, ich hätte ohne weiteres an Ort und Stelle einschlafen können. Als ich merkte, daß jemand hereingekommen war, hob ich müde den Kopf, um zu sehen, wer es war. Dem Gesicht des Stellvertreters war nicht anzusehen, was er dachte. Es war mir in diesem Moment auch ziemlich egal.

„Meine Güte! Was für ein Chaos!"

Mike Merry inspizierte die Fenster.

„Wer hat sie zerschlagen?" fragte George Ashton konventionell. Seine Reaktion zu der ganzen Szene wirkte bisher bemerkenswert gleichgültig. Interessierte er sich tatsächlich nur für die Fenster?

Auf seine Frage hin hob Tom den Kopf. Nachdem er sich sorgfältig entrollt hatte, kletterte er von meinen Knien herab, wischte sich nutzlos mit der Hand über sein schmutziges, tränenverschmiertes Gesicht und stellte sich neben dem Stellvertreter auf, die Hände tief in den Taschen seines Dufflecoats vergraben. Seite an Seite musterten sie die Trümmer meiner Fenster.

„Ich habe sie zerschlagen, Sir", sagte Tom mit überraschend fester Stimme.

„Verstehe", sagte der Stellvertreter, ebenso ruhig. „Tja, dann wirst du sie wohl bezahlen müssen, nicht wahr?"

„Ja, Sir", sagte Tom. „Und dann werde ich noch eine Strafe bekommen, Sir."

„Eine Strafe?"

„Dafür, daß ich die Fenster zerschlagen habe. Es ist gegen die Regeln, Fenster zu zerschlagen."

„Das stimmt", nickte der Mann. „Dann werde ich mir wohl ein paar Jobs überlegen müssen, um in den nächsten paar Wochen deine Freizeit auszufüllen, was? Du kannst damit anfangen, daß du morgen mittag mithilfst, hier neue Fenster einzusetzen. Die Geschichte wird dich dein ganzes Geld und einiges von deiner Kraft kosten, mein Junge."

„Ja, Sir", sagte Tom mit angemessen zerknirschtem Ton.

Mir wurde plötzlich klar, daß die Bindung zwischen George Ashton und Tom Verne stark und tief verwurzelt war, wenn der Junge es auch bisher nie fertiggebracht hatte, sich wirklich zu öffnen. Mike Merry grinste wie ein Honigkuchenpferd.

„Und dann bist du ja auch ausgerissen", sagte er. „Wegen dieser Sache mußt du zum Direktor. Er wird dich vermutlich verprügeln, Tom."

„Ja, Sir", sagte Tom und nickte in seiner vertrauten, ernsten Art. „Das wird er wohl – oder mich erschießen."

„Oder dich erschießen, ja!" rief Mike, offenbar entzückt über diese Aussicht.

„Also, bevor Mr. Merry mit dir hinuntergeht und dir etwas zu essen verschafft und ich mit Mr. Harper losziehe und ihm das eine oder andere große Bier ausgebe, ist die Frage", fügte der Stellvertre-

ter hinzu, während er die Arme verschränkte und Tom unter seinen buschigen Augenbrauen hervor ansah, „wenn man all das bedenkt – war es das wert?"

Tom sah immer noch furchtbar aus – bleich und müde und schmutzig. Aber es lag ein Anflug eines neuen Glanzes in seinen Augen, als er für einen Moment zu mir herüberblickte und dann wieder George Ashton ansah.

„Ja, Sir", sagte er mit leiser, aber fester Stimme, „das war es."

Dieser Abend signalisierte einen neuen Anfang in meiner Beziehung zu George Ashton. Bei dem versprochenen einen oder anderen großen Bier ließ er sich von mir die ganze Geschichte erzählen, die sich mit Tom abgespielt hatte, und strafte seine ziemlich knorrige Art Lügen, indem er sich als einfühlsamer und interessierter Zuhörer erwies. Mit Unterstützung des Alkohols raffte ich auch den Mut zusammen, ihm zu gestehen, daß ich nicht ganz ehrlich in bezug auf meine praktischen Fähigkeiten gewesen war – offensichtlich keine allzu große Überraschung für den Stellvertreter, der sich erbot, mir ein paar Unterrichtsstunden in den Grundtechniken des Reparierens zu erteilen, falls ich interessiert sei.

Kurz nachdem die letzte Bestellrunde eingeläutet worden war, lehnte sich George zurück gegen die polierten Eichenpaneele des „Old Moon" und sagte im Tonfall eines durch gutes Bier milde gestimmten Mannes:

„Wissen Sie, ich war mir nicht sicher, ob Sie in Stapley bestehen könnten, und ich bezweifle nicht, daß Sie und ich im Laufe der Zeit noch unsere Meinungsverschiedenheiten haben werden, aber ich sage Ihnen was ..."

Er beugte sich vor und senkte seine Stimme.

„Nach dem heutigen Abend bin ich verdammt froh, daß ich die anderen überredet habe, Ihnen den Job anzubieten!"

Elftes Kapitel

Es war beinahe eine Erleichterung, am nächsten Tag wieder zu den alltäglichen Schwierigkeiten der Arbeit mit der Gruppe zurückzukehren. Jegliche Seifenblasen, die ich mir nach dem Vorfall mit Tom über meine Fähigkeiten als Internatsbetreuer hätte einbilden können, wären durch die Ereignisse des Vormittags rasch zum Platzen gebracht worden. Meine Probleme betrafen insbesondere zwei Jungen, nämlich den dicksten und den größten im Alten Haus.

Der dickste Junge, Anthony Fitton, fügte sich den meisten alltäglichen Anforderungen ohne Widerworte, wenn auch lustlos, doch er zeigte absolut keine Begeisterung für irgend etwas, das sich nicht verzehren ließ. Ich hatte ihn in der kurzen Zeit als uninteressante, unattraktive Persönlichkeit kennengelernt, aber ich wäre nie auf den Gedanken gekommen, daß er gewalttätig werden könnte. Doch als an diesem Mittwochmorgen das Frühstück vorbei war, wußte ich, wie gefährlich er werden konnte.

Das Verhängnis nahm seinen Lauf, als ich plötzlich merkte, daß wieder einmal Dennis den Tischdienst an unserem Tisch verrichtete. Als er sich nach dem Tischgebet erhob und sich durch das Gedränge in Richtung Luke schlängelte, um das Müsli abzuholen, dachte ich zurück an die Mahlzeiten, bei denen ich während der letzten Woche anwesend gewesen war. Ja, es bestand kein Zweifel – ausnahmslos jedesmal hatte Dennis den Tischdienst bei uns übernommen. Als die ersten beiden Schüsseln mit Cornflakes eintrafen und Dennis sich mit seinen unsicheren Schritten auf den Weg machte, um mehr zu holen, lehnte ich mich zur Seite und sprach Arnold an.

„Arnold, wie oft soll eigentlich beim Tischdienst abgewechselt werden?“

„Jeden Tag, Sir“, flüsterte Arnold hilfsbereit. „Wir wechseln jeden Tag ab.“

„Ja, aber an diesem Tisch macht ihr das nicht so, oder, Arnold?

Dennis macht es immer. Zumindest hat er es jedesmal gemacht, wenn ich dabei war. Woran liegt das?"

Arnold runzelte nachdenklich die Stirn.

„Das weiß ich eigentlich nicht, Sir. Ich glaube, er macht es eben einfach, und wir lassen ihn eben einfach, weil ... ich weiß nicht, Sir."

„Nun, warte mal einen Moment, Arnold", sagte ich und blickte mich in der Runde der anderen Jungen an unserem Tisch um, „laß mich mal nachdenken."

Inzwischen hatte jeder sein Müsli bekommen. Dennis und Desmond, die ihres als letzte bekommen hatten, waren dabei, Zucker und Milch hinzuzufügen, wobei manches tatsächlich in ihre Schüsseln gelangte, manches freilich weit daneben. Anthony versuchte, die Glasur vom Boden seiner Schüssel zu kratzen, wobei er eines seiner kleinen Perläuglein auf den Teller mit Butterbroten gerichtet hielt, der aus irgendeinem Grund näher an seinem Platz stand als an irgendeinem anderen. Wen sollte ich auswählen, um aus der Routine auszubrechen und den Tischdienst für den Rest des Tages zu übernehmen? Anthony blickte plötzlich auf und bemerkte, daß ich ihn ansah. Ein fettes Glitzern trat in seine Augen.

„Wollen Sie nicht Dennis auf einen Stuhl stellen und Fragen beantworten lassen, wie es Mr. Boon immer gemacht hat, Sir?"

Verärgerung durchfuhr mich augenblicklich.

„Warum sollte ich so etwas tun wollen, Anthony?" fragte ich scharf.

Anthonys Augen verschwanden in seinem Kopf, als sein Gesicht sich zu einem breiten, hämischen Grinsen verzog. Seine Schultern zitterten vor lautlosem Gelächter.

„Das ist so witzig!" quietschte er. „Wenn der da auf dem Stuhl steht und blöde guckt. Los, Sir – stellen Sie ihm ein paar Fragen!"

Da war etwas an Anthonys Art, das mich rasend machte. Was fiel ihm ein, anzunehmen, ich könnte irgendwelche Befriedigung daraus ziehen, Dennis zu demütigen? Was sagte das über die Meinung aus, die er von mir hatte? Ich wollte seine dicke, eigensüchtige Schale durchdringen – wollte ihm bewußt machen, daß ich Macht über ihn hatte. Er hatte inzwischen seine Müslischüssel zur Seite ge-

stellt und streckte gerade seine Hand nach den Butterbroten aus. Ich langte über den Tisch und zog ihm elegant den Teller weg.

„Davon kriegst du nichts mehr!“ verkündete ich, während ich den Teller neben meinem Tischset abstellte. „Heute wirst du ausnahmsweise einmal etwas für die anderen übrig lassen. Außerdem kannst du ab sofort den Tischdienst für den Rest des Tages übernehmen. Räum die Schüsseln ab und hol die Teller von der Luke. Auf! Beweg dich!“

Das Grinsen war von Anthonys Gesicht verschwunden, sobald ich ihm die Butterbrote weggenommen hatte. Seine Augen funkelten zornig. Ich griff offensichtlich in den wichtigsten Bereich seines Lebens ein.

„Geben Sie mir ein Butterbrot!“ zischte er giftig.

Ich registrierte, daß der Lärm an den anderen Tischen verstummt war. Alle hörten zu. Wenn es mir nur gelang, die Nervosität, die ich verspürte, aus meiner Stimme herauszuhalten.

„Ich habe dir gesagt, daß du kein Butterbrot mehr bekommst, Anthony. Außerdem habe ich dir gesagt, daß du mit dem Tischdienst anfangen sollst. Ich schlage vor, daß du tust, was dir gesagt wird, sonst bekommst du überhaupt kein Frühstück mehr.“

Der Haß in Anthonys Augen war unbeschreiblich.

„Dennis macht den Tischdienst!“

„Genau“, erwiderte ich. „Er macht ihn viel zu oft. Jetzt bist du dran. Niemand an diesem Tisch wird noch etwas zu essen bekommen, falls du es nicht holst. Also, wenn du willst, daß wir alle hier sitzen und nichts tun, bis es Zeit für die Jobs ist, liegt es an dir – aber denk daran, es ist deine Entscheidung.“

Ich drehte mich zu den anderen Tischen herum.

„Ihr anderen könnt ruhig weiter essen. Das hier hat nichts mit irgend jemandem sonst zu tun.“

Der Lärm an den anderen Tischen ging weiter, jetzt mit erhöhter Lautstärke, als die Jungen auf das Drama reagierten, das sich an meinem Tisch abspielte. Ich stöhnte innerlich. Wie sollte ich diese Situation auflösen? Anthony saß unbeweglich auf seinem Stuhl, den Blick auf die Butterbrote gerichtet, die Lippen zu einem störrischen Schmollen vorgeschoben. Arnold, Dennis und Desmond schauten

sehnsüchtig zu, wie an den anderen Tischen Toast und gebratene Tomaten verzehrt wurden.

„Mir macht es nichts aus, den Tischdienst zu machen, Sir", sagte Dennis hoffnungsvoll.

„Ich fürchte, darum geht es nicht, Dennis", erwiderte ich, verschränkte meine Arme und versuchte, gelassen und erwachsen zu klingen. „Mir selbst würde es auch nichts ausmachen, den Tischdienst zu übernehmen, aber ich habe Anthony darum gebeten, und wenn er es nicht tut, wird es niemand tun."

Die Sekunden vergingen. Anthony rührte sich nicht. Ich schwitzte vor Zorn und Verlegenheit. Plötzlich konnte ich es nicht länger ertragen. Wenn er sich nicht bewegte, würde ich ihn dazu bringen, sich zu bewegen! Ich schob meinen Stuhl zurück, stand auf und ging um den Tisch herum, bis ich hinter der rundlichen Gestalt stand, die immer noch unbeweglich auf ihrem Stuhl hockte.

„Du wirst den Tischdienst übernehmen!" sagte ich mit Nachdruck und legte meine Hand auf seinen Arm, in der Absicht, ihn physisch von seinem Sitz zu befördern.

Die Klingenspitze verfehlte mich nur knapp. Anthony war blind herumgewirbelt, sobald ich ihn berührte, und hatte seine Linke, in der er Desmonds Frühstücksmesser hielt, in Richtung meines Bauches gestoßen. Ob er wirklich vorhatte, mich niederzustechen, weiß ich nicht. Vielleicht stach er absichtlich vorbei. Was immer seine wirkliche Absicht gewesen war, die Wirkung auf mich war umwerfend. Ich war noch nie in meinem Leben körperlich angegriffen worden. Irgendwie schaffte ich es, seine Handgelenke zu packen und das Messer aus seiner linken Hand zu Boden zu schütteln. Meine Knie hatten sich in Pudding verwandelt, und ich spürte einen pulsierenden Schmerz hinter meinen Augen, als ich ihn auf seinem Stuhl niederhielt und mich fragte, was ich als nächstes tun sollte. Von irgendeinem der anderen Tische hörte ich die vertraute, anonyme Stimme ganz leise sagen:

„Los, Ant. Mach ihn fertig."

„Soll ich Anthony übernehmen, Mr. Harper?"

Dem Himmel sei Dank! Es war Ruth. Sie stand im offenen Durchgang zwischen dem Spielzimmer und dem Speisesaal.

„Das wäre keine schlechte Idee, Mrs. Crompton", sagte ich, nach Kräften bemüht, die Anspannung in meiner Stimme nicht durchklingen zu lassen. „Für uns hier ist er im Moment jedenfalls nicht zu gebrauchen."

Unter den anderen Jungen herrschte jetzt Totenstille. Was hatten Leute wie Ruth und Mark nur an sich? Ich spürte einen plötzlichen Stich der Niedergeschlagenheit. Warum konnte ich nicht einen derartigen Respekt auf mich ziehen?

„Komm, Anthony", sagte Ruth leise, „komm mit mir."

Ich ließ Anthonys Handgelenke los und trat zurück. Er kletterte von seinem Stuhl und ging geradewegs hinüber zu Ruth, die seine geräumige Gestalt durch die Tür und außer Sicht geleitete. Der Lärm hob wieder an. Arnold flüsterte mir diplomatisch zu:

„Soll ich Anthonys Tischdienst übernehmen, da er ja nicht mehr hier ist?"

„Ja, Arnold", sagte ich. Mir war in diesem Moment völlig gleichgültig, was weiter geschah. „Tu das bitte."

„Sie haben sich sehr ungeschickt verhalten, David", sagte Ruth zehn Minuten später.

„Ich weiß", erwiderte ich unglücklich. „Ich wußte es eigentlich schon im selben Moment. Ich wollte Anthony einfach an den Kragen; er machte mich rasend. Und es nervt mich, daß er so dick ist. Ich weiß, das ergibt keinen Sinn, aber es ist so!"

Wir standen vor der Küche und beobachteten Anthony, wie er sich so eifrig, wie es seine Körperfülle zuließ, mit dem Kehren des Hofes zu schaffen machte. Am Montag waren die Jobs neu verteilt worden, und dies würde bis zur nächsten Woche seine tägliche Aufgabe sein. Zwei Minuten zuvor war er zu mir gekommen, um sich zu entschuldigen und mir zu versprechen, daß er für den Rest des Tages den Tischdienst übernehmen würde.

„Ich weiß genau, was Sie meinen, David", sagte Ruth nach kurzem Nachdenken, „aber das ist gerade der Punkt. Bei einem Jungen wie Anthony können Sie es sich nicht leisten, aus Ihrem eigenen Zorn heraus zu handeln. Er ist so störrisch, wie er nur sein kann, und sehr heimtückisch, wenn er in die Enge getrieben wird. Sie müssen einen

Weg finden, seinen eigenen Schwung auszunutzen, ähnlich wie beim Judo, schätze ich. Mr. Rowley war früher ein Meister in dieser Kunst."

„Na ja", sagte ich, „zumindest klang seine Entschuldigung eben einigermaßen aufrichtig. Er schien sehr darauf bedacht zu sein, sich mit mir wieder gut zu stellen."

Ruth seufzte.

„Ja, nicht wahr? Aber ich fürchte, das hat mehr mit dem Essen zu tun als mit allem anderen. Der gute Anthony würde nahezu alles tun, um die Futterzufuhr am Laufen zu halten. Er kommt aus einer sehr großen Familie, die fast kein Geld hat – sein Vater ist ein Alteisenhändler. Ich bin sicher, daß er manchmal tatsächlich um seinen Anteil kämpfen mußte. Aber ich habe noch nie gehört, daß er bisher so einfach nach einem Messer gegriffen hätte."

Ich erschauerte unwillkürlich.

„Falls es Sie tröstet, David, ich bezweifle sehr, daß das ein geplanter Versuch war, Sie niederzustechen, mehr eine Art Um-sich-Schlagen. Aber das zeigt, wie vorsichtig Sie sein müssen, nicht wahr?"

Falls dieses Messer mich erwischt hätte, überlegte ich, hätte es mich wohl kaum sehr getröstet, daß Anthony nur „um sich geschlagen" hatte. Doch ich wollte nicht allzuviel Aufhebens wegen des Vorfalls machen. Ruth schien ihn als Teil der alltäglichen Arbeit zu betrachten. Vermutlich würde ich es mit der Zeit ebenso empfinden, so unwahrscheinlich es mir jetzt auch erschien.

„Wie auch immer", fuhr Ruth lebhaft fort, „wie üblich bin ich herübergekommen, um eine Sache zu tun, und habe dann etwas völlig anderes getan. Eigentlich wollte ich mit Ihnen über etwas reden – nun ja, zwei Dinge eigentlich. Erstens habe ich von Tom und den Fenstern und alledem gehört, was gestern abend passiert ist, und ich wollte Ihnen sagen ..."

Sie senkte den Blick und lachte verlegen auf.

„Ich weiß gar nicht so recht, was ich sagen wollte. Wahrscheinlich einfach nur, daß ich froh bin, daß Sie es waren, zu dem er zurückgekommen ist, und ... nun, ich freue mich sehr, daß seine Blockierung sich jetzt zu lösen beginnt, und – und es tut mir leid wegen Ihrer Fenster!"

Wir brachen beide in Gelächter aus über diesen Abschluß von Ruths schwächlichem Versuch, mir ihre Gefühle mitzuteilen. Es spielte keine Rolle. Ich wußte, was sie zu sagen versuchte.

„Die andere Sache", sagte Ruth, immer noch vor sich hin lächelnd, „war das mit dem Job der Hausmutter, von dem ich Ihnen neulich erzählt habe. Sie haben doch mit Annie darüber gesprochen, nicht wahr?"

„Oh ja", sagte ich mit etwas übertriebenem Ernst, „sie ist wirklich interessiert – na ja, sie ist interessiert, aber ..."

„Aber sie weiß nicht, ob sie ihren eigenen Beruf aufgeben will, um einen Job zu machen, von dem sie nichts versteht. Richtig?"

„Äh ... ja, das ist es so ungefähr", bestätigte ich, verblüfft darüber, wie treffend Ruth die Situation beschrieben hatte. „Sie sagt, sie würde gerne herkommen und ein Wochenende lang hier bleiben, bevor sie überhaupt daran denkt, sich zu bewerben, und selbst dann ... ich weiß nicht ..."

„Nun, Sie dürfen sie nicht drängen, David. Lassen Sie sie für ein gewöhnliches Wochenende herkommen, und dann ... warten Sie mal!"

Ruth rieb sich mit dem Finger einen Wangenknochen, als ihr ein Gedanke kam.

„Wie wäre es mit einem Zeltlager, David? Warum machen Sie nicht mit der Gruppe einen Wochenendausflug und laden Annie ein mitzukommen? Sie könnten schon kommendes Wochenende fahren, wenn die Wettervorhersage einigermaßen ist. Wird vielleicht etwas kühl werden, aber Sie könnten ein Lagerfeuer machen und reichlich Decken mitnehmen – das könnte ein Riesenspaß werden."

„Was – Sie meinen mit Zelten?" fragte ich zweifelnd.

Sie lachte. „Tja, die könnten auf einem Zeltlager von Nutzen sein – ja."

„Mmmm, ich weiß nicht recht ..."

In diesem Moment trat Anthony in meinen Blickwinkel, den Besen in der Hand, und seine kleinen Augen zuckten mit ungewohnter Besorgnis hin und her.

„Denken Sie darüber nach", sagte Ruth. „Wir sehen uns später."

Sie entfernte sich in Richtung der Büros.

„'Tschuldigung, Sir", quietschte Anthony, „ich bin fertig mit meinem Job. Könnten Sie ihn für mich kontrollieren, bitte?"

Ich musterte unsere Hälfte des Hofes. Sie war makellos. Dann sah ich wieder Anthony an. Er war eine sehr trübsinnige, kleine, dicke Person.

„Ist es in Ordnung, Sir? Ich habe es so gut gemacht, wie ich konnte."

Nach den Gedanken an Annie verspürte ich einen Hang zur Großzügigkeit.

„Es ist perfekt!" schwärmte ich. „Absolut perfekt! Gut gemacht, Anthony. Du kannst gehen und deinen Besen wegstellen."

Er schickte sich an, seine Körperfülle zu wenden, hielt jedoch dann inne.

„Und es tut mir leid wegen heute morgen, Sir. Ich mache den Tischdienst an unserem Tisch."

„Ich habe dir doch schon gesagt, Anthony, ich vergebe dir. Das ist jetzt alles Vergangenheit."

„Dann darf ich heute abend mitessen wie immer, ja, Sir?"

„Ja, Anthony."

Ein tiefer Seufzer der Erleichterung entwich den wulstigen Lippen. In den eng zusammenstehenden Augen erschien ein helles, beinahe mystisches Licht.

„Oh, prima, danke, Sir! Heute gibt's nämlich Pfannkuchen mit Marmelade!"

Als ich ins Alte Haus zurückkehrte, stieß ich auf mein zweites Problem an diesem Vormittag. Martin Jarrold, der älteste Junge in der Gruppe, war griesgrämig und unkooperativ gewesen, seit ich ihn an jenem ersten Morgen auf der Treppe angehalten und gezwungen hatte, zumindest so zu tun, als ob er sich wasche. Speziell in diesem Bereich gab es inzwischen keine Konflikte mehr. Er schlurfte grimmig jeden Morgen im Schlafanzug aus seinem Zimmer in den Waschraum und kehrte wenige Minuten später etwas feuchter, aber nicht weniger grimmig wieder zurück. Einen richtigen Kontakt zwischen uns gab es jedoch immer noch nicht, und mehr als eine Konfrontation hätte beinahe damit geendet, daß er seine Faust gegen

mich erhob. Offen gesagt, ich hatte Angst vor ihm. Er war nicht nur viel kräftiger gebaut als ich, sondern war auch sehr geistesgegenwärtig. Mark Parish hatte mir erzählt, daß er und Tom wahrscheinlich die intelligentesten Jungen in der Schule seien – zumindest potentiell. Wenn man mit Martin die Klingen kreuzen wollte, sagte er, dann mußte man auf sehr sicherem Boden stehen. Bisher hatte ich bei allen, außer den unübersehbarsten seiner Verstöße die Augen zugekniffen, aber seine belastende, negative Präsenz in der Gruppe verursachte mir ein ständiges Unbehagen.

An diesem Morgen entzündete sich der Konflikt an seinem Zimmer, das zufällig meiner Wohnung am nächsten lag. Nachdem ich Anthony auf dem Hof verlassen hatte, eilte ich durchs Haus, um die anderen Jobs zu kontrollieren, und warf im Vorbeigehen einen Blick in jedes Zimmer, um mich zu vergewissern, daß sie einigermaßen aufgeräumt waren. Als die Jungen anfingen, sich vor den Stufen zur Versammlung anzustellen, schien alles in Ordnung zu sein. Eine rasche Zählung ergab, daß nur Dennis und Desmond auf dem Hof noch fehlten, aber ich fand sie bald im Spielzimmer, wo sie eifrig damit beschäftigt waren, irgendein Formular in einer Zeitschrift auszufüllen.

„Kommt, ihr beiden", sagte ich, „ihr seid die letzten. Bewegt euch!"

„Aber ..." Dennis wedelte mit der Zeitschrift.

„Nehmt sie mit! Los – ab mit euch!"

Als die beiden Jungen aus dem Zimmer purzelten, fiel mir ein, daß ich die beiden Endzimmer auf dem mittleren Korridor noch nicht kontrolliert hatte. Das eine war das Zimmer von Dennis und Desmond, das andere das von Martin Jarrold. Ich sprang die Hintertreppe hinauf, wohl wissend, daß unten in der Schlange das Chaos ausbrechen würde, wenn ich zu lange ausblieb. Doch bis nach der Versammlung wollte ich nicht warten, denn wenn eines der Zimmer nicht in Ordnung war, würde ich mich wieder dem Zorn der furchterregenden Mrs. Gage ausgesetzt sehen. Ich hatte noch keinen Weg gefunden, mit dieser Dame fertig zu werden.

Das Zimmer, in dem Dennis und Desmond wohnten, befand sich, wie immer, in jenem fast ordentlichen Zustand, der das Ergeb-

nis bereitwilliger Inkompetenz ist. Dennis gab sich immer viel Mühe, und Mrs. Gage hatte den ernsthaften kleinen Jungen ins Herz geschlossen, so daß hier alles in Ordnung war.

Ich ging den Korridor entlang, um noch einen ganz kurzen Blick in das andere Zimmer zu werfen, doch als ich die offene Tür erreichte und in Martins Zimmer schaute, war mir, als wäre ich gegen eine Wand gelaufen. Mir sank das Herz. Das Zimmer sah aus, als hätte darin ein Elefant einen epileptischen Anfall erlitten. Das Bettzeug lag überall auf dem Boden verstreut, die Matratze hing schwer an einer Seite aus dem Bett herab, die Schubladen waren herausgezogen und ihr Inhalt im Zimmer verteilt, und ein Vorhang war von seinen Haken am Ende der Gardinenstange abgezogen, so daß er schlaff und ungleichmäßig über dem Heizkörper hing. Ich trat einen Schritt vor und blieb dann stehen. Ein Katastrophengebiet wie dieses konnte ich unmöglich mit ein paar Handgriffen in Ordnung bringen. Ich würde Martin zurückholen müssen, um das zu erledigen. Er würde die Versammlung versäumen. Wenn er deswegen in Schwierigkeiten geriet – nun, dann hatte er sich das nur selbst zuzuschreiben.

Ich rannte die Haupttreppe hinunter, den unteren Korridor entlang und hinaus auf den Hof. Die Jungen aus dem Neuen Haus waren jetzt ebenfalls vor den Stufen angetreten. Sie rührten sich nicht und sprachen kein Wort, während sie darauf warteten, daß Steve Hepton, der ihnen auf den Stufen gegenüberstand wie ein müder Hauptfeldwebel, ihnen das Signal gab, ins Schulgebäude einzurükken. Die Jungen aus dem Alten Haus standen eher in Grüppchen als in einer Linie, lachten und unterhielten sich lautstark. Henry hielt einen kleinen, sehr lebhaften Jungen namens Ronald, mit dem ich bisher noch nicht viel zu tun gehabt hatte, mit beiden Händen am Unterarm gepackt und verdrehte die Hände gegeneinander, so daß sich die Haut spannte und brannte. Ronald kreischte ungehemmt, als der Schmerz in seinem Arm anschwoll.

„Okay!" rief ich und spürte schon wieder die Röte in meinen Wangen, als ich Heptons sardonisches Lächeln eher fühlte als sah. „Ruhe jetzt, und in einer Reihe anstellen! Henry, würdest du bitte Ronalds Handgelenk loslassen? Also, bitte!"

„Er war frech zu mir, Sir“, sagte Henry empört. „Er hat Arschloch zu mir gesagt!“

„Es ist mir egal, was er ...“

„Das habe ich nicht gesagt, Sir! Ich habe nur ...“

„Es interessiert mich nicht, was du zu ihm gesagt hast, Ronald. Ich will nur ...“

„Hat er doch, Sir! Also – es war nicht ganz genau dasselbe Wort. Ich habe es geändert, damit es nicht so unanständig klingt, aber in Wirklichkeit hat er ...“

„Also, du sagst auch immer solche Sachen zu mir!“

„Hört mal her! Ich habe euch gerade gebeten ...“

„Aber nur, weil du mich immer so ärgerst, du Giftzwerg!“

„Arschloch!“

„Sandkastentiger!“

„Warzenschwein!“

„HALTET DEN MUND!“ brüllte ich, zutiefst beschämt über den Kontrast im Benehmen der beiden Häuser.

Warum zum Kuckuck ließ Hepton seine kleinen Soldaten nicht einfach einmarschieren und ließ mich allein, um hier klarzukommen? Ich wußte, daß er meine Verlegenheit genoß. Henry und Ronald hatten nach meinem letzten Fanfarenstoß ihre Feindseligkeiten auf später verschoben, und eine etwas ungeordnete, aber erkennbare Reihe hatte sich gebildet. Martin Jarrold stand ziemlich am Ende der Schlange und überragte Dennis und Desmond, die in so steif militärischer Haltung dastanden, wie es ihr unsymmetrischer Körperbau erlaubte. Martin blickte gelangweilt und apathisch drein. Wie üblich hing eine fettige Haarlocke über seinen Augen.

„Martin“, rief ich ihm vom vorderen Ende der Reihe aus zu, „ich glaube, du weißt schon, was ich dir zu sagen habe.“

Sofort senkte sich völlige Stille herab. Jede Konfrontation zwischen Martin und mir bot aus der Sicht der anderen Jungen die Aussicht auf erstklassige Unterhaltung.

„Ja, Sir“, sagte Martin unerwartet und schob sich die Locke aus den Augen.

Ich blinzelte. So einfach konnte das doch nicht sein!

„Also, würdest du dann bitte gehen und das erledigen, Martin.“

„Ja, Sir", sagte Martin, „gern."

Ich war so verblüfft über die bereitwillige Reaktion des Jungen, daß ich ein paar Augenblicke brauchte, um zu registrieren, daß er sich, nachdem er schlurfend seinen Platz in der Reihe verlassen hatte, nicht in Richtung des Hauses wandte, sondern in entgegengesetzter Richtung zur Rückseite des Schulgebäudes, wo sich das „unsichtbare" rauchende Gebüsch befand.

„Wo gehst du hin, Martin?" erkundigte ich mich verdutzt.

Er blieb stehen und wandte mir seinen Blick voll schwerfälliger Geduld zu.

„Ich gehe das erledigen, wie Sie sagten, Sir."

„Was erledigen?"

„Eine Kippe rauchen, Sir."

„Eine Kippe ...?"

„Ja, Sir. Sie sagten, daß Sie glauben, ich wüßte, was Sie mir zu sagen haben. Wußte ich auch. Ich wußte, Sie wollten zu mir sagen, daß Sie wollen, daß ich gehe und eine rauche. Dann haben Sie mir gesagt, ich solle gehen und das erledigen, also gehe ich jetzt nach hinten und rauche eine. Stimmt etwas nicht?"

Es ertönte ein Chor entzückten Gelächters von den Jungen des Alten und des Neuen Hauses. Hinter mir hörte ich, wie Steve Hepton leise mitlachte. Würde ich je in der Lage sein, mit einer solchen Situation fertig zu werden, ohne so dämlich zu zittern?

„Geh und warte vor dem Büro im Alten Haus auf mich, Martin", preßte ich zwischen zusammengebissenen Zähnen hervor.

„Ich fürchte, ich habe nur noch eine Kippe, Sir, falls Sie darauf gehofft haben. Aber wenn Sie möchten, können wir uns die ja teilen."

Eine weitere Lachsalve ertönte von Martins begeistertem Publikum, während der hochgewachsene Junge sich umdrehte und lässig dem Alten Haus entgegenschlenderte. Hepton tippte mir auf die Schulter.

„Ich hoffe, Sie denken nicht, ich wollte mich einmischen, alter Junge", flüsterte er, „aber wie wäre es, wenn ich beide Gruppen mit hinein nehme, während Sie hingehen und eines Ihrer kleinen Wunder bei unserem humoristischen Freund vollbringen?"

Das Angebot war zu gut, um es abzulehnen, was immer ich auch von der Art hielt, in der es vorgebracht wurde. Während ich den Hof überquerte, hörte ich, wie der Hausherr des Neuen Hauses sich an meine Jungen wandte.

„Also schön, ihr Burschen! Ende der Kabarettvorstellung. Ab sofort wird gespurt."

Zu meinem höchsten Verdruß verstummten das Gelächter und die Kommentare auf der Stelle. Was hatte der, das ich nicht hatte, um Himmels willen?

Im Haus fand ich Martin Jarrold, der sich auf dem großen Heizkörper am Fuß der Haupttreppe lümmelte. Ich beschloß, diesmal geradeheraus zu sprechen.

„Dein Zimmer ist ein einziges Chaos", sagte ich unverblümt. „Ich will, daß du hinaufgehst und es aufräumst."

„Und ich will, daß Sie hinaufgehen und es aufräumen", sagte Martin leichthin, „also, wie wäre es, wenn wir eine Münze werfen?"

Ich fuhr mir mit der Zungenspitze über die unangenehm trockenen Lippen.

„Ich wüßte nicht, wieso du damit davonkommen solltest, Dinge zu tun – ich meine, Dinge nicht zu tun, mit denen niemand sonst davonkommt, wenn er sie tut – nicht tut, meine ich ..."

Ich hörte auf zu reden. Ich hatte mich völlig verhaspelt. Meine Zunge fühlte sich riesig an.

„Du weißt, was ich meine", sagte ich heiser.

„Tja, zum Glück weiß ich das", höhnte er, „da Sie es ja offensichtlich nicht wissen."

„Nun sieh doch mal!"

„Ich sehe nichts, das sich anzusehen lohnt", gab der Junge zurück.

Er ließ sich von dem Heizkörper gleiten und streckte sich genüßlich.

„Ich glaube, ich gehe jetzt lieber und rauche doch noch meine Kippe. Wozu soll ich noch hier herumhängen? Vergessen Sie nicht, mein Zimmer aufzuräumen, Harper. Ich kontrolliere das nachher – oder vielleicht hole ich Mr. Hepton, damit er es kontrolliert. Der weiß wenigstens, wo oben und unten ist."

Die letzte Bemerkung wurde von einem höhnischen Grinsen voll purer Boshaftigkeit begleitet. Er steckte die Hände in die Hosentaschen, drehte sich um und begann, den Korridor hinabzuschlendern.

Ich wußte, daß ich entweder in Tränen ausbrechen oder ihn schlagen würde.

Ich holte ihn ein, drehte ihn an den Schultern herum und versetzte ihm mit der flachen Rechten einen sehr harten Schlag ins Gesicht. Einen winzigen Moment lang, als der Schlag landete, verspürte ich vollkommene Genugtuung, doch sofort danach brach eine Welt voller Reue und Scham über mich herein, besonders, als ich sah, welche Reaktion mein Handeln auslöste. Dieser große, aufmüpfige Junge war überhaupt kein so harter Bursche. Auf meine Ohrfeige hin kauerte er sich gegen die Wand, bedeckte sein Gesicht mit den Händen und gab kleine, schrille Schreie von sich, als ob er fürchtete, es würden noch mehr Schläge folgen. Seine totale Auflösung warf mich völlig aus der Bahn. Es schien einfach nicht möglich, daß jemand in so kurzer Zeit von lässiger, höhnischer Arroganz in jämmerliche Furchtsamkeit umkippen konnte.

Eine tiefe Kälte machte sich in mir breit. Ich hatte einen Jungen geschlagen. Meine Laufbahn als Internatsbetreuer war vorüber. Ich verließ Martin, der immer noch an der Wand kauerte, und ging hinauf in meine Wohnung.

Es war eine Erleichterung, die Tür hinter mir zu schließen, doch sobald ich das Wohnzimmer betrat, stand ich vor den Trümmern des vergangenen Abends und dem emotionalen Widerhall der Qualen, die Tom erduldet hatte. Der einzige Ort, der mir noch blieb, war mein Schlafzimmer. Ich zerrte all meine Schuhe unten aus dem Kleiderschrank, kletterte hinein und zog die Tür hinter mir zu. Jetzt war ich vor ihnen allen in der Dunkelheit verborgen. Niemand konnte mich mit einem Messer bedrohen, meine Würde zerstören, mir das Gefühl geben, zu nichts nütze zu sein oder mich auch nur feuern, denn sie wußten nicht, wo ich war. Ich hockte in meiner sargähnlichen Zuflucht und stellte mir vor, was jetzt draußen ablief. Martin mußte wohl direkt zu Mr. Rowley gegangen sein oder vielleicht zu George Ashton und gemeldet haben, daß ich ihn angegriffen hatte.

Sie würden ihm Papier und einen Stift gegeben haben, vermutete ich, damit er den Vorfall in allen Einzelheiten schilderte; dann, nach einer ernsten Debatte, würde man entscheiden, daß ich gehen mußte. Der nächste Schritt der Prozedur würde sein, daß Mrs. Philips an meiner Tür erschien und mir traurig, aber pflichtschuldig mitteilte, daß der Direktor mich sofort in seinem Büro zu sehen wünsche, und das wäre es dann. Dieses Szenario war so real in meiner Vorstellung, daß ich, als eine Minute später meine Türklingel ertönte, automatisch annahm, daß die Schulsekretärin draußen stünde. Zwar kam mir der Gedanke, daß der ganze Prozeß ziemlich zügig abgelaufen sei, aber schließlich, überlegte ich trübsinnig, lag der Fall ja auch ganz klar. Die Frage war nur: Sollte ich aufmachen oder nicht? Es gab eine lange Pause, dann klingelte es erneut.

„Ach, was soll's!" sagte ich mir. „Bringen wir es hinter uns." Ich entfaltete meinen akkordeonartig zusammengelegten Körper aus dem Schrank, öffnete die Schlafzimmertür und blieb einen kurzen Moment lang in der Diele stehen, um mich auf die bevorstehende Prüfung gefaßt zu machen. Dann öffnete ich die Tür.

„Schon gut, Mrs. Philips, ich weiß ..."

„Ich habe mein Zimmer aufgeräumt, Sir."

Es war Martin. Er kauerte jetzt nicht mehr, aber er trug auch nicht jenen lässig arroganten Ausdruck zur Schau wie sonst, wenn er mit mir redete.

„Möchten Sie nachsehen, Sir?"

Ich folgte ihm durch den Korridor in sein Zimmer. Die Verwandlung war verblüffend. Alles war wieder da, wo es hingehörte. Ich nickte benommen.

„Ja – ja, Martin, alles in Ordnung, aber ...?"

„Ja, Sir?"

„Martin, ich will nicht, daß du Dinge nur tust, weil ich dich schlage. Ich habe mich selbst gehaßt, nachdem ich dich geschlagen hatte. Ich bin nicht jemand, der – ich glaube nicht, daß ich jemand bin, der Leute schlägt ..."

„Es war nicht, weil Sie mich geschlagen haben, Sir, es war, weil Sie mich nicht geschlagen haben."

„Weil ich dich nicht geschlagen habe?"

„Ich bin bei meinem Onkel aufgewachsen, Sir. Er war ein großer, schwerer Mann, und er interessierte sich nicht sonderlich für mich. Also sagte ich immer Sachen, um ihn auf die Palme zu bringen. Ich wurde sehr gut darin. Daß er wütend wurde, störte mich nicht, denn das bedeutete immerhin, daß er mich zur Kenntnis nahm. Aber – manchmal – hat er jedes Maß verloren und mich richtig zusammengeschlagen. Vorhin dachte ich da unten, das würden Sie auch machen – aber das haben Sie nicht. Ich kann es nicht ertragen, wenn jemand mich schlägt. Ich werde dann immer zu einem Haufen Wackelpudding."

Ich kratzte mich am Kopf und starrte hilflos diesen Sechzehnjährigen an, der so gelassen und einsichtsvoll über sich selbst und seine Vergangenheit redete.

„Trotzdem möchte ich mich dafür entschuldigen, daß ich dich geschlagen habe, Martin", beharrte ich. „Dazu hatte ich kein Recht. Nur – wenn ich das sage, wirst du dann annehmen, daß ich schwach bin und wieder hingehen und mich vor allen anderen wie einen Idioten dastehen lassen?"

Ein belustigter Ausdruck erschien in den dunklen, intelligenten Augen.

„Sie sind schon ein komischer Mitarbeiter, Sir, wirklich. Eine Art Kreuzung zwischen Mike Merry und Mr. Parish."

Der freundliche Ton in der Stimme des Jungen nahm den Worten alle Schärfe.

„Weißt du, Martin, die Sache ist die, daß du vermutlich jedes Wortgefecht gegen mich gewinnen würdest. Ich habe das dumme Gefühl, daß du intelligenter bist als ich. Ich verspreche dir, daß ich alles für dich tun werde, was ich kann, wenn du mir versprichst, immer nur fünfzig Prozent von deiner Intelligenz auf einmal auf mich loszulassen."

Er schob seine Unterlippe vor und blies nach oben, um die Locke von ihrer gewohnten Position über den Augen zu entfernen.

„Okay, Sir." Dann, mit plötzlicher Verlegenheit: „Ich sollte jetzt lieber in die Schule gehen, Sir."

Ich blieb einen Moment im Korridor stehen und lauschte, wie Martin die Treppe hinuntertrampelte. Zwei dramatische Konfronta-

tionen hatte ich an diesem Morgen gehabt. Die eine mit Anthony, die andere mit Martin. Und vielleicht noch eine dritte mit mir selbst. Ich war sowohl beinahe zu einem Opfer der Gewalt als auch zu einem Gewalttäter geworden. Ich hatte fest mit meiner Entlassung gerechnet, weil ich jemanden geschlagen hatte, und statt dessen hatten sich die Dinge viel besser wieder eingerenkt, als ich hätte hoffen dürfen, nur weil ich ihn nicht noch mehr geschlagen hatte.

Ich hatte etwas gelernt – hatte eine seltsame Macht in der Ehrlichkeit gespürt, als ich gerade mit Martin gesprochen hatte. Daß die morgendliche Episode mit Anthony irgendwelche bedeutenden Auswirkungen haben würde, bezweifelte ich sehr, aber ich wußte, daß in den letzten Augenblicken mit Martin etwas Entscheidendes passiert war.

„Abgesehen davon, daß Sie so ziemlich gegen jede Vorschrift im Lehrbuch verstoßen haben, haben Sie Ihre Sache sehr gut gemacht, David."

Der Direktor saß bequem auf seinem Büroteppich, den Rücken gegen die Wand gelehnt, die Beine geradeaus von sich gestreckt, die Augen friedlich geschlossen wie schon die ganze Zeit über, seit ich angefangen hatte, ihm meine Erlebnisse mit den Jungen während der letzten Tage zu schildern.

„Wie meinen Sie das?" fragte ich ein wenig beunruhigt. Hatte ich wirklich „so ziemlich gegen jede Vorschrift" verstoßen? Wie lauteten denn die Vorschriften?

Es war fast Mittagszeit. Nach meiner ersten Handwerkerlektion bei George Ashton (die widerspenstige Schranktür hatte sich wie von selbst an ihre Position begeben, kaum daß der stellvertretende Direktor sie anschaute) war ich in Mr. Rowleys Büro gerufen worden, zu meiner zweiten „Aufsichtsbesprechung", wie es, so wußte ich inzwischen, genannt wurde. Auf meinem Weg hinüber zum Bürotrakt hatte ich mich gefragt, ob ich erwähnen sollte, daß ich Martin Jarrold geschlagen hatte, oder nicht.

„Nein", antwortete ich mir selbst mit Nachdruck, „das tue ich nicht! Die Sache ist vorbei und erledigt. Es lohnt sich nicht, das zur Sprache zu bringen. Es könnte mehr schaden als nützen. Ich werde das einfach vergessen."

Doch nachdem ich mich entspannt und warmgeredet hatte, während ich von den Ereignissen und Leuten und meinen Empfindungen bei alledem berichtete, kam alles ganz natürlich heraus – nicht nur die Dinge, die mich in einem günstigen Licht dastehen ließen, sondern auch alles andere. Meine falsche Einschätzung Anthonys, mein Gefühl der Hilflosigkeit mit Tom auf dem Gipfel, sogar die Tatsache, daß ich mich in meinem Kleiderschrank versteckt hatte, nachdem ich die Todsünde begangen hatte, Martin zu schlagen. Der

Direktor verhielt sich so still und undirektorenhaft, wie er dort mit ausgestreckten Beinen auf dem Boden saß, daß all meine Hemmungen sich in Luft auflösten. Während ich nun darauf wartete, daß Mr. Rowley erklärte, was er gemeint hatte, fragte ich mich, ob ich hätte vorsichtiger sein sollen.

„Zum Beispiel", sagte er, „haben Sie sich emotional in Toms Problem verstrickt. Sie haben es versäumt, die gebotene Distanz zu Ihrem Schützling einzuhalten. Sie haben geweint, als er weinte. Ein großer Fehler. Jeder Pädagogik-Experte wird Ihnen sagen, daß persönliche Anteilnahme, gelinde gesagt, nicht wünschenswert ist."

Mr. Rowley hatte seine Augen immer noch nicht geöffnet. Ich wußte nicht, was ich sagen sollte.

„Aber ich habe doch nur ..."

„Dazu kommt Ihre Ehrlichkeit gegenüber Martin, nachdem Sie ihm eine geknallt hatten. Gute Internatsbetreuer wissen ihre Vorteile zu nutzen. Sie riskieren es nicht, sie wieder zu verlieren, indem sie sich das Vergnügen gönnen, aus dem Herzen zu sprechen. Und dann war da natürlich der Schlag selbst, ein geringeres Vergehen natürlich als die Anteilnahme, aber dennoch eine Form der Bestrafung, die in den grafschaftlichen Vorschriften ausdrücklich verboten ist."

Der letzte Satz erinnerte mich an etwas.

„So wie Rauchen, meinen Sie?"

Mr. Rowley öffnete die Augen und lächelte mich schief an.

„Genau, David. Genauso wie Rauchen. Durch mein ganzes, wie ich es scherzhaft bezeichne, Berufsleben hindurch habe ich mehr Zeit und Energie an das Problem des Rauchens vergeudet als an fast alles andere. Offenbar ist mit der oralen Ersatzbefriedigung des Rauchens ein Genuß verbunden, dem keine andere Aktivität gleichkommt – zumindest aus der Sicht vieler Kinder, mit denen ich gearbeitet habe. Ich habe in allen Internaten, in denen ich gearbeitet habe, mehr Diebstähle, Mauscheleien, gegenseitige Tyrannisierung und Lügen im Zusammenhang mit Zigaretten erlebt als mit irgendeinem anderen Problem. Das gilt besonders, möchte ich hinzufügen, für jene Internate, in denen es ganz und gar verboten ist. Jahrelang habe ich die Regeln anderer Leute aufrechterhalten und pflichtschuldig diese Gewohnheit mit angemessen missionarischem Eifer ver-

folgt, bestraft und gegeißelt. Gelegentlich kam in mir die Frage hoch, warum all diese Anstrengungen nicht nur minimale Wirkung zeigten, sondern sogar mehr Probleme zu erzeugen schienen, als sie lösten."

„Und daher das Gebüsch ...?"

„Das Gebüsch – das nicht existierende Gebüsch – ist eine Art Antwort auf das Problem. Als ich endlich das konventionelle Schulsystem verließ und die Gelegenheit geboten bekam, Direktor eines brandneuen Internats hier in Stapley zu werden, faßte ich den Entschluß, das Leben hier nicht von Problemen beherrschen zu lassen, die mit Zigaretten zu tun hatten. Ich beschloß, einen kleinen Bereich auf dem Gelände zu definieren, der von den Mitarbeitern weder aufgesucht noch ‚bemerkt' werden würde, wo die Jungen in Ruhe rauchen könnten. Diese Tatsache habe ich nie offiziell bekanntgegeben, sondern nur ‚durchsickern' lassen. Außerdem habe ich dafür gesorgt, daß alle Jungen wissen, daß ich in dem Fall, daß dieses Arrangement mißbraucht wird, anfangen werde, das Gebüsch zu ‚bemerken', solange es nötig ist. Bisher ..."

Er rieb sich die Haarbüschel an den Seiten seines Kopfes, bis sie aussahen wie zwei überbeanspruchte Topfreiniger.

„Bisher hat es funktioniert, wie ich erfreut feststellen kann."

„Aber Sie wollen doch nicht sagen, es sei genau dasselbe, wenn Mitarbeiter die Kinder schlagen, oder? Sie wollen doch nicht sagen, daß wir das akzeptieren und – nun ja – geschehen lassen müssen?"

Er schüttelte den Kopf.

„Natürlich nicht, David. Ich habe nicht die Absicht, eine Schule zu leiten, in der die Kinder körperlich mißhandelt werden, und ich tue mein Bestes, um es zu vermeiden, daß hier Leute eingestellt werden, die zu solchen Machtmethoden greifen."

Ich blickte hinab auf meine Hände, die in meinem Schoß lagen.

„Und was ist mit mir? Ich habe Martin doch heute morgen geschlagen ..."

„Ja", unterbrach mich der Direktor, „und hinterher sind Sie beinahe vor Schuldgefühlen und Sorgen gestorben. Dazu kommt, daß Sie es mir selbst erzählt haben. Ich sehe Sie irgendwie nicht als einen von Brutalität beseelten Menschen, David. Was heute morgen pas-

siert ist, ist eine Lernerfahrung für Sie, und für Martin auch, so wie es sich anhört. Sie müssen ihn völlig verwirrt haben, indem Sie hinterher so offen und ehrlich zu ihm waren. Das war absolut perfekt – absolut richtig."

Ich blickte verdutzt auf.

„Aber gerade eben sagten Sie doch ..."

Er wedelte entschuldigend mit der Hand.

„Verzeihen Sie mir, David. Ich leide an einem Hang zur Ironie. Das ist mein großer Fehler. Ich glaube fest daran, daß wir den Kindern gegenüber ganz ehrlich sein sollten, und was das persönliche Engagement angeht, nun ... natürlich haben diejenigen nicht ganz unrecht, die sagen, das sei niemals ratsam, aber andererseits habe ich im Lauf der Zeit einfach zu viele Kinder gesehen, denen es ebenso ergeht wie dem Gemeinschaftswagen."

„Wie meinen Sie das?"

Mr. Rowley zog die Beine an und schlang die Arme um seine Knie.

„In fast jedem Internat finden Sie ein oder mehrere Fahrzeuge, die von den örtlichen Behörden zum Transport der Kinder bereitgestellt werden. Diese Autos sind für den allgemeinen Gebrauch bestimmt. Sie gehören allen und damit niemandem. Sie werden häufig nicht abgeschlossen und nur selten gewaschen. Meistens werden sie ziemlich achtlos geparkt, und kleinere Kollisionen mit Wänden oder Torpfosten werden nicht als sonderlich bedeutend betrachtet, da die Rechnung für die Reparatur ja an die Grafschaft geht. Hin und wieder werden sie von Fachleuten, die ein rein kommerzielles Interesse verfolgen, zur Inspektion abgeholt. Schließlich werden sie nach einer kurzen, aber ereignisreichen Laufbahn, verbunden mit jeder Menge Mißbrauch, an Leute versteigert, die sich hinterher fragen, wem denn nur ein Fahrzeug gehört haben mag, dem so offensichtlich die besondere Pflege und Wartung fehlte, die den meisten Privatautos zuteil wird. Sie waren nie für irgend jemanden etwas Besonderes ..."

Beim Sprechen hatte er in die Ferne gestarrt. Nun wandte er den Kopf und sah mich direkt an. Auf der Stirn und um die Augen hatten sich die Linien eines altvertrauten Schmerzes vertieft.

„So viele Kinder, David ... so viele, viele Kinder."

Er seufzte.

„In mancher Hinsicht, David, bin ich die denkbar ungeeignetste Person, um Sie zu beraten und anzuleiten. Ich kann in meiner eigenen Arbeit mit den Jungs emotionale Bindungen nicht ausschließen. Ja, in manchen Fällen ist es nur eine solche Bindung, die eine Hoffnung für die Zukunft bieten kann oder zumindest eine vage Erinnerung im späteren Leben, von ‚diesem Kerl in der Schule, auf die ich gegangen bin', geschätzt und gemocht worden zu sein. Mark Parish zum Beispiel, der wäre in der Lage, Ihnen den bestmöglichen Rat darüber zu geben, wie Sie aus der anderen Richtung an die Sache herangehen. Er ist der wirksamste Vertreter einer von besonderen Bindungen freien und dennoch beständig positiven Arbeit mit Kindern, den ich kenne. Aber manche von uns müssen sich auf eine andere Weise auf die Kinder einlassen, so schmerzlich und enttäuschend das auch bisweilen sein mag. Aber nun zu anderen, erfreulicheren Dingen ..."

Der Direktor stützte sich mit einer Hand ab und kam wieder auf die Beine.

„Wie ich höre, planen Sie einen Camping-Ausflug."

„Äh ... ja, ich habe daran gedacht, so etwas zu unternehmen, zusammen mit meiner Verlobten Annie ..."

Dieses verflixte Rotwerden!

Mr. Rowley hatte sich inzwischen an seinem Schreibtisch niedergelassen, und ein amüsiertes Lächeln spielte um seine Mundwinkel.

„Fährt sie Auto, David?"

„Nein, Mr. Rowley, das tut sie nicht. Daran hatte ich noch gar nicht gedacht. Wir würden einen Fahrer brauchen, nicht wahr? Besonders wenn wir ... äh ... irgendwo hinfahren wollten."

„Ganz richtig", sagte der Direktor ernst. Er trommelte mit dem Ende seines Füllers einen forschen Rhythmus auf der Schreibtischfläche. „Ich glaube ohnehin, daß Sie gut beraten wären, jemanden, der schon etwas erfahrener ist, zu bitten, Sie zu Ihrem ersten Zeltlager zu begleiten. Mr. Merry ist ein eifriger Camper und sehr netter Gesellschafter. Warum fragen Sie nicht ihn, ob er Lust hätte?"

Eine Woge der Erleichterung durchfuhr mich. Eine hervorragen-

de Idee! Mike auf einem solchen Ausflug dabeizuhaben würde genau das Richtige sein.

„Ja", nickte ich, „das werde ich tun – danke." Ich erhob mich, um zu gehen. „Ach, übrigens, Mr. Rowley, ich wollte Sie noch nach den Akten fragen. Ich weiß, daß es für jeden Jungen eine Akte gibt, aber ich bin mir nicht sicher, wer Zugang dazu hat. Kann ich sie einsehen?"

Mr. Rowley machte eine großzügige Handbewegung.

„Bedienen Sie sich, David. Sie sind alle in Doreens Büro in dem großen grauen Aktenschrank. Sie können sie gern lesen. Ich habe gezögert, Sie gleich zu Anfang darauf hinzuweisen, weil ich wollte, daß Sie die Richtigkeit der Akte beurteilen, indem Sie sie mit dem Jungen vergleichen, den Sie kennen, anstatt es umgekehrt zu machen. Vielleicht erinnern Sie sich, daß unsere Jungen sozusagen in einem Saal voller Zerrspiegel gefangen sind. Jeder Spiegel – die Familie, die Freunde, die Schule, die Mitarbeiter – wirft ein anderes Bild zurück. Die Akte ist ein sehr gefährlicher Spiegel für gestörte Kinder. Sie wissen, daß es sie gibt, aber sie dürfen sie nicht einsehen. Sie fürchten sich davor, weil sie vielleicht unzutreffend sein könnte, oder auch, weil sie die Wahrheit sagt. Tom würde seine Akte am liebsten verbrennen. Ich würde ihm am liebsten die Streichhölzer dazu leihen, aber ich habe meine eigenen Verantwortlichkeiten, wie Sie auch."

Mr. Rowley lächelte mich freundlich an, als ich unsicher an der Tür stand.

„Viel Spaß auf dem Zeltlager am Wochenende, David. Ich bin sicher, den werden Sie haben."

Bis zum Mittagessen jenes Tages war das Lager mehr oder weniger organisiert. Ich bekam Mike Merry um halb eins zu fassen, und nach einem kurzen Telefonat mit seiner Frau bestätigte er, daß er nur zu gern mit uns mitkommen würde, besonders, da wir ja nur eine Nacht weg sein würden. Annie berichtete ich in einem Brief von dem Plan fürs Wochenende, wobei ich – vollkommen unaufrichtig – hinzufügte, ich würde es verstehen, wenn sie keine Lust hätte. Ruth erklärte sich bereit, Mahlzeiten vorzubereiten und das Essen einzupacken, so daß Mike und ich nur noch die Campingausrüstung

in dem Lagerschuppen neben dem Fußballfeld aussortieren und zusammenstellen mußten. Das konnten wir noch während der nächsten zwei Tage erledigen. Ich fand alles ziemlich aufregend.

Ich beschloß, zusätzlich zu den Jungen aus dem Alten Haus, die übers Wochenende dableiben würden, auch Howard und Tom zu fragen, ob sie mitkommen wollten. Das tat ich, nachdem ich zuvor zähneknirschend mit Steve Hepton Rücksprache genommen hatte. Howards Reaktion war spontan und begeistert.

„Klar! Ich komme mit! Danke, Sir!“

Toms Reaktion war ganz anders. Er war in meiner Wohnung und reichte George Ashton die Dinge zu, die er brauchte, um meine Fenster zu reparieren, als ich ihn fragte.

„Danke für die Einladung, Sir“, sagte er, „aber ich habe für Samstag JD eingeladen – meinen Bruder Justin. Er hat gesagt, er wolle kommen.“

Tom machte ein überraschtes und aufgeregtes Gesicht, als er das sagte. Ich freute mich für ihn. Etwas Neues tat sich.

„Macht nichts, Tom“, sagte ich fröhlich, „das ist viel wichtiger. Vielleicht nächstes Mal, was?“

„Oh ja, Sir“, sagte Tom, „nächstes Mal komme ich bestimmt mit.“

An jenem Nachmittag ging ich hinunter nach Stapley und folgte zum ersten Mal seit dem Tag meines Vorstellungsgesprächs dem hölzernen Wegweiser zwischen den reetgedeckten Häuschen hindurch und über die Grünfläche hinweg zur Kirche. Drinnen waren die Osterglocken verschwunden, und kein Bündel Sonnenstrahlen fiel durch das Buntglasfenster herein. Die ganze Atmosphäre in der kleinen Kirche war grauer, fester – wirklicher. Aber die Antwort auf die Frage, die ich an jenem ersten Tag hier gestellt hatte, lautete immer noch „Ja“. Der einzige Unterschied lag in der Art und Weise, wie ich dieses „Ja“ akzeptierte und verstand. Sie war entschlossener, fester und viel wirklicher.

Dreizehntes Kapitel

„Mensch, Sir! Is' das aufregend, Sir!"

Wir waren auf dem Weg zum Zeltlager, und Dennis war völlig aus dem Häuschen. Ich drehte mich auf dem Beifahrersitz des alten grünen Kleinbusses der Schule herum und betrachtete die Masse aus Leibern, Lebensmitteln, Zeltausrüstung und Ersatzklamotten, die in alle verfügbaren Ritzen gezwängt war. Sechs Zelte, zwölf Schlafsäcke (einer extra, für den Fall, daß „jemandem" ein Mißgeschick passierte), ein Toilettenzelt, ein Lagerzelt, fünf Primuskocher und, in die Ecken gesteckt und in die Lücken geschoben, all die anderen Kleinigkeiten, die uns so lebenswichtig erschienen waren, als wir unseren Ausflug planten.

„Sind wir bald da, Sir?"

Wir waren erst seit zwanzig Minuten unterwegs, und es war das dritte Mal, daß Dennis diese Frage stellte.

„Nein, Dennis", sagte ich lächelnd, „wir haben noch ein ganzes Stück vor uns. Warum spielst du nicht eine Weile etwas mit Desmond? Wenn ihr das Fenster anhaucht, könnt ihr mit den Fingern X0 spielen."

Desmond, der strategisch zwischen Dennis und einem Stapel Zeltbahnen verstaut war, nickte fröhlich.

„Danke, Sir", krächzte er, „für den guten Vorschlag. Das machen wir!"

Irgendwie schafften es die beiden Jungen, ihre Körper herumzuwälzen, so daß sie beide die Scheibe vor sich hatten. Sogleich begannen sie, hörbar und heiser in Richtung Fenster zu hauchen. Das Spiel würde ihre Aufmerksamkeit vielleicht für ein paar Minuten mit Beschlag belegen.

Sowohl Dennis als auch Desmond freuten sich wie verrückt auf das Zeltlager, obwohl Dennis bisher noch nie in einem Zelt geschlafen hatte. Desmond dagegen behauptete, reichliche Erfahrungen darin zu haben, und hatte Dennis in den letzten Tagen mit seinen

hilfsbereiten Erläuterungen zu Zelthäringen, Latrinen und Primuskochern nachhaltig beeindruckt. Desmond würde beim Aufstellen ihres Zeltes und beim Kochen das Kommando führen, während Dennis die bescheidene Rolle des Lehrlings und Arbeiters zukam. Im stillen hatte ich meine ernsten Zweifel an Desmonds angeblicher Fachkenntnis, aber wenn ich ihn aufmerksam im Auge behielt, würde er sicherlich einigermaßen zurechtkommen. Mein nächstliegendes Problem, was Desmond betraf, war seine Darmkontrolle. Wenn ihm jetzt, während wir in dem Kleinbus unterwegs waren, ein Mißgeschick passierte, würde das unausdenkliche Folgen haben. In einem so engen Raum würde es kein Entrinnen geben. Ich betete, daß er die Ruhe behielt.

Gegenüber von Dennis und Desmond saß Anthony, den das ganze Unternehmen völlig kalt gelassen hatte, bis er zufällig in die Küche gekommen war, als Ruth gerade die Lebensmittel in Kartons verpackte. Der Anblick von haufenweise Schinkenspeck, kartonweise Eiern und riesigen Blechdosen voller Kuchen verwandelte ihn auf der Stelle in einen eingeschworenen Camper. Jetzt saß er still da, und nur seine Augen zuckten hin und wieder zu den Pappkartons hinüber, denn er wußte, wenn man nur lange genug wartete, mußte irgendwann die Zeit zum Mittagessen kommen. Anthony vermittelte mir immer noch ein unbehagliches Gefühl. Ich haßte es, irgend etwas Scharfkantiges in der Nähe seiner Hände zu sehen. Wenn er doch nur irgend etwas an sich hätte, das ich wirklich hätte mögen können. Das würde die Sache so viel leichter machen ...

„Alles klar, Sir?"

Howard, der auf der anderen Seite von Anthony saß, hatte von dem Comic, den er gerade las, aufgesehen und meinen Blick aufgefangen. Wie üblich geradezu benommen von seinem strahlenden Lächeln, nickte ich und lächelte zurück.

„Ja, mir geht's prima, danke, Twinkle. Freust du dich?"

„Ja, Sir", erwiderte er, „das wird'n Riesenspaß. Ich grab' die Löcher für die Klos, wenn wir da sind, Sir. Einverstanden?"

„Großartig!" sagte ich. „Danke."

Howard wandte sich wieder seinem Comic zu. Ich wußte, warum er das mit dem Graben der Abfallöcher für die Chemo-Klos gesagt

hatte. Zuvor hätte er beinahe seinen Platz auf dem Lager eingebüßt, weil er wieder einen Wutanfall hatte. Es war passiert, kurz bevor wir an diesem Samstagmorgen aufgebrochen waren. Howard, der sich die ganze Woche über riesig darauf gefreut zu haben schien, eine Nacht mit uns zu zelten, hatte von Ruth Crompton erfahren, daß er sein Zelt mit Anthony teilen würde. Nachdem er weggegangen und ein paar Minuten lang darüber gebrütet hatte, erschien er, dem Höhepunkt einer seiner berühmten Wutanfälle nahe, im Speisesaal des Neuen Hauses und fing an, mit Möbeln um sich zu werfen. Mrs. Murchison, die den Lärm von der Küche her hörte und die einzige Erwachsene in der Nähe war, beschloß klugerweise, sich nicht mit ihm anzulegen. Statt dessen schickte sie einen der Jungen, die in der Küche aushalfen, los, um Mrs. Crompton oder Mr. Ashton zu holen, und einen weiteren ins Alte Haus, um denjenigen zu holen, der dort gerade Dienst hatte. Ich war zu diesem Zeitpunkt gerade in meiner Wohnung eifrig damit beschäftigt, einen großen Rucksack zuzuschnüren, so daß es eine Weile dauerte, bis ich ausfindig gemacht und an den Schauplatz des Geschehens gerufen werden konnte.

Ich will gern zugeben, daß ich enorm erleichtert war, als ich durch die Schwingtür ins Neue Haus stürmte und feststellte, daß George Ashton vor mir dort angekommen war. Im Gegensatz zu Mike Merry beim letzten Mal schien George den um sich schlagenden Jungen sehr sicher im Griff zu haben, aber die Sprache war genau dieselbe. Er hatte sich so besch... auf dieses besch... Lager gefreut, und jetzt mußte er mit diesem besch... dicken Fettsack in einem Zelt schlafen, und das fand er total besch..., verd... Sch...! Wir, die Mitarbeiter, waren allesamt besch... Idioten, und er würde sowieso nicht mit auf dieses besch... Zeltlager fahren, und wenn wir ihm noch was draufzahlen würden, also warum verp... wir uns nicht einfach und ließen ihm seine besch... Ruhe?

Mitten in dieser Tirade kam Tom herein und blieb, als er sah, was los war, an der Tür stehen und wartete still ab.

George Ashton versuchte es nicht mit Ablenkung, wie es der Direktor getan hatte, sondern er tat etwas, das sich in der Wirkung als noch nachhaltiger erwies. Er hatte den Jungen von hinten mit einem Arm in einem halben Nackenhebel und mit dem anderen im

Schwitzkasten festgehalten. Plötzlich drehte er ihn herum, packte ihn an beiden Handgelenken und schrie ihm aus wenigen Zentimetern Entfernung direkt ins Gesicht. In seiner Stimme schwang eine seltsame Mischung aus Beschwörung, Zorn und Begeisterung.

„Das ist es, Junge! Das ist ein Wutanfall – du bist mitten in einem Wutanfall! Jetzt ist der Moment, wo du etwas dagegen *tun* kannst – jetzt ist der Moment, wo du sagen kannst: ‚Ich *muß* nicht meiner Wut nachgeben!' Du kannst es schaffen, Junge – du kannst es *jetzt* schaffen! Kämpfe dagegen! Los doch – kämpfe jetzt gleich dagegen!"

Howard sah aus, als wäre er mitten in einem Tobsuchtsanfall eingefroren. Die Lippen bis übers Zahnfleisch emporgezogen, die Augen brennend vor Wut, verharrte er einen Moment lang reglos; dann quollen Worte durch seine Zähne.

„Wen interessiert das überhaupt?"

„MICH!" brullte George. „Tu es nicht – gib nicht nach! Du willst doch nicht solche Wutanfälle haben, also tu es nicht! Hör jetzt auf, bitte, Junge – tu es! Beherrsche dich, weil es das ist, was du willst, verdammt! Es wird dein Leben verändern! Verstehst du mich?"

„Los, Twinkle", kam Toms leise Stimme von der Tür her. „Versuche, ob du es kannst."

Das schien den Ausschlag zu geben. Howards Kopf fuhr abrupt zu Tom herum, als er sprach, und dann wieder zurück, als George nur noch ein einziges Wort sagte.

„Also?"

Im nächsten Moment wurde eine große Schlacht geschlagen und gewonnen. Howards ganzer Körper entspannte sich sichtbar, und ein Ausdruck von Verblüffung und Erleichterung schlich über sein Boxergesicht. Als er sprach, klang seine Stimme überraschend ebenmäßig und fest.

„Darf ich bitte gehen und zu Ende packen, Sir?"

George ließ seine Handgelenke los, und der Junge wandte sich zum Ausgang. In der Tür blieb er stehen, drehte sich um und ergriff noch einmal das Wort.

„Danke, Sir. Ich komme gleich wieder und bringe die ganzen Stühle und so wieder in Ordnung."

„Ja", dachte ich mir, während Howard sich wieder in seinen

Comic vertiefte, „es mag ein großer Moment gewesen sein, aber er spürt immer noch das Bedürfnis, für seine Wut zu büßen, indem er ein paar Latrinen aushebt!"

Im hinteren Bereich des Kleinbusses saß Annie, umgeben von den vier führenden Mitgliedern ihres neuen Fanclubs. Ganz zweifelsohne hatte sie voll ins Schwarze getroffen, soweit es Henry, Robert, Arnold und Colin betraf. Als ich sie jetzt beobachtete, wie sie sich so unbeschwert und unbefangen mit der kleinen Gruppe von Jungen unterhielt, verspürte ich eine Mischung aus Eifersucht und Stolz. Eifersucht, weil sie so frei und offen mit ihnen umgehen konnte. Sie hatte eine natürliche Würde und Stärke, die nicht ständig durch Schreien oder körperliche Kraft verstärkt werden mußte. Ich hatte sie beeindrucken wollen, aber schon jetzt hatte sie einen echteren Zugang zu diesen Jungen gefunden, als ich erreichen zu können glaubte.

Vielleicht wollte ich lieber doch nicht, daß sie her kam und mit mir zusammenarbeitete.

Andererseits jedoch war ich neben all diesen schändlichen Gefühlen auch stolz auf sie. So gelassen und schön und intelligent, und – vielleicht das Allerwichtigste unter den Umständen – sie hatte sich auf der Stelle Colins hingebungsvolle Anhänglichkeit erworben. Ich war etwas nervös gewesen wegen Colins Teilnahme an diesem Ausflug, doch die Kombination aus Douglas' Abwesenheit und Annies Anwesenheit schien eine weniger aggressive, verspieltere Persönlichkeit in ihm zum Vorschein gebracht zu haben als die, an die ich gewöhnt war.

Ich sah Colin an, wie er jetzt neben Annie saß und ihr alle möglichen kniffligen Knoten mit einem Stück Nylonschnur vorführte, das Gesicht zivilisiert durch das Vergnügen, Wissen weiterzugeben. Ihr Gesicht trug einen Ausdruck faszinierter Aufmerksamkeit. Sie sah aus, als ob sie nichts anderes im Leben wollte als lernen, wie man obskure Knoten aus Nylonschnüren band. Ja, aus Colins Perspektive ...

„Sind wir schon da, Sir?"

„Wenn du das noch einmal fragst, Dennis", rief Mike Merry vom Fahrersitz aus, „halte ich den Wagen an, komme nach hinten und erdrossle dich mit deinen eigenen Socken."

„Erdrosseln wird gar nicht nötig sein, Sir“, rief Howard zurück, für einen Augenblick von seinem Comic abgelenkt, „Sie brauchen sie ihm nur vor die Nase zu halten, dann erstickt er.“

Schallendes Gelächter ertönte hinten im Wagen, aber es war ein gutmütiges Gelächter. Nur Desmond blickte ein wenig unbehaglich drein. Witze über Gerüche waren für ihn gefährlich. Insgesamt war eine prächtige Atmosphäre im Wagen. Ich drehte mich wieder nach vorn. Ich freute mich auf dieses Zeltlager.

Der Lagerplatz erwies sich als ideal. Er gehörte der Forstverwaltung und befand sich an einer breiten, grasbewachsenen Böschung des Blay, eines sehr schnell fließenden Flusses, der sich an dieser Stelle seinen Weg zum Meer zwischen hohen, steilen Ufern bahnte, die von der Forstverwaltung mit Kiefern bepflanzt worden waren. Der Platz befand sich mindestens eine Meile von der nächsten öffentlichen Straße entfernt, und zum anderen Ufer gelangte man nur über eine lange Metall-Hängebrücke für Fußgänger, die, wie wir bald entdeckten, schwankte und laut schepperte, wann immer jemand sie überquerte.

Das einzige andere Zelt auf dem Platz war ein kleines Zwei-Mann-Firstzelt, das ganz dicht am Fluß stand. Als wir den Kleinbus vom Feldweg auf die Wiese steuerten, erhaschte ich einen Blick auf ein Gesicht, das uns von der Eingangsklappe aus beobachtete.

Wir brauchten fast zwei Stunden, um die sieben Zelte ungefähr im Kreis aufzustellen, mit den Eingangsklappen nach innen, wo wir unser Lagerfeuer aufschichten wollten. Mike Merry, der am wenigsten Ungeschickte unter uns, ging mit Rat und Tat von Zelt zu Zelt, doch die meiste Zeit verbrachte er mit Desmond und Dennis. Anfangs hatte Desmond jede Hilfe höflich abgelehnt und sich dahingehend geäußert, Mike sollte sich lieber um die Anfänger kümmern als um einen Camper-Veteranen wie ihn. Sodann begann er, Dennis in lautem, militärischem Tonfall herumzukommandieren und ihm eine Reihe so verwirrender Anweisungen zu erteilen, daß Dennis nur hektisch hin und her rannte und wahllos Häringe in alles steckte, was wie eine Schlinge aussah. Das Ergebnis war ein seltsames, fladenähnliches Ding, das an keiner Stelle mehr als drei Zoll über

dem Boden aufragte. Nachdem ihm endlich die Häringe ausgegangen waren, kam Dennis auf die Beine und sah seinen Lehrmeister fragend an.

„Nicht sehr viel Platz da drin, Desmond", sagte er besorgt. „Habe ich etwas falsch gemacht?"

Mein Zelt stand gleich daneben. Ich legte meine Handvoll Häringe für einen Moment auf den Boden und rief nach Desmond.

„Wie wär's, wenn ihr Mike Merry holt, damit er sich das mal ansieht, Desmond? Du und Dennis, ihr habt es großartig gemacht, aber vielleicht hat er ein paar Ideen, wie man es noch besser hinkriegen könnte."

„Meine Güte, Schatz", sagte Annie, die vorübergehend überflüssig war, da Colin darauf bestanden hatte, das Zelt für sie aufzubauen. „Was bist du doch für ein Diplomat! Ich wünschte, du würdest dir genauso viel Mühe geben, meine Gefühle nicht zu verletzen."

„Ich werde dafür bezahlt, daß ich ihre Gefühle nicht verletze", flüsterte ich zurück. „Aber ich bin sicher, da können wir uns einigen. Sagen wir – ein Pfund für jedes nette Wort?"

„Ich denke darüber nach", sagte Annie und nickte sehr ernst. „Das könnte es mir wert sein."

Desmond war offenbar zu einem Entschluß bezüglich meines Vorschlages gelangt.

„Vielleicht haben Sie recht, Sir", sagte er mit seiner trägen, krächzenden Stimme. „Ich glaube, ich werde Mr. Merry um ein paar Ratschläge bitten."

Dennis wurde entsandt, um Mike zu holen, der gerade Anthony von den Lebensmittelkisten verscheuchte, wie man eine fette Wespe verscheuchen würde. Ich zwinkerte dem freundlichen Lehrer zu, als er den Schauplatz von Dennis' Anstrengungen erreichte.

„Desmond und ich haben uns gerade gefragt, ob Sie noch ein paar letzte Handgriffe für dieses Zelt empfehlen könnten, Mr. Merry. Irgendwelche kleinen Verbesserungen oder Änderungen ..."

Mike ging langsam um das flache, gar nicht wie ein Zelt aussehende Objekt herum, das Dennis sicher am Boden verankert hatte. Als er an seinen Ausgangspunkt zurückkehrte, wandte er sich in beiläufig sachlichem Ton an Desmond und Dennis.

„Also“, sagte er und strich sich nachdenklich über den Bart, „nach Ansicht mancher Experten sollte man beim Bau eines Zeltes Zeltstangen verwenden.“

Er bückte sich und ergriff einen länglichen, orangefarbenen Beutel, der klapperte und schepperte, sobald er ihn berührte.

„Wie ich sehe, neigt ihr eher der Auffassung zu, daß Zeltstangen überflüssig seien“, fuhr Mike fort, „aber sie können durchaus nützlich sein, wißt ihr.“

Desmond wandte sich an Dennis.

„Sie können durchaus nützlich sein, weißt du, Dennis“, sagte er streng, so als hätte sich Dennis bei seinem ersten Versuch rundweg geweigert, Zeltstangen zu verwenden.

Dennis sah völlig geknickt aus.

„Dann taugt es nichts, Sir?“

„Es taugt sogar sehr viel!“ sagte Mike und legte dem kleinen Jungen die Hand auf die Schulter. „Es ist nur so, daß Desmond offenbar noch nicht von einigen neuen Ideen gehört hat, die jetzt im Umlauf sind. Wißt ihr was? Wie wär's, wenn ich euch zeige, wie man die Stangen richtig einsetzt, und ihr sagt mir, wenn ihr meint, daß ich etwas falsch mache?“

Desmond und Dennis nickten und strahlten.

„Gut! Dennis, du fängst schon mal an, die Häringe herauszuziehen, und Desmond kann die Stangen aus dem Beutel ziehen und auf dem Boden auslegen ...“

„Jawohl!“ sagte Desmond und fiel wieder in seinen militärischen Befehlston zurück.

„Du fängst an, die Häringe herauszuziehen, Soldat Dennis, und ich nehme die Stangen aus dem Beutel und lege sie auf dem Boden aus ...“

Am frühen Abend war alles mehr oder weniger klar Schiff. Unser kleiner Ring aus Firstzelten sah sehr gemütlich und einladend aus im flackernden Schein des Lagerfeuers, das aufzuschichten und anzuzünden Robert sich erboten hatte. Er machte es sogar sehr gut und war geradezu berauscht vor Glück in dieser Umgebung, die ihm erlaubte, so schmutzig und unordentlich zu sein, wie er es sich nur wünschen konnte.

Das Holzsammeln war einer Fünfergruppe aufgetragen worden. Annie, ich, Colin und Arnold – die zusammen in einem Zelt schliefen – und Anthony, der sich nach allgemeiner Ansicht nicht genügend an Howards Anstrengungen beteiligt hatte, ihr Zelt aufzustellen. Anthony grummelte ein wenig darüber, aber vom Abendessen war noch nichts zu sehen, und ihm war gesagt worden, daß er keines bekommen würde, wenn er kein Holz sammelte; also trottete er hinter uns her und hob hin und wieder einen kleinen Zweig auf, wobei er jedesmal mächtig grunzte, als ob ihn die Anstrengung schier überwältigte.

Colin dagegen war unübersehbar bemüht, einen guten Eindruck zu machen. Er schritt voraus, als wir in den Wald eindrangen, der am Fuß der steil ansteigenden Talseite begann, und sammelte Äste mit aller lässigen Leichtigkeit, die er aufbringen konnte, bis er unter dem Gewicht des Holzes in seinen Armen beinahe taumelte. Annie, die Person, der diese Vorführung männlicher Leistungsfähigkeit galt, gab laufend kleine Laute der Bewunderung von sich, bis wir ein kleines Stück in den Wald vorgedrungen waren und der Punkt erreicht war, an dem klar wurde, daß Colin zusammenbrechen würde, wenn seiner Last auch nur noch ein Blatt hinzugefügt würde. Sie rief ihn an.

„Colin, mein Lieber, warum bringst du diesen Stapel nicht erst einmal zurück und kommst dann wieder, um noch mehr zu holen? Du machst das wirklich großartig! Ich weiß nicht, wie du es schaffst, so viel zu tragen."

Dunkelrot vor Anstrengung sprach Colin in kurzen, abgehackten Sätzen, bemüht, seine Atemlosigkeit zu verbergen.

„Ganz leicht, Miss. Gar nicht schwer. Ich geh' zurück. Gleich wieder da."

Er taumelte den Pfad zurück, dem Lager entgegen. Keine zehn Pferde würden ihn dazu bringen, seine Last abzusetzen, solange wir ihn noch sehen konnten. Anthony, an dem er unterwegs vorbeikam, schaute ungläubig von Colins schwerer Last auf die paar dünnen Zweiglein in seiner eigenen Faust und bückte sich dann nachdenklich, um seiner Sammlung ein weiteres Reisigstück hinzuzufügen.

Arnold war die ganze Zeit über still neben uns her gegangen und

hatte eine Plastiktüte mit Rindenstücken und mittlerem Anmachholz gefüllt. Jetzt schlug er vor, daß wir uns auf den Stamm eines umgestürzten Baumes setzen und auf Colin warten sollten. Irgendwie schaffte er es, sich zwischen Annie und mich zu zwängen, als ich schon glaubte, neben ihr zu sitzen. Ein seltsames kleines Lächeln lag auf seinem Gesicht, als er den Hang hinab spähte, wo er Anthony sehen konnte, der hoffnungsvoll auf etwas hinab starrte, das möglicherweise eine vertrocknete Kastanie vom vergangenen Jahr war, und Colins schwankende Gestalt, die gerade um eine Biegung des Pfades verschwand. Annie hatte den Ausdruck auf Arnolds Gesicht ebenfalls bemerkt.

„Woran denkst du, Arnold?" fragte sie leise.

„Ich habe mir etwas vorgestellt, Miss", sagte Arnold verträumt.

„Nenn mich doch Annie."

Arnold wurde rot.

„Was hast du dir vorgestellt, Arnold?"

Plötzlich wußte ich, an wen Arnold mich erinnerte. Vor Jahren, als Kind, hatte ich mir jeden Sonntag im Radio die Sendung mit Archie Andrews angehört. Archie Andrews war eine Bauchrednerpuppe, ein ewiger Schuljunge, der aus etwas anderem bestand als Fleisch und Blut. Manchmal war er auch mit seinem Puppenspieler, Peter Brough, im Fernsehen zu sehen. Archie war das Urbild des Schuljungen, vorlaut, aber unreif, mitten im Stimmbruch. Ich wußte noch, daß ich ihn immer bemitleidet hatte, obwohl ich ihn lustig und clever fand. Er würde nie erwachsen werden können, weil er aus Holz war. Er war Arnold sehr ähnlich.

„Ich habe mir vorgestellt", sagte Arnold, „ich würde hier eine Rast machen, mitten in einer Wanderung mit meiner Mutter und meinem Vater. Ich habe mir vorgestellt, Sie und Mr. Harper wären meine Eltern, und wir hätten beschlossen, einen Spaziergang durch den Wald in der Nähe unseres Hauses zu machen, bevor wir uns alle zum Abendessen hinsetzen, und später, wenn wir nach Hause kommen, würden Sie beide mich fragen, wie es in der Schule war, und Sie würden sehr interessiert schauen, wenn ich von Mathe erzähle, obwohl Sie die Probleme nicht verstünden, aber Sie würden so tun als ob, weil Sie mir Mut machen wollten, und dann, wenn ich ein biß-

chen Fernsehen geguckt hätte, würde ich ins Bett gehen, und Mr. Harper würde mir die Decken unterstecken, wie er es in der Schule immer macht, und Sie würden ..."

„Ja?" sagte Annie, als Arnold verstummte. In ihren Augen glänzten unvergossene Tränen.

Arnolds Stimme war sehr leise und gedämpft, als er weitersprach.

„Sie würden mir einen Gutenachtkuß geben und sagen: ‚Ich habe dich lieb, Arnold, und ich bin sehr stolz auf dich', und dann würde ich einschlafen und ... mich okay fühlen."

Der Junge senkte verlegen den Kopf. Annie schüttelte in stiller Verzweiflung über seine gesenkten Schultern hinweg ihren Kopf zu mir herüber. Ich wußte, was sie dachte. Was sollte sie sagen? Was sollte sie tun? Wir waren nicht seine Eltern. Wir konnten all das für ihn nicht tun – zumindest nicht in der besonderen, ausschließlichen Weise, wie er es brauchte.

Später, als wir genug Holz gesammelt hatten und hinter den Jungen den Pfad hinunterwanderten, sah Annie mich über ihre Armladung Brennholz hinweg an.

„Steckst du Arnold wirklich abends die Decken unter, David?" fragte sie.

„Ja", sagte ich und wurde ein wenig rot. „Das tue ich. Am Anfang war es mir ein bißchen peinlich, aber jetzt gehört es einfach dazu. Warum?"

„Ich werde dich küssen, sobald sich eine Gelegenheit bietet", sagte Annie unerklärlicherweise.

Unser Abendessen am Lagerfeuer war ein denkwürdiges Erlebnis. Mike Merry, der ein sehr fähiger Open-Air-Koch war, erbarmte sich über uns alle und brachte die Sache ganz allein zustande. Wie üblich schmeckten die Blechteller voller Würstchen, Speck, Eiern und geröstetem Brot überirdisch gut, und der gewöhnliche Dosenreis kam uns vor wie die erlesenste Köstlichkeit. Hinterher, als das Geschirr abgewaschen war und Mike mit dem größten Teil der Gruppe zu einer Taschenlampen-Expedition durch die Umgebung aufgebrochen war, gesellten sich die zwei Bewohner des kleinen Zeltes, das wir bei unserer Ankunft bemerkt hatten, zu uns. Es waren Jungs von fünf-

zehn oder sechzehn, natürlich schüchtern, aber auch offensichtlich ein bißchen ängstlich. Sie setzten sich nebeneinander auf einen Baumstamm am Feuer und erklärten, sie hätten ein Problem.

„Gestern nacht sind so ein paar Typen von dem Campingplatz drüben auf der anderen Seite des Tales über die Brücke gekommen und haben uns ziemlich Angst eingejagt", sagte der größere der beiden, ein ernsthafter, redegewandter Junge mit wohlfrisierten Haaren und sehr weißen Zähnen.

„Was haben sie denn gemacht?" fragte Annie.

„Ihr hättet ihnen die Schädel einschlagen sollen", schaltete sich Colin ein, dessen Gesicht im Feuerschein aggressiv glühte.

„Wir konnten nichts machen", sagte der Junge. „Es müssen sieben oder acht gewesen sein, und sie haben sich im Kreis um unser Zelt aufgestellt und uns nicht herausgelassen und gesagt, sie würden das ganze Ding mit uns drin in den Fluß schmeißen."

„Und die haben uns das Zelt aufgeschnitten", warf der kleinere Junge ein, dessen Stimme in Erinnerung an die empfundene Furcht ein wenig zitterte. „Wir haben einen großen Schlitz im Fliegengitter, wo einer von denen einfach mit seinem Messer hineingestoßen hat. Dabei ist das Zelt noch ganz neu", fügte er klagend hinzu.

„Jedenfalls", fuhr der andere fort, „sind sie am Ende wieder gegangen, aber sie haben gesagt, sie würden heute nacht wiederkommen und uns mit Äxten und Eisenstangen angreifen, während wir im Zelt schlafen. Eigentlich wollten wir heute einpacken und abhauen, aber als wir Sie mit Ihrem Kleinbus ankommen sahen, dachten wir uns, wir bleiben und sehen mal, ob Sie uns helfen können."

Colin hob einen Ast vom Boden auf und schlug damit gegen den Baumstamm, auf dem er saß, so daß er laut zersplitterte.

„Mr. Harper wird Müsli aus denen machen", knurrte er zuversichtlich. Dann wandte er sich zu mir: „Stimmt's nicht, Sir?"

„Keine Sorge, Jungs", sagt Annie gelassen, doch mit ebenso großer Zuversicht, „dieser Herr hier schläft in dem Zelt da drüben" – sie deutete auf mein Zelt – „und wenn ihr heute nacht irgendwelche Probleme habt, scheut euch nicht, ihn zu wecken, und er wird kommen und die Sache für euch in Ordnung bringen, nicht wahr, David?"

Im tröstlichen Feuerschein und zumal die Situation immer noch rein hypothetisch war und Colin und Annie mich von beiden Seiten beobachteten und darauf warteten, daß ich ihr Zutrauen in meine heroischen Absichten und Fähigkeiten bestätigte, schien alles irgendwie so leicht zu sein. Colin und Annie glaubten an mich. Es war ein gutes Gefühl. Ich nickte beruhigend.

„Keine Sorge, Jungs, wir werden schon damit fertig, falls hier irgend etwas passieren sollte. Ruft mich einfach, und ich bin im Nu bei euch. Okay?"

In erheblich fröhlicherer Verfassung kehrten die beiden Jungen wenige Minuten später zu ihrem Zelt zurück. Schwatzend und lachend verschwanden sie in der Dunkelheit außerhalb der Reichweite des Feuerscheins. Einen flüchtigen Moment lang hatte ich ein unbehagliches Gefühl wegen meiner John-Wayne-Sprüche. Wenn ich nun um zwei Uhr morgens herausgerufen würde, um mich sieben schwer bewaffneten Psychopathen entgegenzustellen? Ich wies den Gedanken von mir. Höchstwahrscheinlich würde überhaupt nichts passieren.

Als Mike mit den anderen zurückkehrte, war es Zeit für einen Abendtrunk. Desmond und Dennis waren entzückt. Sie waren noch gar nicht dazu gekommen, ihren Primuskocher einzusetzen. Für das Abendessen hatte Mike den großen Doppelbrenner benutzt. Jetzt sollten sie jeder einen Plastikbecher mit Zucker, Milch und Kakaopulver bekommen; man würde ihnen ihren bereits angezündeten Primuskocher überlassen, und dann brauchten sie die Flüssigkeit nur noch aus den Bechern in einen Topf zu gießen und zu erhitzen, bis sie die richtige Trinktemperatur hatte, um sie dann in die Becher zurückzugießen und zu trinken.

„Ihr seid sicher, daß ihr das schafft, ja?" fragte Annie, als sie ihnen die Becher reichte. „Ihr macht den Kakao einfach im Topf heiß."

„Ja, Miss", sagte Dennis aufgeregt und verschüttete ein wenig von seiner Mixtur, „Desmond kennt sich aus mit – mit, na ja, Kakao und so."

Der Experte für „Kakao und so", dessen Ruf als Camping-Experte in Dennis' Augen trotz der Probleme mit dem Zelt immer noch intakt war, feixte verlegen.

„Ich glaube, mit einem Becher Kakao komme ich schon klar, Miss", krächzte er, begleitet von einem ziemlich mißglückten Versuch eines lässigen Zwinkerns.

„Sind sie nicht süß", kicherte Annie, als die beiden Jungen sich in Zeitlupe, die Becher in den Händen balancierend, in Richtung ihres Zeltes in Bewegung setzten, neben dem der kleine Kocher brannte.

Wäre der Wind aus einer anderen Richtung gekommen, so hätten wir vielleicht früher gemerkt, daß es mit Dennis' und Desmonds Kakaozubereitung nicht zum Besten stand. Alle anderen hatten sich rund ums Feuer niedergelassen und umklammerten ihre heißen Becher mit den Händen, da die Temperatur inzwischen auf ein ziemlich ungemütliches Maß abgefallen war, als Henry plötzlich den Kopf hob und mit einem verdutzten Ausdruck im Gesicht in der Luft herumzuschnüffeln begann.

„Was ist das für ein komischer Geruch?" fragte er und zog die Nase kraus.

„Was für ein Geruch?" entgegnete Anthony mit gedämpfter Stimme. Er schien den Kopf in seinen leeren Becher stecken zu wollen, um die Reste vom Boden zu lecken.

„Es riecht wie ... ich weiß nicht, wie es riecht."

„Ich rieche es jetzt auch", rief Mike. „Es riecht wie ..."

„Es kommt aus der Richtung von Desmond und Dennis, Sir", sagte Robert, „aber es ist nicht ... ‚das'."

Ich mußte Robert nicht erst fragen, was er mit „das" meinte. Bereits einmal seit unserer Ankunft war Desmond vermißt worden, und kurz darauf hatte das Toilettenzelt ein Eigenleben entwickelt. Annie hatte ihre ganze Tapferkeit zusammengerafft und war auf die große Leinwandkabine zugegangen, um sie zu fragen, warum sie sich selbst zu erwürgen versuchte. Die klägliche Stimme, die daraufhin von drinnen erklang, erwies sich als die von Desmond, der verzweifelt versuchte, die Folgen eines seiner „Mißgeschicke" zu beseitigen. Annie hatte die Situation sehr rasch und effizient bereinigt, ohne Desmonds Selbstachtung nennenswert zu beeinträchtigen.

Doch diese Art von Geruch war es nicht, die jetzt aus Desmonds Richtung heranwehte. Es schien eher etwas Brennendes zu sein – oder vielleicht etwas Schmelzendes ...

„Es ist brennendes Gummi, Sir", sagte Robert, stand auf und deutete hinüber, wo Dennis und Desmond immer noch mit dem Rükken zum Feuer über ihrem Primuskocher kauerten. „Die verbrennen da Gummi, Sir."

„Nein, das ist es nicht!" rief Mike und sprang auf, als die Erkenntnis über ihn hereinbrach. „Die verbrennen Becher – Plastikbecher!"

Wir alle folgten Mike hinüber zu dem immer übler werdenden Geruch und bildeten einen Ring um die beiden Jungen, die das Phänomen, das sie vor sich hatten, mit einiger Verblüffung beobachteten. In dem Topf auf dem brennenden Kocher standen die beiden Plastikbecher mit der Kakaomixtur. Ein dichter, stinkender Rauch stieg von der Stelle auf, wo der Topf den Boden der Becher berührte. Mike, der offensichtlich bereits erraten hatte, was da vor sich ging, packte den Topf am Griff, hob das ganze Ding vom Kocher hoch und drehte es um. Die Flüssigkeit ergoß sich über das Gras, aber die Becher blieben, wo sie waren. Sie waren am Boden des Topfes festgeschmolzen.

Dennis sah Annie ziemlich betrübt an.

„Haben wir wieder etwas falsch gemacht, Miss?"

„Tja, ich habe eigentlich gemeint, daß ihr den Kakao in den Topf gießen solltet", sagte Annie sanft. „Plastik schmilzt, wenn es sehr heiß wird, wißt ihr."

„Wußtest du denn nicht, daß Plastik schmilzt, wenn es sehr heiß wird, Dennis?" fragte Desmond mit finsterem Blick. „Das ist nun einmal so, weißt du."

„Na, kommt, ihr zwei", grinste Mike. „Ich mache euch etwas zu trinken auf unserem Kocher. Was möchtet ihr gern – Gummigeschmack, Plastikgeschmack oder ganz einfachen Kakaogeschmack?"

Ich mußte wohl etwa eine halbe Stunde in dem Zelt, das ich mit Mike Merry teilte, geschlafen haben, als ich merkte, daß jemand mich zu wecken versuchte.

„Sie kommen! Bitte wachen Sie auf – sie kommen über die Brükke! Bitte kommen Sie schnell!"

Ich schüttelte benommen den Kopf, unfähig, die Bedeutung des hektischen Flüsterns zu erfassen. Wer kam? Und warum bedeutete

das, daß ich aufstehen mußte? Und was war dieses andere Geräusch im Hintergrund – dieser rhythmische, scheppernde Lärm?

Ich fummelte unter meinem Behelfskissen herum, bis ich die Taschenlampe gefunden hatte, die ich dort abgelegt hatte, bevor ich in meinen Schlafsack gekrochen war. Der Strahl erfaßte das Gesicht, das durch die Zeltklappe hereinsah. Es war der jüngere der beiden Jungen aus dem kleinen Zelt an der Brücke, der mit vor fieberhafter Eile verzerrtem Gesicht in den Lampenstrahl blinzelte.

„Sie kommen!" wiederholte er. „Sie haben doch gesagt, Sie wollten uns helfen, wenn sie zurückkommen. Sie sind da – sie kommen jetzt über die Brücke!"

Mit einem scheußlichen, dumpfen Schlag fiel mir alles wieder ein. Sieben oder acht Kerle, bewaffnet mit Äxten und Eisenstangen, die kamen, um diese beiden Jungs im Schlaf zu überfallen. Und ich hatte gesagt, ich würde mit allem fertig werden, was hier passieren könnte. Das Scheppern mußte das Nahen der Bande über die Brücke sein. Sie waren schon fast hier, und ich sollte nun hinaus in die kalte Dunkelheit und ihnen entgegentreten, nur mit einer Taschenlampe bewaffnet. Ich mußte verrückt gewesen sein. Warum in aller Welt hatte ich vorhin so den Helden gespielt? Ich hätte ihnen sagen sollen, daß ich ein Feigling war und sie am besten doch einpacken und abziehen sollten. In diesem Moment hätte ich liebend gern eine Million Pfund dafür gegeben, wieder in die wunderbare, warme Geborgenheit meines Schlafsackes zurückkriechen und die ganze Sache vergessen zu können.

„Steve meint, diesmal sind es ungefähr fünfzehn", kam das nächste panische Flüstern, „und sie haben alle Eisenstangen. Ich gehe und warte mit Steve beim Zelt auf Sie!"

Ich wußte, ich mußte gehen, und ich wußte, je länger ich liegen blieb und hoffte, der Alptraum würde einfach verschwinden, desto versteinerter würde ich werden. Also setzte ich mich auf, streifte mir den Schlafsack bis zur Hüfte herab und zog die Knie an, um meine Füße freizubekommen. Ich trug einen dicken Pullover und Unterhosen. Wenn ich schon zu Tode gehackt werden sollte, dann wollte ich verdammt sein, wenn ich das ohne Hosen über mich ergehen ließ. Ich beugte mich vor und fand meine Jeans in dem Haufen Klamot-

ten am Ende des Zeltes. Wäre ich in sitzender Position geblieben, so hätte ich mich nicht so verheddert. So mußte ich versuchen, gleichzeitig aufzustehen, das Zelt zu verlassen und meine Hosen anzuziehen. Alle Versuche, Mike wachzurütteln, waren hoffnungslos gescheitert, und auch das eindringlichste Flüstern blieb erfolglos. Die Stimme des Jungen erklang wieder direkt vor dem Zelt.

„Bitte – sie sind schon fast über die Brücke! Sie müssen kommen!"

Ich fiel rückwärts aus dem Zelt in die kalte Nachtluft, ein Bein in der Hose, das andere draußen. Während ich unbeholfen auf die Beine kam, blickte ich hinüber zur Brücke.

Richtig, eine lange Reihe von Gestalten, die auf die Holzstufen an unserer Seite des Flusses zugingen, hob sich vor dem Nachthimmel ab. Mehrere der schattenhaften Gestalten hielten lange, gerade Gegenstände in der Hand, die durchaus Eisenstangen sein konnten. Das stetige, rhythmische Scheppern ihrer Schritte auf der Brücke hatte etwas Makabres – es klang wie eine Armee, die unaufhaltsam zum Angriff marschierte.

Ich machte mir immer noch große Gedanken über die Notwendigkeit, für den bevorstehenden Konflikt angemessen bekleidet zu sein. Meine Taschenlampe unter die Achsel geklemmt, hüpfte und stolperte ich über den feuchten Boden auf die Stufen zu und versuchte vergeblich, unterwegs mein anderes Bein in die Jeans zu bekommen. Zehn Meter vor dem Ziel wußte ich, daß ich endgültig das Gleichgewicht verlor. Mein unbekleidetes Bein war auf ein unerwartetes und ganz und gar unerklärliches Hindernis auf halbem Wege durch das linke Hosenbein gestoßen. Mein Hüpfen steigerte sich zu einem irrwitzigen Tempo, als ich fieberhaft versuchte, das Gleichgewicht zurückzugewinnen. Nur aus dem Augenwinkel erhaschte ich einen Blick auf die beiden Jungen, als ich auf einem Bein an ihnen vorbeiflog. Ein Ausdruck des Staunens lag auf ihrem Gesicht. Vermutlich dachten sie, mein seltsames Verhalten sei eine Art Kriegslist, vielleicht, um den Gegner zu verwirren. Schließlich schlug ich genau vor den Stufen mit markerschütternder Wucht auf dem Boden auf. Als ich aufblickte, sah ich nichts als das blendende Licht einer Taschenlampe, die mir genau ins Gesicht leuchtete, und

wußte, daß der Anführer der Angreifertruppe mich erwischt hatte. Aus vor Angst zugeschnürter Kehle würgte ich ein paar Worte hervor, die einschüchternd wirken sollten.

„Was Sie vorhaben ist – ist ein krimineller und unmoralischer Akt", krächzte ich, „auf den Gefängnis steht!"

„Also, das überrascht mich wirklich", sagte eine angenehm kultivierte Stimme von jenseits der Taschenlampe. „Ich hatte immer angenommen, daß Nachtwanderungen durchaus innerhalb der Grenzen des Gesetzes liegen."

Die Taschenlampe wurde gesenkt. Ich hob meine eigene Taschenlampe auf, die ins feuchte Gras gefallen war, setzte mich auf und leuchtete den Sprecher an. Ein angenehmes Gesicht, mittleres Alter, graumelierte Haare und etwas Rundes um den Hals – etwas Weißes. Es war ein Priesterkragen. Ich ließ meinen Lampenstrahl über den wachsenden Kreis von Gesichtern wandern, die die Stufen herabgekommen waren. Alle trugen Priesterkragen. Einige hatten Wanderstöcke bei sich. Ich war umzingelt von Pfarrern ...

„Aber das konntest du doch nicht wissen, Liebling! Ich fand, daß du sehr tapfer warst. Schließlich hätte es durchaus auch die andere Bande sein können, nicht wahr?"

Es war eine halbe Stunde später, und Annie und ich saßen in unseren Schlafsäcken an dem vorübergehend wiederbelebten Lagerfeuer. Die „Bande" von Pfarrern, eine Gruppe von einer Konferenz von Geistlichen, die in einem Konferenzzentrum auf der anderen Seite des Tales abgehalten wurde, hatte ihre Nachtwanderung fortgesetzt, höchst amüsiert und angeregt durch ihr unerwartetes Abenteuer. Mike war endlich aus dem Zelt gestolpert, als der Aufruhr seinen Höhepunkt erreichte, und war sogleich verschlafen wieder verschwunden, als er merkte, daß er nicht gebraucht wurde. Als ich zurückkehrte, nachdem ich meine Pfarrer verabschiedet hatte und zwei sehr erleichterten Jungen eine gute Nacht gewünscht hatte, traf ich Annie am Feuer an, wo sie gerade mit einigen kleinen Holzstükken, die von unserer Sammlung noch übrig waren, die Glut wieder anfachte. Sie forderte mich auf, mich zu setzen und ihr genau zu erzählen, was passiert war.

„Keiner von unseren Jungs ist aufgewacht, oder, David?"
„Nein, nicht einer von ihnen hat auch nur ein Schnarchen von sich gegeben."
Ich deutete auf die Zelte, eines nach dem anderen.
„In dem da sind Dennis und Desmond, in dem da Anthony und Howard, in dem Colin und Arnold und in dem da Henry und Robert."
„Alle zusammengepackt wie kleine Sardinenpärchen", sagte Annie. „Tief schlafend, völlig frei von Sorgen."
„Stimmt", sagte ich und starrte in die Flammen, „aber nur, solange sie schlafen."
Wir rückten näher zusammen und versuchten, uns warm genug zu fühlen, um noch ein bißchen zusammenzubleiben. Eine Minute verging.
„Annie?"
„Mmm?"
„Ist dir klar, was du gerade gesagt hast?"
„Was?"
„Du hast gesagt, daß keiner von unseren Jungs aufgewacht ist."
„Habe ich das gesagt?"
„Ja, hast du."
Wieder verging eine Minute.
„Meinst du, daß du dich um diesen Job bewerben wirst, Annie?"
Sie seufzte und lehnte ihren Kopf an meine Schulter.
„Ich denke schon. Ich würde mich schrecklich schuldig fühlen, wenn ich diese Jungs mit dir allein fertig werden ließe."
„Annie?"
„Ja?"
„Weißt du noch, daß du vorhin gesagt hast, du würdest mich küssen, sobald du Gelegenheit dazu hättest?"
„Ja?"
„Jetzt hast du Gelegenheit ..."

Adrian Plass

Tagebuch eines frommen Chaoten
Paperback. 160 Seiten. ISBN 3-87067-391-5
Mit diesem Buch wurde Adrian Plass zum christlichen Bestsellerautor. Inhaltsbeschreibungen sind zwecklos – das muß man gelesen haben ...

Die steile Himmelsleiter
Paperback. 220 Seiten. ISBN 3-87067-462-8
Adrians Autobiographie mit unwiderstehlichem Humor und entwaffnender Ehrlichkeit.

Warum es kein Verbrechen war, Onkel Reginald zu töten
Paperback. 192 Seiten. ISBN 3-87067-555-1
Adrian erzählt gleichnishafte Geschichten mit tiefgründigem Humor. Während der Leser an der Haustür unterhalten wird, schlüft die Wahrheit durch ein Seitenfenster ins Zimmer ...

Streß-Familie Robinson
Paperback. 208 Seiten. ISBN 3-87067-609-4
Die Robinsons sind eine „ganz normale Familie". Familienmitglied h.c. Elizabeth Reynolds gewährt dem Leser einen Einblick ins „traute Familienglück" ...

Ein Außerirdischer im Kirchenschiff
Paperback. 180 Seiten. ISBN 3-87067-511-X
Eine himmlische Begegnung der dritten Art hat die Gemeinde von St. Wilfred's, als sie in ihrer Kirche einen Außerirdischen vorfindet.